한영탁 수필집
페가수스의 꿈

이 도서의 국립중앙도서관 출판예정도서목록(CIP)은 서지정보유통지원시스템 홈페이지(http://seoji.nl.go.kr)와 국가자료종합목록 구축시스템(http://kolis-net.nl.go.kr)에서 이용하실 수 있습니다.
(CIP제어번호 : CIP2020034300)

발로 뛴 세상!
생각으로 본 세상!

페가수스의 꿈

한영탁 수필집

한누리미디어

| 책을 내며 |

　나에게 수필문학의 길을 열어준 것은 두 곳의 지역문학동인회였다. 하나는 나의 고향 영덕의 '토벽문학회', 다른 하나는 진주 중심 서부경남 문우들의 '남강문학회' 이다.

　한국전쟁 직후, 암울한 현실 속에서 영덕의 젊은이들이 토박이들의 생각과 목소리를 담은 수필 동인지 『土壁』을 창간했다. 전후의 혼란과 폐허 속에서 방황하던 젊은이들이 향토의 문화적 불모를 극복하기 위해 열정의 에스프리(esprit)를 쏟아낸 청년문화운동이었다. 그 주역은 고교생으로 당시 유일한 문학전문지 『문예』를 통해 등단한 최해운 시인이었다. 그가 『土壁』 제3집을 내고 고향을 떠나면서, 그 무렵 고교를 졸업하고 낙향해 있던 나에게 편집을 넘겼다. 나는 『土壁』 제4집을 내고 군에 입대해야 했고, 이후 『토벽』 발간은 중단되었다. 오랜 세월이 흐른 뒤, 문학을 사랑하는 영덕 출향인들이 뜻을 모아 2008년 『土壁』 제5집을 복간호로 내면서 해마다 연간호를 발간, 올해 제17집으로 이어지게 되었다.

　그보다 1년 뒤 『남강문학』이 창간되어 올해 제12집을 내게 된다. 나는 진주나 남강과는 직접적 인연이 없는 사람이다. 그러나 50년대 후반 진주의 「개천예술제」 참여와 그때 유일한 청소년 잡지였던 『학원』 문단을 통해 맺은 인연으로 남강문화권 사람이 아닌 사람으로서는 유일한 회원이 되는 특별한 영광을 얻게 되었다. 나는 두 동인회의 일원으로 글을 쓰면서 문우들의 우정 어린 권유로 2009년 수필전문지 계간 『에세이21』을 통해 늦깎이 수필가로 등단하게 되었다.

늦게나마 수필집을 엮기로 마음먹고 보니 내놓을 만한 글이 없어서 부끄러울 뿐이다. 다만 한 시대를 살면서 경험하고 느끼고 생각한 것을 수필을 통해 남길 수 있게 된 것은 보람 있는 일이라고 본다. 문학이 내 삶을 보다 깊이 성찰하고 삶의 의미와 가치를 반추하게 해 주었다고 생각한다.

나는 자신이 살고 있는 사회 환경과 시대적 현실의 부조리에 대한 비판과 엄정한 고발도 문학의 주요한 기능 가운데 하나라고 본다. 그리고 개인적 자유를 중시하는 자유주의 사상이 인류가 오랜 역사의 과정을 거쳐서 마침내 찾아낸 지고至高의 가치라고 믿는다. 그러나 현재 그 자유를 짓밟고 구시대의 망령인 전체주의 체제를 불러오려는 정치권력의 시대착오적 기도가 꿈틀거리고 있다. 그래서 나는 내가 쓰는 글이 우리 사회와 시대를 위해 미약하지만 하나의 경종(an alarming bell), 경고(a warning)가 되어주기를 바란다.

수필집에 몇 편의 시사칼럼과 신간서평과 르포르타주를 붙인 것도 그런 뜻으로 보아주셨으면 고맙겠다. 부록의 「번역 이삭줍기」 가운데 특히 올림픽 2연패 하이 다이빙 챔피언인 한국계 미국인 새미 리 스토리를 빠트리지 말고 일독해 주시기 바란다. 인간 의지의 아름다운 기록이다.

이 책에 자상한 평설을 써주신 원로 평론가 청다靑多 이유식 교수의 노고와 친절한 우정에 이 자리를 빌려 감사드린다. 그리고 책을 출판해 주신 「한누리미디어」 김재엽 대표, 김영란 여사 부부와 편집 디자이너 지선숙 님의 수고를 고맙게 생각한다.

2020년 8월 진관재津觀齋에서

저자 一涇 韓 永 鐸 識

차례

3 청산은 나를 보고

4 마지막 요약

차례

책을 읽으며

부 록

제 1 부

페가수스의 꿈

어떤 귀향歸鄉

어론계 선배이신 김성우 님이 고향에서 만년을 보낼 작은 집을 지어 집들이를 한다기에 찾아가기로 했다. 김 선배님의 고향은 경남 통영항統營港에서 뱃길로 한 시간 거리에 떠 있는 작은 섬 욕지도欲知島. 그분은 그 고향 섬에서 초등학교를 다녔고 통영에서 중학을, 부산의 고교를 거쳐 서울에서 대학을 나왔다. 나는 그와 같은 신문사에서 일한 적은 없었으나 그와 함께하는 자리와 그분의 글을 무척 좋아했다.

한국일보사에서 그가 주역을 맡아 창간한 『주간한국』은 우리나라에 타블로이드판版 주간지 붐을 불러왔다. 현대적 감각을 담은 간결하면서도 생기발랄한 그 기사들은 우리 어문語文 발달사에 크게 기여했다는 게 나의 생각이다. 가독성(readability)이 높은 그 산뜻한 기사들은 글읽기 훈련이 덜 된 데다가 글읽기를 멀리해 온 우리나라 보통 사람들에게 글을 읽는 재미와 습관을 붙이게 해주는 데 큰 몫을 했다고 본다. 독단인지는 모르지만, 일종의 문체(style)혁명, 문장혁명을 통해서 사람들의 독서 습관을 확산시켜 독서 인구의 저변 확대에 크게 기여했다는 것이 나의 지론이다.

김성우 님의 자전적自傳的 에세이집 『떠나가는 배』는 그 미려하고 아름다운 문장으로 나오기 바쁘게 단박에 베스트 셀러 반열에 올랐던 책이다.

그는 저널리스트로 한국일보사에서 40여 년간 일하면서 파리특파원, 편집국장, 주필 등을 지냈다. 특파원 시절, 그가 쓴 탐방기 시리즈인 「세계의 문학기행文學紀行」, 「세계의 음악기행」, 「러시아 문학 산책─백화白樺나무 숲으로」도 역시 많은 사람의 사랑을 받았다. 후배 저널리스트인 나도 문학과 음악, 연극, 회화 등 예술 전반에 걸친 그분의 폭넓은 사랑과 현란한 문체에 흠뻑 젖어 매료당했다. 글이 연재되어 나오는 날이면 신문을 받아들기 바쁘게 그것부터 찾아 읽곤 했다, 이런 멋진 글을 한 번 써 보았으면 하고 부러워하면서. 이 시리즈는 각각 단행본으로도 엮어져 나왔다. 그의 책들은 문학과 예술과는 거리가 먼 사람들에게도 문학과 예술의 아름다운 세계와 향기를 새롭게 음미하게 해 주었다.

그는 시를 무척 사랑하고 연극을 남달리 좋아한다. 그래서 시 한 편, 희곡 한 편 내놓지 않고 연극 무대에 오른 적이 없는데도, 한국시인협회와 현대시인협회가 공동으로 국내 유일의 '명예시인'으로, 연극협회는 '명예배우'로 추대한 특이한 이력의 소지자가 되었다.

배를 타고 김 선배님의 새 고향집을 찾아가면서도 그 섬 언덕바지 풀밭 위에 '돌아가는 배'가 떠 있을 줄은 미처 생각하지 못했다.

지난 5월 어느 맑은 날, 네이비 블루의 남해 바다는 그림같이 아름다웠다. '한국의 나폴리'로 불리는 미항 통영의 삼덕부두를 떠난 페리는 잔잔한 다도해의 파도를 가르면서 욕지도를 향해 달려갔다. 바다 위에 올망졸망 다정하게 둘러앉은 크고 작은 유인도와 무인도 섬들을 지나

배가 목적지 섬으로 다가가자 포구에 세워진 플래카드 하나가 눈길을 사로잡는다.

「김성우 선생의 귀향을 환영합니다.」 통영시민과 욕지도 주민들의 이름으로 만든 플래카드를 포구의 사람들이 들고 나와 서 있었다. 항구 이곳저곳엔 때마침 열린 「섬 문화 축제」를 알리는 깃발이 펄럭이고 행사 포스터가 여기저기 붙어 있고.

거기 바다가 내려다보이는 언덕바지 풀밭 위에 하얀 배 한 척이 떠 있다. 김성우 님의 자전적 에세이집의 이름 『돌아가는 배』를 그대로 당호堂號로 삼은 집이다. 통영이 낳은 원로 시조시인이자 서예가인 초정艸丁 김상옥 옹이 한 해 전 타계하기에 앞서 써준, '돌아가는 배' 라는 한글 현판이 걸려 있다. 거실로 쓰이는 캐빈(船室)과 이층으로 된 브리지(船橋)가 상징화 되어 있고, 브리지 위에는 '돌아가는 배' 의 로고 깃발이 바닷바람을 받아 살랑살랑 나부끼고 있다.

널찍한 마당에서 리셉션 파티가 열린다. 경향 각지에서 찾아온 이삼백 명의 사람들이 서로 반갑게 만난다. 휠체어에 병구를 싣고 서울에서 내려온 원로 여류시인 김남조 님의 모습도 보인다.

곧 이어 '돌아가는 배' 의 귀향을 경축하는 문화행사가 남해바다를 내려다보는 언덕 위에 떠 있는 배의 데크(갑판) 위에서 펼쳐진다. SBS방송 라디오 보도본부장인 유자효 시인이 사회를 한다. 통영이 고향인 청마靑馬 유치환, 김상옥, 김춘수 시인 그리고 김 선배가 특히 좋아하는 미당未堂 서정주의 시가 낭송된다. 통기타 가수 이동원이 기타를 반주하면서 정지용의 「향수」를 열창한다.

중풍으로 오래 고생하다 회복 중인 연극배우 김성옥이 지그시 눈을 감고 『돌아가는 배』의 장장 16쪽이나 되는 서장序章을 연극의 세리프처럼 줄줄 암송한다. 진한 감동이 안겨온다. 공연은 서울과 통영에서 온 출연자들의 고전무용, 발레, 가곡, 기악, 사물놀이 프로로 이어지다가 출연자와 관객이 어우러진 지신밟기 한마당 잔치로 승화한다. 귀향 잔치는 통영탈춤보존회 리더가 '돌아가는 배' 의 이층 브리지에 높다랗게 올라서서 연주하는 트럼펫 소리가 작은 섬의 밤공기를 길게 흔들어주는 가운데 막을 내린다. 장장 세 시간 만에.

김 선배님은 집들이 후 얼마 지나 나와 함께 북한산을 오르면서 말했다. "남들처럼 돈 보따리를 안고 금의환향하지는 못해도 문화와 시를 안고" 고향에 돌아가고 싶었노라고.

문학과 연극과 음악을 극진히 사랑하면서 한평생을 살아온 한 저널리스트의 낙향과 그를 따뜻이 맞이해 주는 그의 고향이 한없이 자랑스러워 보이고 부러웠다. 정말 아름다운 귀향이고 그를 맞아주는 고향은 진정 멋진 전통의 예향藝鄕다웠다.

(『토벽』 2008년호)

'아직 시간이 있다, 형제들이여'

어제 고전영화 전용관 명보아트홀에서 젊은 시절 보았던 흘러간 옛 영화 한 편을 다시 보았다. 노르웨이 출신의 호주濠州 작가 네빌 슈트(Nevil Shute)의 SF소설 『On The Beach』를 스텐리 크라이머(Stanley Kramer)가 감독한 흑백영화. 우리말 제목은 『그날이 오면』이다.

우발적인 핵전쟁으로 북반구가 방사능에 오염되어 그쪽의 인간과 온 갖 생명체가 절멸된 지 2년이 지난 1964년. 대기의 흐름을 타고 방사능 낙진이 아직은 청정지역인 남반구로 서서히 밀려 내려오고 있다. 죽음의 재가 닿기까지를 50여 일 남짓 남긴 오스트레일리아 동남부 항구도시 멜버른. 인류 전멸의 '그날'을 앞두고 죽음과 인류 멸망의 두려움과 불안에 전전긍긍하는 사람들의 삶의 이야기가 펼쳐진다.

그러고 보면, '바닷가에서'란 뜻의 밋밋한 원작 소설의 타이틀보다는 영화의 우리말 제명이 더 적절하고 현실감 난다 하겠다.

청정지역을 찾아온 미 해군의 핵잠수함 한 척이 입항한다. 멜버른 사람들은 종말의 두려움에 떨면서도 비교적 차분히 일상을 이어간다. 당국에서는 죽음의 그날이 올 때 고통을 덜어주기 위해 안락사 알약과 주사약을 나눠준다. 구세군이 군중을 모아놓고 북을 치고 나팔을 불면서 찬송가를 울린다. '아직 시간이 있다, 형제들이여(There is still time, brothers)' 라고 적힌 플래카드가 높다랗게 걸려 있다.

이때 한 원자력학자가 희망적인 견해를 내놓는다. 북극해 지역의 방사능 수준이 북반구 중앙의 그것보다 낮아서, 대기가 남반구에 닿을 때면 방사능이 사라질 수도 있다는 주장이다. 미국 서부 해안 지역으로부터 오는, 의미를 알 수 없이 불규칙적인 신비한 모스(morse) 신호가 포착된다. 어딘가에 사람이 생존하고 있을지 모른다는 또 다른 한 가닥의 희망을 안겨준다.

이를 조사하기 위해서 핵잠수함의 함장 드와이트 타워즈(그레고리 펙扮)는 북반구를 향해 출항한다. 독신의 60대 핵과학자 줄리언(프레드 아스토어扮)과 호주 해군 연락장교 피터(안소니 퍼킨스扮)가 동승한다. 20대 초반의 피터는 자신이 미처 돌아오기 전에 방사능 재난이 닥칠지도 모른다고 생각한다. 그래서 아내에게 갓난이 딸을 안락사시키는 방법을 알려준다. 아직도 둘째 아이를 갖고 싶어 하는 아내의 히스테릭한 감정이 폭발한다. 끝내 죽음을 거부하는, 삶에 대한 인간의 강한 집착과 미련이 숨어 있다.

알래스카 해안에 도착한 잠수함은 그곳의 방사능 오염도가 더 높아진 실망스런 현실을 확인한다. 잠수함은 남쪽으로 내려와 샌프란시스코만灣으로 진입한다. 소설에서는 도시의 빌딩과 금문교가 폭파되어 있지만, 영화에서 잠망경을 통해 보이는 도시는 멀쩡하다. 그러나 생명의 흔적이 보이지 않는 텅 빈 거리는 적막과 공허감을 더 깊게 해 준다. 샌디에이고항港으로 간 잠수함의 통신장교는 방호복을 입고 상륙하여 모스 신호의 진원지를 탐색한다. 어떤 발전소 사무실 창문 커튼 줄이 바람결에 날리며 전신기 키를 톡톡 두들기고 있다. 일말의 희망도 사라진다.

　잠수함은 멜버른으로 귀항한다. 핵과학자는 자동차 경주에만 몰두한다. 죽음의 체념인가? 달관인가? 진정한 사랑을 찾아 방황하다가 알코올 중독자가 된 30대 여성 모이라(에바 가드너扮)는 타워즈 함장과 사랑에 빠진다. 슬픈 사랑이다. 함장은 아직도 사랑하는 아내와 아이들이 다 죽었다는 사실을 받아들이지 못해 번민한다. 승무원들은 죽은 가족을 찾아 고국으로 가기로 결의한다. 무엇보다 소중한 가족의 가치가 죽음을 통해 확인된다. 함장은 부하들의 의견을 좇아 애인을 뒤로 하고 잠수함을 출항시킨다. 모이라는 항구에 주차한 승용차 안에서 죽음의 약을 삼킨 뒤 멀어져 가는 배를 쓸쓸히 바라보고 있다.

　내일이 없는 암담한 현실이 가슴을 무겁게 내리누르는 영화다. 인류가 절멸된 거리에는 쓰레기들만 뒹굴고 구세군의 플래카드만 높다라니 바람에 펄럭이고 있다. '아직 시간이 있다, 형제들이여.'

　무엇을 위한 시간이란 말인가. 원작이 쓰여진 때는 1957년. 제2차 세계대전에 뒤이은 한국전쟁이 다시 수백 만의 인명을 처참하게 앗아간 지 얼마 되지 않은 시대적 배경이다. 그렇게 참담한 비극을 겪고도 인류는 더 무서운 핵무기 경쟁에 정신없다. 작가는 분명히 인류가 세상의 종말을 불러올 무의미하고 어리석은 짓거리를 끝낼 때라고 엄숙히 경고하고 싶었을 것이다.

구세군 집회에 모인 사람들에게는 그것이 구원을 향한 참회와 기도의 시간을 의미할지도 모른다. 용서와 화해를 위한 시간이기도 할 것이다.

하지만 영화관을 나서면서 나는 바로 우리 눈앞으로 다가오는 또 다른 재앙의 쓰나미를 떠올리지 않을 수 없다.

건국 후 70년, 애써 지키고 가꿔온 나라가 위협받고 있다. 인류가 마침내 찾은 지고至高의 소중한 가치인 개인의 자유와 인권을 바탕으로 하는 자유민주주의가 송두리째 흔들리고 있다. 법치가 허물어지고 있다. 자유가 위협받고 있다. 민주주의의 근간인 삼권분립이 허물어지고 있다. 나라를 전체주의 체제로 뒤집으려는 시대착오적 정치권력의 광풍이 지금 드세게 휘몰아치고 있다. 방사능 낙진 못지않게 끔찍한 이 광풍을 직시하는 깨달음이 절박한 때라고 생각한다.

'아직 시간이 있다, 형제들이여.'

(『한국수필』 2020년 3월호)

페가수스의 꿈

이른 아침 잠자리에서 일어나면 눈을 부비면서도 먼저 조간신문부터 찾아 든다. 신문기자로 서른 해 넘게 일하고 퇴직한 지 십년이 넘었지만 기자 시절의 타성을 버리지 못한 모양이다.

그러고 보면 평생 기자를 천직으로 알고 살아왔다. 좀 더 잘 했더라면 하는 뉘우침과 아쉬움은 많다. 하지만 저널리스트를 생업으로 삼은 데 대해서는 후회하지 않기로 마음먹은 지 오래다. 자유로운 사고와 비판 정신을 지킬 수 있다는 것을 무엇보다 더 큰 보상으로 여기며 살아왔으니까. 격동하는 세기 말 한 시대의 증언자가 되었다는 뿌듯한 자부심도 가질 수 있었지만, 기자라는 직업이 천형天刑처럼 괴롭고 아팠던 적도 없지 않았다.

지금 와서 돌이켜보니, 나를 이런 천직과 천형의 길로 데려다 준 것은 손바닥만 한 한 권의 월간 잡지였다.

6.25한국전쟁이 한창이던 1951년 중학생 때였다. 나는 우리 집에서

반 마장쯤 떨어진 면소재지의 5일장마당에서 작은 잡지 한 권을 발견했다. 군용 트럭들이 마구 먼지를 날리며 지나가는 시골 장터 한 구석에 돗베 같은 걸 깔고 그 위에다 『유충렬전』, 『장화홍련전』 따위 옛이야기 책과 학습참고서 같은 책들을 늘어놓은 노점 책가게에서, 『리더스 다이제스트』란 잡지를 만났던 것이다. 영문판 잡지를 한글로 번역한 책이었다.

이 잡지의 발견은 나에게는 콜럼버스의 신대륙 발견과도 맞먹는 기적, 그것이었다. 우리말을 찾은 지 얼마 안 되어서 터진 전쟁 통에, 읽을 거리에 목말라하던 나에게 그것은 온갖 정보가 비장된 보물섬 같았다. 얄팍한 이 잡지에는 나라밖 정세, 새로운 과학 기술, 건강과 의학, 훈훈한 인간가족 이야기, 생활 속의 드라마, 음악, 미술, 연극, 영화 스포츠 이야기 등 온갖 유익하고 흥미진진한 이야기들이 가득 담겨 있었다. 그래서 이 잡지가 폐간되기까지 거의 두 해 반 동안 그야말로 애독, 열독했다. 미국에서 영어로 발행되는 『리더스 다이제스트』는 수많은 잡지와 전문 저널 등 정기간행물과 전기傳記 및 서적에 실린 긴 내용의 글을 한 기사가 서넛 쪽을 넘지 않게 알기 쉬운 말로 요약해 실린다는 것도 알게 되었다. 그때 나오던 우리말판版은 우리나라 사람들이 미국 본사의 저작권 출판 계약도 없이 번역해 내는, 말하자면 해적판이었다는 건 훨씬 나중에 알게 되었다.*

그러나 이 잡지는 전란 중에 시골 중학교에 다니던 나에게는 더 넓은 세계를 내다보는 창窓이자 휴머니즘에 충만한 삶의 지혜를 일깨워주는 스승과도 같은 존재였다. 하지만 거기서 그치지 않았다. 이 잡지가 나의 인생을 지배하게 될 줄은 미처 몰랐다.

리더스 다이제스트는 매월 베스트 셀러를 한 권씩 좀 길게 발췌하여 권말부록으로 싣고 있었는데 나는 어느 날 장터에서 사 든 한 권의 부록

란에서 어떤 미국인 종군 기자의 일대기를 읽게 되었다.

베스트 셀러 요약물로 실린 그의 전기는 히틀러의 유럽 정복 야욕으로 발발된 제2차 세계대전에 개입하기를 꺼려 하는, 미국의 여론을 움직여서 참전 쪽으로 기울게 하는 데 한몫을 한 기자의 스토리였다. 나치의 폴란드 침공으로 서막이 오른 전쟁은 프랑스와 영국의 참전을 불러오면서 유럽 전역을 전화로 불붙게 했다. 그러나 영국의 다급한 구조 요청에도, 대서양 건너 미국은 강 건너 불 보듯이 팔짱을 끼고 방관하기만 했다. 루스벨트 미국 대통령은 나치의 세계 정복 흉계를 잘 알고, 히틀러를 증오하고 있었다. 그러면서도 구舊 대륙의 전쟁에 말려들기 꺼려 고립주의를 고수하려는 의회와 여론에 발목이 잡혀, 고작 무기와 식량 원조만 보내는 소극적인 태도로 일관하고 있을 뿐이었다. 식량과 무기를 싣고 영국으로 가는 미국의 수송선단이 수천 척이나 나치 U보트 잠수함의 어뢰공격을 받고 침몰해도 손 놓고 방관하기 만했다. 심지어 민간 여객선이 침몰돼도 공허한 항의만 거듭할 뿐이었다.

그 무렵 미국 ABC방송의 어니 파일 특파원은 독일 폭격기들과 V-2 로케트의 폭격으로 불타고 있는 런던 거리를 마이크를 들고 이리저리 뛰어다니면서, 나치의 비전투원 무차별 학살의 참상과 잔학한 파괴를 생생히 중계하는 전파를 미국에 날려 보냈다. 불타 넘어지는 빌딩과 방공호로 달려가는 사람들 속을 누비면서 전하는 그의 처절한 현장보도는 미국 시민들의 나치에 대한 적개심을 불러일으켜서 여론이 참전 쪽으로 돌아서게 만드는 데 큰 몫을 했다. 그리하여 얼마 후 1941년 12월 7일 일본이 진주만을 기습 공격하자 루스벨트는 즉각 대일 선전포고를 하고, 곧 이어 히틀러의 나치에 대해서도 선전포고를 하기에 이르렀다.

어니 파일 기자의 전기를 읽고 나서 나는 전기 충격을 받은 것 같은 쩌릿한 감동에 사로잡혔던 것으로 기억한다. 나는 그때 옳지 않은 것과 결연히 맞서는 한 기자의 불같은 정의감과 용기, 사람들의 마음을 움직이는 펜과 마이크의 힘에 감격하여 은연중에 나도 커서 나중에 저널리스트가 되겠다는 꿈을 가꾸게 되었던 것 같다.

나의 청소년 시절 어니 파일 기자의 이야기가 실린 『리더스 다이제스트』의 상징 로고는 고대 그리스 신화에 나오는 시신詩神 뮤즈가 타고 다니는 날개 달린 천마天馬, 페가수스였다. 새까만 천마에 자유의 영혼을 싣고, 시심詩心을 싣고 하늘을 나는 저널리스트가 되겠다던 나의 어릴 적 꿈은 과연 얼마만큼 성취되었는가? 부끄러움 없는 저널리스트로 남으려고 참 열심히 산 세월이었다. 하지만 일흔을 넘긴 나이에 바라보는 하늘은 무언가 덜 채워진 듯 허전하기만하다.

＊한국전쟁이 한창이던 1951년에서 1953년에 걸쳐 2년 가까이 임시수도 부산에서 저작권 계약 없이 발행되던 한글 『리더스 다이제스트』는 전시의 젊은 한국의 젊은이들과 학생들의 많은 사랑을 받고 폭발적 인기를 누렸다. 당시 옵셋 인쇄 기술이 들어오기 전이어서 칼러판 표지는 일본에서 찍어오는 것으로 알려졌다. 미국 다이제스트 본사 영업국은 무단 발행을 문제 삼아 해적판을 막으려 했다. 그러나 발행인 드윗 월리스 씨는 전쟁 중인 어려운 나라를 돕는 차원에서 그냥 두라고 말렸다고 한다. 이런 사실은 내가 연세대 총장을 지내신 백낙준 박사를 인터뷰하는 과정에서 듣게 되었다. 백낙준 박사는 한국전쟁 이전부터 월리스 씨와 매우 가까이 지낸 사이였다. 월리스 사주의 저택 응접실에는 백 박사가 선물한 청전青田 이상범 화백의 그림이 걸려 있었다.

(『에세이21』 2010년 겨울호)

어떤 반역자의 변辯

  나에게는 헌책방을 찾는 습관이 있다. 나이 들어 시간이 많아진 요즘은 더 자주 드나드는 편이다. 헌책방에서 예전에 읽어보고 싶었으나 기회를 놓쳤던 시집이나 소설을 발견하면 반갑게 사 들고 나온다.

  그런데 요즘 고서점에 가면 내가 찾는 것이 또 한 가지 더 있다. 전에 내 자신이 번역했거나 친구들과 공역한 책들이다. 우리 집 서가에서 사라져 버린 소장본을 채워두고, 예전에 책을 증정하지 못했던 친구들에게 선물로 주기 위해서이다. 제대로 분류도 않은 채, 천장까지 닿는 서가에 빽빽이 쌓아둔 먼지 앉은 헌책들 가운데서 나의 책을 찾아내면 잃었던 벗을 되찾은 것처럼 반갑다.

  나는 평생 신문기자와 에디터로 일하면서도 꽤 많은 역서譯書를 낸 편이다. 영문으로 쓴 책을 우리말로 옮긴 것들이다. 소설이나 희곡戲曲, 에세이, 동화 등 문학작품도 번역했지만, 저명인사들의 저서, 회고록, 전기(biography) 따위의 다큐멘터리물物을 주로 많이 우리말로 옮겼다. 이럭저럭 번역한 책이 거의 백 권에 가깝다.

번역이라는 부업 때문에 저널리스트로서의 본업을 소홀히 하지 않겠다는 원칙을 세우고 그걸 지키려고 애썼다. 그러다 보니 주로 여가 시간이나 주말을 몽땅 번역에 바치면서 밤새껏 원고지와 씨름하기 일쑤였다. 개인용 컴퓨터(personal computer: PC)가 없던 시절, 볼펜으로 장시간 원고지를 메우고 나면 오른팔과 어깨가 부어오르고, 기침을 하면 가슴이 결리기도 했다.

번역에 대한 어떤 문화적 사명감 같은 고상한 동기가 있어서, 그렇게 치열하게 매달린 건 아니었다. 러시아 문호 도스토예프스키는 노름빚에 쪼들려서 『죄와 벌』을 썼다지만, 젊은 시절 내가 번역에 매달린 것도 부끄러운 일이지만 시작은 오로지 돈 때문이었다. 6.25한국전쟁이 끝난 지 10년 남짓한 그 무렵, 신문기자가 좋아서 언론계에 뛰어들었지만, 신문사가 주는 월급은 쥐꼬리 만했다. 갓 결혼하여 세 아이를 둔 내 가정의 생계비에 턱 없이 모자라서 가외로 돈을 벌어야만 했던 것이다.

그래서 처음엔 출근하기 전 꼭두새벽과 퇴근 후, 외국어학원에 나가서 시사영어 강의라는 걸 했다. 시사주간지 『타임(TIME)』이나 영자신문의 기사와 논설문을 교재로 대학생과 젊은 직장인들에게 영어를 가르치는 일이었다. 영어를 상용하는 나라에서 살았거나 유학도 하지 못한 주제의 알량한 영어 실력으로는 늘 뒤가 켕기는 일이었으나 그럭저럭 버텨냈던 것 같다. 그러나 그것도 1년쯤 지나 야간대학원에 진학하게 되어, 저녁시간대 강의는 그만둘 수밖에 없게 되었다. 그때 찾아낸 대안이 잡지나 출판사들을 위한 번역 글 쓰기였다.

1960년대 신문기자의 월급 봉투가 얄팍하여 번역이라는 부업을 할 수밖에 없었지만 나에게 번역은 그 전부터 꼭 한 번 도전해 보고 싶은 매력적인 일이었다. 해방 직후 세계 문학과 사상, 철학 및 전문 분야 고전古典의 번역 출판은, 식민지 시대 일본말을 배운 지식인들이 일어日語로 나와 있는 번역서를 우리말로 옮기는 중역重譯으로 이루어지고 있었다. 흔히 '개똥번역' 이라는 은어로 비하되었지만 그게 슬프게 낙후된 우리 문화의 현주소였다. 새로 나오는 문학 작품이나 전문 서적의 번역서도 대체로 문인이나 전공 교수들이 여기餘技로 중역을 한 것이 대부분이었다. 그래서 해방 후 첫 한글세대에 속한다고 자부하던 나는 대학 시절에, 일본말 냄새가 나지 않게 세계문학전집을 우리 손으로 새로 번역해야 한다고 교수님들 앞에서 기염을 토하기도 했다. 그야말로 터무니없는 객기고 만용이었다.

대학에서 영문학을 공부했고 영어가 업무에 직접적인 도구가 되는 국제 뉴스 관계 저널리스트로 일하고 있었지만, 막상 손대고 보니 번역은 결코 만만한 일이 아니었다. 번역하는 기점언어(source language)인 영어 원어민(native speaker) 사회에서 오래 살았거나, 유학을 한 적도 없이 순전히 토종 국내파 영문학도에 속하는 나로서는 솔직히 어학적 한계와 문화적 장벽에 부닥칠 때가 부지기수였다. 온갖 종류의 영어 사전, 전문 사서辭書와 신・구약성서, 그리스─로마신화, 의학, 기술, 군사 사전, 동식물 도감 등 참고 서적을 뒤적이며 씨름하는가 하면, 전문가와 원어민들을 찾아서 도움을 청해야 했다. 그러나 원작자가 말하려는 생각에 가장 가까운 우리말 표현을 찾아내려는 나의 노력에 제일 큰 도움이 되었던 것은 아마 나의 영어 실력보다는 우리말 구사 능력, 독해력이 좀 더 나았던 점인 것 같다. 가끔 외국에서 오랫동안 수학하고 온 교수들이 번역한 책에서 무슨 말을 하는지 전혀 감을 잡기 어려울 때가 많다. 우리말 이해와 표현력이 모자라기 때문이다. 그에 비해서 저널리스트로 닦은 나의 우리말 이해, 표현력은 나의 번역에 하나의 큰 이점이 되어 주었다.

그러나 번역 원고가 출판사로 넘어가 책이 되어 나온 뒤, 오역을 발견하거나 누구로부터 지적 받았을 때는 당혹스럽기 짝이 없었다. 너무 부끄러워 쥐구멍에라도 숨고 싶도록 참담한 심경이 되어 얼마간 울적하게 지내야 했다. '번역은 반역이다' 는 오랜 속담이 뒤통수를 때렸다. 나도 영락없이 반역자가 된 것이 아닌가! 하지만 이때의 반역이란 말은 번역의 근원적 불가능성이란 어려움을 강조하는 것이지, 국가나 체제를 뒤엎는 모반을 의미하지는 아닐 것이라고 자위할 수밖에. 아마 원작자의 뜻을 그대로 전하기는 극히 어렵고, 자칫하다가는 원작자의 생각을 틀리거나 다르게 전하는 배반 행위를 할 수 있으니, 아주 조심하라는 엄한 경고일 것으로 받아들였다.

가끔 이런 불명예스러운 '반역자' 가 되기도 했지만, 나는 오랫동안 꾸준히 번역을 할 수 있었던 것을 고맙게 생각하고 있다. 다른 문화권 사람들의 삶과 생각을 더 많은 내 이웃 사람들에게 전해 주는 번역이라는 일이 문화의 전달, 교환, 소통, 정보의 축적이란 뿌듯한 사명감과 보람을 갖게 해 주었기 때문이다.

그리고 원작자의 생각에 깊이 젖어 들어서 공감하면서, 그 정확한 우리말 표현을 찾아냈다고 생각했을 때는 무엇과도 비교할 수 없는 벅찬 성취감을 맛볼 수 있었다. 순수한 희열에 젖는 시간이었다. 그럴 때면 '번역은 제2의 창작이다' 는 말을 실감나게 음미할 수 있었다. 번역의 진미에 푹 빠져들게도 되었다. 더구나 번역은 나에게 극심한 가난을 면할 수 있게 도와줘서, 남에게 기죽거나 부끄럽지 않고, 자긍심 있는 기자로 당당히 살아가게 해 주었다. 그리고 보면 나에게 번역은 박봉과 가난이 가져다준 역설적 행운이라고 해도 좋을 것 같다.

(『에세이21』 2011년 가을호)

북청北靑 물장수

벌써 30여 년 전 일이다. 홀로 종로 거리를 터벅터벅 걷다가 종묘로 발길을 옮겼다. 공해에 찌든 도심 한복판에서 문득 만추의 정취를 맛보고 싶은 충동에 이끌렸던 것이다. 숲길을 거닐고 싶었다. 찬란한 단풍으로 물든 수목들 사이로 호젓이 걸었다. 명상을 뿌리면서. 큰고목들 옆 공터에서 모임을 갖는 사람들 무리가 여기 저기 눈에 들어왔다. 단풍놀이 나온 이들이겠거니 하고 무심히 지나치려 했다.

 그러나 가까이 다가가자 북한 땅에 고향을 두고 온 실향민들 모임인 걸 알 수 있었다. 이북의 무슨 군, 무슨 면이라는 깃발을 내건 향우회들. 그 가운데 '북청향우회'란 깃발에 특히 눈이 끌렸다. 고교 시절 암송하던 시 한 수가 바로 떠올랐다.

 새벽마다 고요히/ 꿈길을 밟고 와서/ 머리맡에 찬물을 쏴아 퍼붓고는/ 그만 가슴을 디디면서 멀리 사라지는/ 북청물장수/ 물에 젖은 꿈이/ 북청물장수를 부르면/ 그는 삐걱 삐걱 소리를 치며/ 온 자취도 없이 다시 사라진다/ 날마다 아침마다/ 기다려지는/ 북청물장수

파인巴人 김동환金東煥의 시詩다. 일제日帝 식민지시대인 1925년에 나온 그의 시집『국경의 밤』에 실린「북청물장수」라는 시. 시인은 함경도 북청 사람이었다. '물에 젖은 꿈' 은 고향 그리움이었을 게다. 내 머리에 남아있던 북청이란 지명은 이 시를 통해서 각인된 것이었다. 북청물장수란 말도 이 시를 통해 처음 들었다. 시집의 제명에 국경이란 말이 들어 있어서 처음엔 북청을 두만강 변경의 어느 고장으로 생각했다. 착각. 함경남도에 속한 지역이다. 그런데 물장수면 물장수지 왜 하필 '북청물장수' 일까.

긴 사연이 있었다. 구한말, 서울 장안에서 우물물이나 뚝섬 쪽의 맑은 한강물을 길어다 집집에 배달해 주던 사람들이 있었다. 이들을 물장수라고 불렀다. 주로 물산이 척박한 함경도 사람들이 상경하여 물장수로 일했다. 그 중에서도 함남 북청군 사람들이 유별나게 많아서 북청물장수란 말이 새로 생겨났다고 한다. 곧 북청물장수는 서울 장안 물장수의 대명사가 되었던 것이다.

이 물장수들의 수가 많아지자, 단골 급수구역이란 게 생기게 되었다. 열대여섯에서 서른 가구를 단위로 한, 그 구역은 다른 물장수가 침범하지 않는다는 불문율도 생겨났다. 차츰 이것이 독점적인 권리가 되고, 일종의 물장수조합水商組合이 결성되었다. 급수권을 사고파는 재산권 행사도 가능해졌다.

그러다가 1908년에 서울에 상수도가 준공된다. 수도회사에서는 스물한 군데에 공용 수도전을 설치하여, 물장수들이 여기서 물을 받아 팔고 물 사용료를 따로 내게 해 주었다. 물장수들의 생계에 타격을 주지 않으

려는 배려였다. 요즘 세태보다 그땐 '같이 살자'는 정신이 더 성했던 것 같다.

물지게를 지거나 물수레를 끌면서, 상수도가 들어가지 않은 장안의 언덕바지나 골목길을 누비고 다니는 북청물장수들. 그들은 대개 단신으로 상경하여 싸구려로 합숙을 하는 빈한한 하층민이었다.

그러나 이들 북청물장수들에게는 소박하지만 큰 꿈이 있었다. 가난 속에서도 힘 드는 일을 하는 주된 이유는 자식들을 공부시키겠다는 일념 때문이었다. 그들의 이런 염원이 담긴 교육열은 비단 제 자식들을 공부시키는 데만 그치지 않았다. 애향심과 단합심이 남다른 북청 사람들은 빈곤 속에서도 주머니를 털어 고향의 다른 젊은이들을 위한 장학사업에도 열성적이었다. 그래서 놀랍게도 북청에서 식민지시대 전국에서 가장 많은 일본 유학생이 나왔다. 아마 거기엔 북관 사람들 특유의 진취적인 기상도 한몫 거들었을 터이지만.

물장수들이 푼푼이 모은 장학금으로 공부한 북청 젊은이들이 나중에 훌륭한 학자, 교육자, 사업가, 의사, 법조인, 외교관, 종교인으로 성장할 수 있었다. 그 가운데는 식민지시대 영국 유학을 하고, 해방 직후 건국 초기에 이승만 대통령이 특히 신임한 외교관을 지낸 분도 나왔다.

서울의 물장수는 6.25한국전쟁 이후 상수도 보급이 보편화 되면서 사라진다. 그러나 북청물장수들의 장학정신은 사라지지 않고 아직도 연면히 이어지고 있다. 공산주의 압제를 피해 자유를 찾아 남으로 내려온 북청 실향민들은 온 나라가 전화戰禍의 곤궁을 벗어나기 전인 1964년에 일찍이, 피난지 서울에서 북청 향토장학회를 결성한다.

비록 난민 처지에서 십시일반으로 모은 적은 돈이었지만, 더 어려운 2세들을 찾아내 장학금을 주기 시작한 것이다. 그러다가 1978년 중요한 전기轉機를 마련한다. 장학회는 서울 청담동에 세워진 군민회관을 재원으로 편입하여, 재단법인 북청군장학회로 확대 발전한다. 이북 5도 산하 군단위에서는 처음 재단법인체가 된 이 장학회는 지난 해 말까지 2천여 명의 실향민 자녀들에게 장학금을 지급해 왔다. 수십억 원의 장학금이었다.

나는 지인인 H변호사로부터 북청물장수들 이야기와 그 뒤에도 이어진 실향 북청 사람들의 장학정신, 그리고 그 위대한 교육열을 자초지종 소상히 들을 수 있었다. 그도 바로 북청 사람들의 장학금으로 학업을 닦은 사람이었던 것이다.

북청 사람들의 장학정신과 애향, 그리고 단합의 아름다운 영혼이 존경스럽다. 그런 숭고하고 이타적인 보시정신이 오래 오래 이어지고 널리 퍼져나가 우리 사회가 더 자랑스러운 공동체로 성숙하는 마중물이 되기를 간절히 빈다.

(『수필문학』 2020. 7월호)

북송정 北松亭

고향 영덕읍에서 국도를 따라 북쪽으로 오리쯤 떨어진 나지막한 야산에 북송정北松亭이란 데가 있었다. 그 곳 일대는 하늘을 찌를 듯이 높이 자란 우람한 소나무들이 빽빽이 들어찬 숲이었다.

오래 전부터 읍내 사람들은 그 울창한 송림지대를 흔히 북송정이라고 불렀는데 정작 정자亭子는 어디에도 볼 수 없었다. 아마 예전에 오십천五十川 강변의 정취를 완상하는 멋진 정각亭閣이 서 있었는데 오랜 풍상風霜에 시달려 허물어져 사라지고 북송정이란 이름만 그 숲의 대명사로 남게 된 것 같다.

나의 유년 시절 해마다 단옷날이면 그 솔숲에서 단오잔치가 벌어졌다. 읍내 사람들이 몰려와 들놀이를 하고 그네뛰기 대회를 열었다. 그때는 추천鞦韆대회라고 했다. 추천이 그네뛰기를, 추천절은 단오를 뜻하는 말인지는 훨씬 더 자라서 알게 되었지만. 한창 꽃다운 처녀이던 고모의 손에 이끌려서 북송정의 단오잔치를 구경하러 가던 기억이 난다. 북송정 숲에서 고모가 사주었던 수리취떡의 향긋한 맛이 그리울 때가 있다. 이제는 추억만 아련할 뿐 그 울울창창하고 아름답던 소나무 숲은 사라져 버린 지 오래 된다. 6.25전쟁 때 북쪽 인민군의 벌목으로 사라져 버린 것이다.

인민군은 읍 남쪽 8km 떨어진 강어귀(江口)의 끊어진 다리를 복구하는 데 쓰려고 북송정의 그 울창한 소나무들을 모조리 베어냈다. 일제 식민지 시대 내가 태어나기도 전에 세워진 그 다리는 동해안을 남북으로 종단하는 7번 국도에 놓인 길이 200m 쯤 되는 철근 콘크리트 교량이었다. 그런데 전세가 불리하여 남으로 밀리던 국군이 후퇴하면서 작전상 다리 한가운데를 폭파해 버렸다. 그래서 동해안을 따라 우리 고장을 거쳐 포항浦項까지 밀고 내려간 북한 인민군은 자동차도로가 잘려 포탄과 탄약 등 전쟁물자와 병력의 수송에 어려움을 겪고 있었다. 결국 그 바람에 인민군의 경주慶州 점령이 지연되었던 것이다.

그 교량을 복구하던 인민군 공병대는 낮에는 유엔군 전투기들을 피해 숨어 있다가 어둠이 깔리면 북송정 소나무를 베어서 소달구지와 짐차로 실어 날랐다. 주민들은 밤마다 불려나가서 벌목을 돕는가 하면 무너진 차도를 복구하고 흙과 자갈을 까는 부역에 시달렸다. 초등학교 6학년생이던 내 또래 어린이들에게도 삽이나 괭이, 삼태기 같은 걸 가지고 나오라고 하여 거들게 했다. 나도 여러 차례 멀리 떨어진 이웃마을 앞까지 가서 통나무를 실은 소달구지와 화물차들이 털털거리며 어지럽게 오가는 어두운 길에서 밤늦게까지 부역을 했다. 초등학생인 나에게는 흙과 자갈을 퍼 나르는 것은 힘에 부치는 일이었을 게다. 그래도 나는 '조국의 영광스러운 통일전쟁'에 무언가 한몫하고 있다는 생각에 신명이 나서 힘 드는 줄 모르고 시키는 대로 열심히 일했다.

전쟁이 터지고 우리가 사는 곳이 국군과 인민군 사이에 밀고 밀리는 싸움터가 되자 우리 가족과 이웃들은 남으로 피난길에 올랐다. 한 달 남 짓 지나 북쪽 군대가 우리의 피난길을 앞질러서 포항을 점령하는 통에 우리는 고향 집으로 되돌아와야만 했다. 피난 갔던 마을 사람들이 거의 다 돌아온 어느 날 저녁, 인민군 선전대가 사람들을 모두 동네에서 제 일 큰 집 마당에 모이게 하고 연설을 했다.

평양의 김일성대학을 나왔다고 소개된 깔끔하게 차려입은 젊은 장교 가 열변을 토했다.

"영웅적인 조선 인민군대가 곧 남조선 국방군과 미美 제국주의 군대 를 무찌르고 조국을 공산주의 자주국가로 통일할 날이 얼마 남지 않았 습니다."

"우리는 곧 미국의 주구走狗 이승만 도당의 남조선 괴뢰정권을 몰아 내고 모든 인민이 평등한 주인이 되는 새 나라를 세우게 됩니다."

그의 열변은 불을 토하는 듯했다. 마을 사람들 틈에 끼어있던 어린 나 에게는 이해하기 어려운 말이 많았다. 하지만 그 인민군 장교의 불꽃 튀 는 웅변을 듣고 있노라면 무언가 알 수 없는, 전율하는 힘과 벅찬 펄떡 임이 밀려오는 것 같아 가슴이 마구 뛰었다.

며칠 뒤 인민군 선전대는 내 또래 아이들을 동사무소에 모아놓고 「김 일성 장군의 노래」를 가르쳐 주었다. '아침은 빛나라 이 강산 은금의 자 원도 가득한 삼천리 아름다운 내 조국…'으로 시작되는 북쪽의 국가(國 歌)라는 것도 배웠다. 둘 다 빠른 박자와 활기찬 노랫말로 왠지 힘이 솟 는 신나는 노래들이었다. 물감으로 북조선 깃발을 그리고 김일성 장군 과 인민군을 찬양하는 포스터를 만들어 동사무소와 여기저기 담벽에 붙이게도 했다. 합창단을 조직해 노래를 가르쳐 주면서 곧 남쪽의 다른 '해방지구'로 가서 공연할 것이라고 했다.

다음엔 우리 초등학생 아이들을 소년단원으로 편성하여 두 군데의 마을 공동우물 옆에 움막을 짓고 조별로 돌아가며 불침번을 서게 시켰다. "남조선 스파이들이 몰래 우물에 독약을 풀지 못하게 지켜라"는 명령이었다. 부모님들은 다들 질겁하여 말리며 어쩔 줄 몰라 했다. 하지만 이미 선전대의 선동에 홀딱 넘어간 우리 꼬마 '혁명전사들'은 아랑곳하지 않았다. 우리는 '장백산 줄기줄기 피어린 자국…' 하고 목청껏 「김일성 장군의 노래」를 외치면서 알 수 없는 흥분에 들떠 거드럭거리며 골목을 누비고 다녔다. 지금 와서 생각하면 영락없이 1960년대 중반 마오쩌뚱(毛澤東)의 부추김에 놀아난 중국의 홍위병紅衛兵 꼴이었다.

요즘 제주도 어느 해변 마을의 해군기지 건설과 미국과의 자유무역협정(FTA)을 한사코 반대하고 있는 극렬 시위를 보고 있노라면, 어쩐지 60년이 더 된 예전의 일이 겹쳐 떠오른다. 데모에 앞장선 사람들은 수년 전, 훈련 중인 미군 탱크에 치어 죽은 소녀를 추도하는 촛불시위와 평택의 미군기지 건설 반대 투쟁에 나섰던 그 얼굴들이다.

그들의 궁극적인 목표는 한 마디로 자유민주주의 체제를 뒤엎으려는 반체제 혁명에 귀착돼 있다는 것이 내 생각이다. 어느 시대나 사회를 막론하고 20% 정도 소수의 극렬 반대 세력은 존재한다는 것이 사회학적인 통계이다. 그들 소수의 지상 무기는 철통같이 통제되는 조직과 순박한 다수 대중을 광기狂氣의 열풍 속으로 몰아가는 도그마적인 선동이다. 어린 시절 잠시 내 또래 동네 아이들을 들뜨게 했던 인민군 정치장교의 열변 같던, 그런 선동의 광풍이 전자미디어를 타고 더 신속하고 세차게 휘몰아치고 있는 것이 오늘날 우리가 직면한 현실이 아닌가! 그것도 어느새 소수를 넘어 대다수의 청장년층마저 광란의 소용돌이 속으로 몰아넣으면서.

(『에세이21』 2012년 여름호)

잊을 수 없는 여름밤

여름밤 바닷가 백사장에 홀로 앉아 있다. 한낮의 해수욕장을 뒤덮었던 피서객들은 사라진 지 오래다. 열기가 식어가는 모래밭에는 어둠 속에서 밀어를 나누는 아베크족들만 띄엄띄엄 남아 있다. 아직도 등불을 밝히고 늘어서 있는 저쪽 천막가게들에서는 간간이 술꾼들의 웃음소리가 터져 나온다. 물밑 모래를 빗질하며 일렁이는 파도소리가 차츰 또렷해지고 있다.

나는 80년대 초 어느 여름밤의 추억에 잠겨 홀로 앉아 있다. 그때 서울에서 기자로 일하고 있던 나는 한 애향 친목단체를 이끌고 있었다. 서울에 사는 고향 친구들과 선·후배들로 이뤄진 모임이었다.

그 무렵 어느 날, 나는 원로 여류수필가 J선생님*이 세운 K예술고등학교**를 찾아갔다. 그 학교 연극과 교사인 후배를 만나러 갔던 것이다. 마침 이 학교가 다음해에 첫 졸업생을 배출하는 것을 기념하기 위해 음악, 무용, 연극으로 구성된 종합예술제 준비에 한창일 때였다. 그래서 후배가 지도하는 학생들의 연습장면을 우연히 구경하게 되었다.

지도교사들의 불호령 아래 땀 흘리며 열연하는 십대 학생들의 진지한 모습이 너무 인상적이었다. 비록 연습이긴 하지만, 미래의 예능인들이 보여주는 신명과 열정이 신선한 영혼의 고동으로 가슴에 와 닿았다.

나는 바로 즉석에서 지도교사들에게 제안했다. 여름방학 때 학생들을 동해안의 아름다운 내 고향으로 데려가 순회공연을 해 보자는 즉흥적인 아이디어였다. 출연 학생들에게는 시골 생활을 맛보고 해수욕을 즐기는 바캉스가 될 것이고, 예술제를 위한 멋진 예행연습 기회가 되지 않겠느냐는 좀 기발한 발상이었다.

교사들은 그럴 듯한 착상이지만 사춘기 학생들의 생활지도 문제가 크고, 경비관계도 있어서 학교의 허락을 얻기가 쉽지 않을 것이라며 난색을 표했다. 하지만 나는 기껏 텔레비전을 통한 대중문화(mass culture)만 접하고 사는 고향 시골 사람들에게 고급문화(high culture)의 신선한 바람을 맛보이고 싶었다.

얼마 뒤 나는 체재 경비 일체를 우리 클럽이 부담하는 순회공연 계획서를 마련하여 몇몇 회원들과 함께 J이사장을 찾아 갔다. J선생님과는 잘 아는 사이였다.

선생님은 우리가 마련한 계획서를 찬찬히 뜯어 보시더니, 그 자리에서 선뜻 학생들의 여름 공연을 허락해 주셨다. 학생들의 안전과 생활지도를 위해 음악, 무용, 연극 지도교사 외에 여류시인 C교감 선생님을 *** 인솔자로 동행시키겠다고 하셨다. 스쿨버스도 쓰도록 허락했다. "한 선생을 철석같이 믿으니" 탈 없이 일을 진행해야 한다며 나에게 거듭 다짐을 받는 것도 잊지 않았다. 문단의 '통 큰 언니'로 통하던 선생님다운 시원한 결정이었다.

마침내 K예고의 4박5일 일정 순회예술발표회가 막을 올리게 되었다.

학생들은 낮에는 연습과 해수욕을 하고 저녁에 공연을 하기로 되어 있었다. 고전과 현대무용, 판소리와 가곡, 번역 단막극과 창작 마당놀이 등 3부로 짜인 의욕적인 공연이었다. 첫날 영덕盈德읍민회관과 다음날 강구江口극장 공연은 대성황을 이루었다.

읍내와 인근 마을에서 큰 인파가 몰려 왔다. 냉방시설이 없고 대형 선풍기만 돌아가던 그 시절 공연장은 그야말로 찜통이었다. 그러나 관중은 처음 대하는 학생들의 공연을 신기한 듯 숨죽이고 지켜보았다. 그에 보답하려는 듯 학생들은 땀에 흠뻑 젖으며 열연했다. 아낌없는 감동의 탄성과 박수갈채와 터져 나왔다.

마지막 발표회는 장사長沙 해수욕장 송림 속에 있는 중학교 운동장에서의 야외공연으로 잡혀 있었다. 그날 낮, 휴가를 내서 고향에 내려온 클럽 회원들과 나는 학교의 집기를 내다 땀을 뻘뻘 흘리며 가설무대를 꾸몄다. 학교의 전기를 끌어서 예고에서 실어온 음향과 조명 기기들도 설치했다.

운동장에 어둠이 내리자 면소재지 주민들과 해수욕장의 야영객들이 모여들기 시작했다. 인근 산촌마을 사람들도 고개를 넘고 들길을 걸어 찾아왔다. 시원한 바닷바람이 불어오는 가운데 마침내 예술제가 막을 올렸다.

그런데 가곡과 무용 프로가 끝나고 판소리 공연이 한창인데 갑자기 전기가 나가 버렸다. 주위가 캄캄해졌다. 누군가가 학교로 달려가서 끊어진 퓨즈를 손보아 전기가 다시 들어오게 했다. 나는 교무실로 달려가서 변전소에 전화를 걸었다. 변전소 직원은 퓨즈 교체로 전기가 잠시는 괜찮겠지만 공연을 끝마치기는 어려울 것이라며, 시간이 좀 걸리겠지만 기술자를 보내주겠노라고 말한다.

변전소는 자그마치 20리나 떨어져 있지 않은가! 나는 마음이 조마조

마해서 안절부절 못했다. 변전소 사람은, 낮에 들에 나가 일하던 주민들이 귀가하여 전기를 쓰는 데다, 조명과 음향 기기의 전력이 과부하돼 전압이 낮아진 탓이라고 설명해 주었다. 아니나 다를까 마당극이 한창 진행되고 있는데 다시 전기가 나가면서 출연자들의 목소리가 잦아들었다.

그런데 바로 다음 순간, 뜻밖의 기적이 연출되었다. 가설무대 위로 수십, 수백 개의 플래시라이트 불빛이 쏟아져 들어왔다. 산골 사람들이 귀가할 때 쓰려고 들고 온 손전등으로 무대를 밝혔던 것이다. 누가 시킨 것도 선도한 것도 아닌, 무언중에 마음과 마음이 이어져 불 밝혀진 무대 조명이었다. 어떤 연출자도 없는 그야말로 자연발생적으로 켜진 순수한 불빛의 무대, 그 순간 캄캄한 어둠 속에서 엉거주춤하고 있던 출연자들의 연기가 이어졌다.

젊은 연기자들은 마이크의 도움을 받을 수 없다고 판단한 듯 쩌렁쩌렁 목청껏 소리 높여 노래하고 대사를 토해냈다. 서로 엇갈려 출렁이는 플래시라이트 향연 속의 신기한 공연. 가슴이 뭉클해지며 전신에 전율이 왔다. 평생 잊을 수 없는 감동의 무대, 잊을 수 없는 여름밤이었다.

* 여류 수필가 전숙희 여사. 내가 직장인 통신사(news agency) 국제부의 일 틈틈이 선생님이 경영하시는 월간 『동서문화』(현재 『동서문학』의 전신)의 편집 기획위원으로 여러 해 도와드렸다.
** 계원예술고등학교.
*** 여류시인 추영수 여사.

(『에세이21』 2017년 여름호)

제 2 부

잊었습니다

「2달러의 비전」

    요즘 나의 책꽂이 한 쪽에 미화美貨 2달러짜리 지폐를 표구한 아크릴 액자가 한 점 놓여 있다. 「2달러의 비전」이라는 제목이 적혀 있다. 작년 여름 어떤 군인한테서 선물로 받은 것이다.

    지난 해 '보훈의 달' 어느 날 은퇴 언론인 단체의 참전동지회를 따라 영천永川시에 있는 참전군인 묘역 호국원에 참배하고, 인근의 육군3사관학교를 방문했다. 나는 의무병義務兵으로 육군에서 병역을 마친 사람이다. 하지만 6.25한국전쟁이나 월남전에 참전하지는 않아서 참전동지회 회원에는 들지 못했다. 그러나 버스 편이 넉넉하니 함께 가자는 권유를 받고 선뜻 따라나섰다. 보훈의 취지에 동참하는 것도 뜻 깊고, 새 시대의 장교들을 양성하는 사관학교를 둘러보고 싶은 호기심이 동해서 먼 길에 동행했던 것이다.

    호국원에 잠든 참전 장병 영령 앞에 긴 묵념을 올렸다. 이곳에 묻힌 분들은 위기에 처한 나라를 지키는 전쟁을 치르고, 전화戰禍의 폐허 위에서 우리의 경제적 기적을 일군 의로운 주역들이 아닌가. 시대착오적이며 덜된 친북, 좌경세력에 의해 그런 주역들의 호국정신이 퇴색되어가고, 그들이 이룩한 역사가 왜곡돼 가는 오늘의 현실이 새삼 더 뼈저린 아픔으로 가슴에 밀려왔다.

사관학교의 교장은 몇 년 전 중부전선의 청성靑星부대를 방문했을 때, 사단장으로 만났던 S소장少將이었다. 재회가 반가웠다. 그는 우리 일행을 맞아 학교의 현황과 사관생도들의 교육, 훈련을 담은 영상물을 보여주었다. 곧 점심시간이 되어서 우리 노병들은 손자 또래의 생기발랄한 사관후보생도들과 어울려 식사를 하며 대화를 나누는 즐거운 시간을 가졌다.

방문 행사를 마치고 헤어질 무렵 S장군이 우리 일행 하나 하나의 목에다 빨간 머플러를 둘러 주었다. 태극기와 사관학교 심벌마크가 촘촘히 새겨진 머플러에는 선명한 먹글씨로 '대한민국을 지키는 일, 절대, 절대 포기하지 말자!' 는 구호가 찍혀 있었다.

연전에 S소장의 사단을 찾아갔을 때, 영내 곳곳에 '절절포' 라는 구호가 적혀 있었던 기억이 떠올랐다. 처음 나는 무슨 야포 이름인가 생각하다가 '절대, 절대 포기하지 말자!' 는 구호를 줄인 말이란 귀띔을 들었다. 사단장에게 무슨 연유가 있는 구호인지 물어 보았다. 그는 히틀러 나치 공군의 런던 공습이 치열하던 위기에 영국 수상 처칠 경卿이 젊은이들에게 "침략자로부터 나라를 지키는 일을 절대, 절대 포기하지 말자!"고 호소한 일에 감명을 받아서 빌려온 구호라고 설명해 주었다.

S소장은 사단장 시절, 이런 머플러를 제대하는 장병들 목에 일일이 둘러주었고, 사관학교에 와서는 장교로 임관하는 생도들에게 둘러 주는데 오늘 학교를 찾아준 참전동지회 일행에게도 특별히 선물하는 것이라고 했다.

「2달러의 비전」액자도 그날 머플러와 함께 받은 선물이다. 이 액자에는 '2달러의 비전은 여러분이 세계로 나아가 더 큰 세상을 경험하면서 도전하는 모든 일에 행운이 깃들기를 바라는 학교장의 마음입니다. 장차 우리 군軍의 리더가 될 장교로서 자기 자신과 국가를 위한 원대한 꿈을 펼쳐 나가길 바랍니다'는 글이 인쇄돼 있다. '절대, 절대 포기하지 말자!'는 구호의 그 빨간 머플러도 찍혀 있고.

둘(2)이라는 숫자는 '짝', '함께', '조화', '협력'을 상징한다. S장군은 임관하는 부하들이 '나(자기 함양)'와 '나라(지킴)'라는 두 가지 지상목표를 조화시켜 호국의 간성이 되기를 바라는 마음으로 「2달러의 비전」 선물을 착안했다고 한다. 미국인들은 서부 개척시대부터 역경과 위험이 중첩한 황야에서의 두려움과 외로움 탓으로 '함께'라는 의미가 담긴 '2'라는 숫자를 선호했다. 그래서 1928년에 실용적으로는 그리 요긴치 않았음에도, 상징적 의미가 큰 2달러 지폐를 발권하게 되었다고 한다. 앞면에 미국 독립선언문 초안자이자 제3대 대통령 토머스 제퍼슨의 초상이, 그리고 뒷면에 독립선언문 서명 장면이 들어있는 2달러 지폐는 흔히 행운의 상징으로도 여겨진다.

영화 「상류사회」에 출연했던 여우女優 그레이스 켈리가 공연자 프랭크 시나트라로부터 2달러 지폐를 선물로 받은 후 모나코 왕비가 되면서부터 세간에 행운의 선물로 주고받게 되었다고.

S장군이 젊은 부하들의 가슴에 '절대, 절대 포기하지 말자!'는 구국투혼과 「2달러의 비전」을 심어주려는 간절한 열정을 생각하면, 머리에 떠오르는 사람이 있다. 일본의 청소년들에게 "젊은이들이여, 야망을 가져라!(Boys, be ambitious!)"는 불후의 구호를 던져준 미국 교육자 윌리엄 S. 클라크가 바로 그 분. 그가 홋카이도(北海道) 대학의 전신인 삿포로 농업학교를 떠나면서 남긴 그 한 마디 말로 두고두고 일본 젊은이들의

가슴을 설레게 했던 것처럼, S장군의 열정도 우리 젊은이들의 가슴을 오래 오래 감동으로 뛰게 하기를 빈다.

클라크 고별사의 이어진 대목이 더 큰 울림으로 다가온다. '―(젊은 이들이여), 야망을 가져라. 돈이나, 이기적인 권력의 신장을 추구하기 위한 야망이나, 흔히 명성이라고 일컫는 덧없는 것을 추구하기 위한 야망이 아니라, 인간이 마땅히 추구해야 할 것들을 성취하겠다는 야망을 가져라.'*

* (―(Boys,) Be ambitious not for money or for selfish aggrand-izement, not for that evanescent thing which men call fame. Be ambitious for attainment of all that a man ought to be.)

(『월간문학』 2019년 1월호)

어떤 망향望鄕

누구나 태어나서 자란 고향은 영원한 마음의 보금자리로 남는다. 그래서 나는 고향을 사랑하고 그리워하는 마음을 인간의 가장 순수하고 아름다운 정감 가운데 하나라고 생각한다.

나이 들어 늙으면 고향이 더 그리워지는 모양이다. 이제는 돌아가서 뵐 수 없는 부모님과 뿔뿔이 흩어진 어린 시절의 친구들이 같이 살던 고향이 생각날 때가 많다. 나도 어느새 그런 나이가 되었나 보다.

나는 지금은 고인이 된 재계의 거두 정주영 씨가 당신의 몸도 가누기 어려운 만년에, 501마리의 소떼를 몰고 북행北行한 이유를 나름으로 짐작한다. 죽음을 눈앞에 둔 늘그막의 애절한 망향과 향수 때문이었을 것이라는 생각이다.

그 누구처럼 노벨 평화상에 대한 집념 탓은 아니었을 것이다. 그분은 뒤늦게 정치판에 뛰어들어서 신당을 급조하여 대통령 선거전에 나서는 객기도 부렸다. 하지만 나중에 통일된 한반도의 국부로 추앙받겠다는 따위의 정치적 포부를 품고서, 그런 돈키호테형 소떼몰이 기행羇行을 하지는 않았을 것이라고 생각한다. 결코 정치적 야심이나 권력 의지 때문에 그런 일을 했다고는 보지 않는다.

그보다는 어린 시절 집에서 기르던 소를 판 돈을 훔쳐서 무작정 부모님 곁을 뛰쳐나온 지 수십 년 만에, 얼마 전 다녀온 이북 고향의 친지와 이웃의 헐벗고 굶주린 모습이 환영幻影처럼 눈에 밟혀, 기상천외의 소몰이 행각을 감행했기 쉽다. 가엾은 북녘 동포들에게 개혁, 개방의 물꼬를 터 줄지 모를 새 바람을 몰고 가서, 그들의 고난을 덜어주는 길을 열 수도 있을 것이란 소박한 애향심, 동포애가 동기였을 것이라고 생각한다.

고향은 참으로 소중한 마음의 안식처이다. 언제라도 훌쩍 떠나서 쉽게 찾아갈 수 있는 고향을 가진 사람은 참으로 행복한 사람이라 하겠다.

나는 기자로 일할 때, 우리나라 언론계에서는 최초로 신문사에 통일·북한부를 창설하여 그 데스크를 거치고 논설위원이 되어, 통일과 북한 문제를 전문적으로 다루는 일을 했다. 그때 고속도로와 철도에 귀성객이 넘쳐나는 명절이 되어도, 남들처럼 고향을 찾아갈 수 없는 월남 실향민들의 아픔을 가까이에서 자주 눈여겨보아 왔다.

그 가운데서도 함경도 개마고원蓋馬高原 어딘가가 고향이라는, 왕년의 원로 연예인 김희갑 선생이 타계하기 직전에, 망향의 애절함을 토로하던 장면을 잊을 수 없다. 타향에 나가서 중학교를 다니던 그분은 봄방학 때, 철로 연변에 들꽃이 만발한 개마고원의 고향을 찾던 회상에 젖어들다가, 인터뷰 도중에 그만 와락 눈물을 쏟고 말았다.

1992년 2월 평양에서 열린 「남북 기본합의문」 서명식을 취재하는 3박 4일의 일정을 마치고 평양을 떠나기 전날 밤, 나는 잠을 이루지 못하고 김일성의 영빈관인 백화원 초대소 내 방에서 혼자 독한 술을 마시며 울고 있었다.

　남북의 교류, 협력과 평화 공존의 기틀이 될 역사적 조약인 「남북 기본합의서」의 서명식은 남북의 총리 사이에 거창하게 끝났다. 빌리 브란트 서독 수상이 이끌어낸 「동·서독 기본합의서」 못잖다고 평가된, 분단국이 통일을 향해 걸어가기 위한 훌륭한 합의서였다. 하지만 나는 남북 관계를 가까이 지켜보아온 기자로서의 경험과 직관으로, 그 합의가 제대로 이행되기 어려울 것이라고 예측하고 있었다. 북은 진정한 대화를 바라고 있지 않았다.

　소비에트연방의 붕괴와 동유럽의 민주화 바람에 고립무원이 된 현실에서, 잠시 숨을 돌릴 기회를 찾고 있을 뿐이라고 보았다. 언제 무엇을 트집 잡아 대화를 삐걱거리게 할지 몰랐다. 앞으로도 암울하게 전진과 후퇴를 거듭하며 시간만 끌어갈, 남북 관계가 슬프지 않을 수 없었다. 그래서 허허벌판 한가운데 서 있는 김일성의 백화원 초대소 마당에서 한겨울의 찬바람에 떨고 있는 창밖의 자작나무들을 바라보면서, 내 방에서 홀로 술잔을 기울이면서 눈물짓고 있었다.

　내일이면 서울로 돌아가는 날이다. 우리 남쪽 대표단 일행이 돌아오기를 기다리며 임진강 '자유의 다리'까지 마중 나와 있을 수많은 실향민들의 모습이 눈앞에 어른거렸다. 그분들은 이제 남북의 자유로운 왕래를 열어 줄 합의가 이루어졌으니, 고향을 찾아갈 날이 얼마 남지 않았다는 벅찬 기대와 희망을 안고 대표단을 기다리고 있을 게 아닌가! 우리 방북 대표단이 북으로 향할 때 그랬던 것처럼 태극기와 환영의 플래카드를 높이 흔들면서.

　행여나 북한 땅 어딘가에 살아있을 언니의 소식을 들을 수 있을까 하고 아들의 귀환을 초조히 기다리고 계실 고향의 어머니 얼굴도 떠올랐다. 남로당 간부이던 이모부님을 따라 6.25 때 월북하신 큰이모님 가족은 또 따른 실향민이 아닌가. 이모님 부부는 일제 말년 함께 영어의 몸이 되었다가 광복을 맞아 출옥하신 독립운동가 부부시었다. 북으로 간 이모님이 망향의 한을 안고 일찍이 별세하셨다는 소식은, 고향의 어머님이 돌아가시고 난 뒤에야, 이모님 내외가 남쪽에 남겨두고 간 셋째 아들에게 북에서 중국을 거쳐 흘러온 소식으로 알게 되었다.

지금 남북관계는 평양에서 「기본합의서」를 조인調印한 19년 전보다 더 얼어붙어 경직된 그대로 남아 있다.

그래도 손쉽게 이루어질 것으로 예상되었던 남북 이산가족의 생사 확인과 서신 연락마저도 성사되지 않은 채, 참으로 긴 세월이 흘러가 버렸다.

지난 2000년 가을 시작된 남북 이산가족 상봉은 감질나게 겨우 명맥을 이어가고 있을 뿐, 월남 실향민들은 아직도 마음대로 고향을 찾아가지 못하고 있다. 모두 18차에 걸친 남북 이산가족 상봉 행사를 통해서 북녘의 가족을 만난 월남 인사는 고작 1919명*에 불과하다. 지금과 같은 속도와 인원으로 이산가족 상봉이 진행된다면, 가족 상봉을 신청한 남쪽 인사 12만여 명 중, 망향의 한을 안고 돌아가신 분 4만여 명을 제외한 나머지 신청자 8만여 명이 모두 만나기까지는 무려 400년이 걸릴 것이란다. 더구나 그분들 가운데도 언제 사망할지 모를 일흔이 넘은 고령자가 80%나 된다니 참으로 기막힐 일이다.

*2010년 10월에 있었던 제18차 상봉 때까지의 남쪽 상봉자 수. 그 후 제21차 상봉까지 세 번 더 남북 각 100여 명씩의 이산가족 상봉이 이루어졌다.

(2011. 4. 5)/(『통일로문학』 2019년 창간호 게재)

아우슈비츠에서

유럽 투어에 나선 이틀째 날, 폴란드에 있는 아우슈비츠 수용소 탐방 일정이 잡혀 있다. 나치 독일의 악명 높은 유태인 대학살 현장이다. 늦겨울의 마른 초원을 끼고 버스가 달려가고 있을 때, 순간적으로 마음에 갈등이 인다. 인간이 저지른 가장 악마적이고 처절한 범죄의 현장을 내 눈으로 똑똑히 목격해야 한다는 저널리스트로서의 장엄한 책임의식 같은 것이 꿈틀댄다. 반면에 기록과 영상으로 수없이 보아온 그 충격적인 비극의 현장을 다시 보아야 하느냐는 두려움과 망설임이 발목을 당긴다.

나치 독일의 히틀러는 자기네 순수한 아리안 민족의 위대한 세계 지배라는 야욕에 암적인 존재라고 생각한 유태인들을 깡그리 말살해야 한다는 광기에 사로잡혀 유태인 600만 명을 학살했다. 그 가운데 110만 명을 무참하게 독가스로 죽이고 그 시체를 불태워 없앤 곳이 바로 이곳 아우슈비츠 강제노동수용소였다. 이곳에서는 폴란드, 헝가리의 자유주의 지식인과 유럽의 유랑민 집시 20여 만 명도 함께 죽음을 당했다.

독일이 점령한 폴란드, 헝가리 등 유럽 전역에서 화차로 실려 온 유태인들은 이곳에서 먼저 남녀로 구분되었다. 그리고 노동력이 있는 자는 선별되어 노동수용소로 보내지고 여자들과 노약자, 아이들은 가스실로 끌려갔다. 나치 비밀경찰이 지휘하는 경비병들은 샤워와 소독을 시킨다면서 이들을 발가벗겨 가스실로 끌고 갔다. 손에 비누 한 장씩을 들려서. 학교 교실만한 방에 한꺼번에 1,200명이나 밀어 넣었다. 어린이들은 가득 들어찬 사람들의 머리 위로 던져졌다.

그리고 문을 잠근 뒤 지붕 위에 나 있는 구멍으로 독가스 통을 던져 넣었다. 사람들은 질식되어 단말마의 아우성을 지르며 허우적대다가 15분쯤 지나면 숨져 갔다. 주검들이 컨베이어 벨트에 실려 아래층 소각장으로 내려지면 노동자로 선별되어 목숨을 부지한 같은 유태인들이 시신의 금니를 뽑고, 여자들의 머리를 깎은 뒤 아궁이로 밀어 넣었다. 나치는 그것들로 금괴를 만들고 가발을 짰다. 수많은 생명이 눈 깜작할 사이에 사라졌다.

사실 아우슈비츠는 나에게는 낯설지 않았다. 나는 36년 전인 1978년 히틀러의 유태인 학살을 그린 제럴드 그린의 대하소설 『대학살(Holocaust)』을 우리말로 번역한 적이 있었던 것이다. 저자가 나치 독일의 방대한 문헌과 아우슈비츠 생존자들을 인터뷰해 얻은 처절한 증언들을 토대로 대학살의 적나라한 진상을 세계에 고발한 베스트셀러였다.

나는 이 실화 소설을 번역하면서 인간이 인간을 향한 미치광이 같은 증오와 악마 같은 잔학성에 몸서리치는 공포와 아픔을 경험했다. 번역을 하면서 저도 모르게 울고 있을 때도 있었다. 『홀로코스트』는 1977년 미국의 NBC방송에서 드라마로 방영되어서 높은 시청률을 올리며 세계의 많은 사람들을 분노시키고 울게 했다.

세계 곳곳에서 찾아온 탐방객들 행렬에 밀려가면서 당시의 모습이 그대로 남겨진 전시실에 들어선다. 여행안내원의 설명 외에는 다들 말소리도 낼 수 없이 얼어붙는다. 나는 휴대용 수신기로 들려오는 안내인의 설명을 들으면서 전시실들을 지나간다. 어느 유태인 수감자를 대신해 죽음을 택한 콜베 신부를 비롯한 폴란드 지도자들의 모습, 발가벗은 채 무더기로 쌓여 있는 유태인 여인들의 널브러진 시체 더미의 사진들. 어떤 방에는 베어낸 머리털이 수북이 쌓여 있고, 장애인들의 의수족이 가득 쌓인 방도 있다.

죽은 사람들의 신발로 가득 찬 방, 끌려온 사람들이 샤워가 끝나면 되찾을 줄 알고 흰 페인트로 이름을 적어둔 작은 여행 가방들로 가득 찬 방도 있다. 독가스 샤워실에 들어서니 죽음을 앞두고 몸부림치던 사람들의 모습이 눈에 어리어 숨이 막힐 것 같다. 소각실에서 동족인 희생자들을 불구덩이로 밀어 넣던 유태인 인부들은 잠시 생명이 부지돼 죽음이 유예된 자신을 다행이라고 생각했을까. 그들이 어떻게 제 정신이었을까. 삶의 애착이란 그토록 집요할까. 삶과 목숨의 의미를 다시 생각하게 한다.

홀로코스트 전시관을 나서면서 안내원은 전후 폴란드에 대학살 추모비가 세워졌을 때, 빌리 브란트 서독 수상은 그 앞에 무릎 꿇고 땅에 입맞추며 울면서 동족 독일인들의 만행에 속죄를 빌었다고 말한다. 그리고 독일은 지금까지 속죄의 뜻으로 우리 돈으로 90조원을 폴란드에 보냈다고 한다.

한 무리의 아이들이 전시관 앞에 줄지어 서 있어서 어디서 왔느냐고 물어본다. 독일에서 왔다는 대답이다. 조상들의 죄를 잊지 않게 하려고 독일은 어린이들에게 아우슈비츠 참배를 권장하고 있다고 한다. 폴란드도 청소년들에게 일곱 시간의 참배를 의무화하고 있다. "용서는 하되 잊지는 말자"던 벤구리온 초대 이스라엘 총리의 말이 떠오른다.

독일은 진정어린 마음으로 용서를 구하며 사죄하고 있고 유태인과 그들이 세운 새 나라 이스라엘과 폴란드는 사죄를 받아들여 아픔을 딛고 화해의 시대를 열어가고 있다. 이제 아우슈비츠 비극의 슬픈 응어리는 풀려가고 있는 것 같다.

하지만 우리 주변의 아우슈비츠는 아직도 사라질 줄 모르고 있다. 독재 권력이 지배하는 북녘 땅에서는 20여 만의 동포가 정치범수용소란 생지옥에서 신음하며 죽어가고 있다. 진보주의는 자유와 인권, 정의와 평등을 지상의 가치로 친다. 그러나 이 나라의 알량한 사이비 진보주의자들은 북녘 동포의 참상을 애써 외면한다. 다른 이들이 아예 말도 꺼내지 못하게 가로막기 바쁘다.

그런가 하면 더 잘 사는 이웃나라는 우리 위안부 할머니들의 뼈저린 아픔을 인정하는 데 인색하기 만하다. 그들은 아우슈비츠 못지않게 30만 양민을 도륙한 난징南京대학살도 부인한다. 그리고 그 총리를 비롯한 정치인들은 죄악의 태평양전쟁 전범들 유해가 놓인 야스쿠니신사神社에 거듭 참배하여 자기네 식민지로 짓밟혔던 우리 가슴에 더 깊이 못을 박고 있지 않은가!

(2014. 3. 15. 『에세이21』 2014년 여름호)

"잊었습니다!"

나 에게는 아무리 생각해도 알 수 없는 일이 하나 있다. 하루가 저물어 거리에 어둠이 깔리는 시간, 서울 한복판 시청이나 광화문, 그리고 청계천 광장을 지날 때면 그렇다. 먹자골목 식당에 가득 찬 사람들이 불고기판을 둘러싸고 식도락 삼매경에 빠져 있는 광경을 볼 때면 더욱 그렇다.

미국산 쇠고기가 수입돼 들어오면 금방 이 땅에 사는 사람들 모두가 몹쓸 죽음의 병에 걸릴 것같이 울부짖던 그 많은 사람들은 다들 어디로 가 버렸나 하는 생각이 그것이다. 그들은 히스테릭했던 그 광란의 집회를 지금 어떻게 기억하고 있을까?

음흉한 정치적 음모꾼들이 포진한 방송과 신문, 인터넷, 휴대전화 메시지 선동에 홀려, '저 아직 열다섯 살밖에 안 되었는데 죽기는 싫어요!'라고 적힌 피켓을 들고 광장에 나왔던 소녀들은 어떻게 되었을까? "동방신기 오빠들 광우병 걸리면 어떻게 해!" 하며 발을 동동 구르던 여자 애들은 다 어디로 갔나? 혹시 저기 갈비를 뜯기에 열중해 있는 숙녀들 가운데 끼어 있지나 않나? 「미국산 쇠고기 수입반대주부클럽」의 기찬(?) 아이디어로 갓난아기를 유모차에 태우고 데모에 앞장섰던 이 땅의 장렬한 잔 다르크 주부들(?)은 지금도 그 일을 자랑스럽게 생각하고 있을까?

이른바 「촛불문화제」 무대에 열 번 넘게 올라, 애잔한 바이올린 연주를 배경음 삼아, '지금 눈물비가 내립니다' 는 구성진 글을 읽어내려 군중을 감동시켰던 「촛불소녀」도 생각난다. 그녀는 대학생이 되었을 때, 그 글은 「나눔문화」라는 시민단체에서 써 준 것인데, 자기는 그저 읽기만 했노라고 아무렇지 않게 털어놓았다고 한다.

미국산 쇠고기는 다시 우리 식탁에 오르는 양이 늘어나고 있다. 그런데 사람들은 그해 여름 전국의 광장을 뜨겁게 달구었던 광우병 촛불집회가 언제 있었더냐는 듯 무심해 보인다. 그들에게서 광우병 소동은 머나 먼 망각의 뒤안으로 사라져 버린 지 이미 오래된 것 같다. 어느 누구 책임을 묻는 사람도, 책임지는 사람도, 반성하는 사람도 없이 그저 잊혀져 버렸다. 우리 사회를 정신적 공황상태로 몰아넣었던 그 무시무시한 광우병 공포는 이제 흔적도 찾아볼 수 없다.

나는 이 놀라운 집단 망각 현상이 어디서 연원해서 온 것인지 나름대로 엉뚱하게 추리해 볼 때가 있다. 그건 대한민국의 신체 건강한 남자라면 대부분 의무적으로 다녀오는 병영생활에서 온 것이 아닌가 하는 생각이다.

군대에서 중시하는 사열이나 검열 때, 검열관이 어느 병사를 가리키며, "사단장의 관등성명은?" 이라거나 또는 "엠원(M1)소총의 유효사거리는?" 따위를 질문하는 경우가 많다. 병사들의 교육 훈련 상태를 점검

해 보기 위해서이다.

그런데 이때 "모릅니다" 하고 대답하는 것은 절대 금기禁忌 사항. 병사가 모른다고 대답하면, 교육을 잘 시키지 못한 상급자나 지휘관의 책임과 직결되기 때문이다. 윗 층은 부하들에게 교육 훈련을 제대로 시키지 않았다는 질책을 면할 수 없다.

그러나 병사가 씩씩하고 늠름하게 "잊었습니닷!" 하고 큰 소리로 외치면 무사통과가 된다. 상급자가 교육은 시켰는데도 그만 까먹고 말았다는 뜻이니, 윗 분들의 책임은 면제되는 것이다. 또한 배운 걸 깜박 잊었다는 걸 가지고 타고난 머리가 나쁘다고 병사를 나무랄 수도 없는 노릇이니 어찌하랴. 제 탓도 아닌데. 상급자나 아랫것들 모두 책임을 모면할 구실이 되니, "잊었습니다!"는 우리 군대에서 만사형통의 주문으로 굳어질 수밖에. 곤란한 처지를 어물쩍 쉽게 넘겨 버리고 마는 절묘한 타협책이 아닌가.

이런 군대의 적당주의 처세철학이 군대를 다녀온 남성들이 근간을 이루는 민간사회까지 은연 중 널리 전이되어 만연되지 않았나 하는 것이 요즘 나의 생각이다.

평양에 가서 북한의 '위대한 지도자 동지'를 만나고 온 어느 대통령은 장담했다. "북한은 절대 핵무기를 개발하지 않고 있습니다. 그들이 핵무기를 개발하고 있다면 내가 책임지겠습니다" 하고. 하지만 북한이 보란 듯이 펑! 펑! 핵과 장거리 미사일을 터뜨리고 있는데도, 사람들은 아무도 그분의 말을 기억하지 못하고 잊은 것 같다. 바로 그 핵이 우리들의 숨통을 죄고, 남과 북의 대화를 막고, 세계를 긴장시키는 애물단지가 되고 있는데도 말이다.

미국과 자유무역협정(FTA)을 추진한 다른 어느 좌파 대통령은 이렇게 단언했다. "한·미 FTA는 정치의 문제가 아닙니다. 이념의 문제도 아닙니다. 오로지 먹고 사는 문제입니다. 국가 경쟁력의 문제입니다. 저는 이번 협상 과정을 지켜보면서, 협상을 맡은 우리 공무원들의 자세와 역량에 대해 다시 한 번 믿음을 갖게 되었습니다. 우리는 철저히 손익계산을 따져서 우리의 이익을 관철했습니다."

그러나 정권이 바뀌어 새로 들어선 우파 정부가 그 무역협정을 마무리 짓자, 앞의 대통령을 따르던 사람들은 자기네가 떠받들던 그분의 말을 까맣게 잊은 듯이, 한사코 한·미자유무역협정 체결을 결사반대하는 격렬한 시위를 벌였다. 그들은 자기네가 지지한 대통령이 입안하여 추진해 온, 해군기지 건설 계획이 다음 정권에 이어져 공사가 70%나 진척된 지금까지도, 반대 시위를 그치지 않고 지겹게 끌어가고만 있다. 아, 이 뿌리 깊은 망각의 고질병은 언제까지 이어져 갈 것인가! 어떻게 하면 치유될 것인가!

(『월간문학』 2017. 1월호)

보청기

일 오후라서 한가롭게 텔레비전을 보고 있는데 아들이 모처럼 제 가족을 데리고 다니러 왔다. 아들은 거실에 들어오자마자 내가 보고 있던 텔레비전의 음향을 줄이면서, "소리가 너무 높잖아요" 하고 핀잔을 준다. 음향을 낮추자 한창 재미있게 보고 있던 외화外畫의 말소리가 잘 들리지 않는다. 무슨 얘기인지 통 알아들을 수가 없어서 볼륨을 좀 높이려 하는데, 며느리가 "아버님, 청력이 나빠지시는가 봐요. 요즘 제 친정아버지도 귀가 어두워지셨다면서 텔레비전 소리를 자꾸 높이시던데요" 하고 근심스러운 표정을 짓는다.

'아, 그랬군! 어느새 나에게도 난청難聽이 오고 있구나!'

그러고 보면 근래 내 청각이 떨어져 가는 징후가 보였었다. 강의실에서 학생이 질문을 하면 얼른 알아듣지 못하고, 두 번 세 번 거듭 말을 되풀이하게 한 적이 있는가 하면, 세미나나 토론회 같은 데서도 발언자의 말소리가 제대로 들리지 않아서 애를 먹었다. 그럴 때면 그쪽이 똑똑히 말하지 않았거나 거리가 멀어서 그렇겠거니 하고 예사로 넘기곤 했다. 내 귀에 문제가 있다는 생각은 한 번도 해 보지 않았다.

자신의 청각 기능에 분명히 장애가 오고 있다는 것을 깨닫고 나니, 이러다가 곧 아무 소리도 듣지 못하고 영영 귀머거리 신세가 되지 않을까 더럭 겁이 난다. 내가 어느새 중요한 감각 기능의 하나를 상실해 가고 있다고 생각하자 어쩐지 우울하고 서글퍼지기까지 한다.

옛날 선친이 시골 마을에서 운영하시던 작은 정미소의 고물이 된 중유 원동기가 떠오른다. 거의 매일이다시피 부속품이 하나씩 고장이 나는 바람에 아버지가 손과 얼굴에 온통 기름을 뒤집어쓴 채 끙끙대며 수리하시던 그 낡은 원동기. 그처럼 이제 내 몸이 하나씩 망가지기 시작하는 모양이다.

아들네 식구가 다녀간 다음날 동네 이비인후과 병원에 가서 청력 검사를 좀 해 달라고 했다. 의사 선생은 몇 가지 검사를 해 보더니 나이가 들면 누구에게나 올 수 있는 청력 저하 현상일 뿐이라고 한다.

"자연적인 현상입니다."

그는 대수롭지 않게 말한다. 보청기를 사용해야 하느냐고 물어보니 아직은 그럴 필요가 없을 것 같다고 한다. 조금은 마음이 놓인다.

병원을 나서면서 '보청기'라는 말이 내 입에서 어떻게 그처럼 쉽게 불쑥 튀어나왔나 하는 데 생각이 미치자 부끄러운 마음에 얼굴이 뜨거워졌다. 보청기는 귀가 어두운 사람들에게는 복음이 되겠지만, 나에게는 생각하고 싶지 않은 대상이었다. 그것은 내 마음 속 깊이 잠재된 죄의식 하나를 일깨워 주기 때문이었다. 여럿이 함께한 자리에서 어쩌다 보청기가 화제가 되면 바로 돌아가신 할머니의 모습이 떠오르고, 나는 죄송스러운 마음에 안절부절 못하곤 했다. 그것은 할머니에 대한 내 돌이킬 수 없는 불효와 게으름을 꾸짖는 아픈 자책과 회한이 되기 때문이다.

할머니는 꽃다운 나이 스물다섯에 할아버지를 여의고 청상(靑孀)의 몸이 되어 근 칠십 년을 정결히 수절하신 어른이시다. 양아들로 들인 내 선친의 하나뿐인 아들인 내가 탈 없이 자라 큰 사람이 되도록 빌면서 평생 자나깨나 외동 손자에게 헌신적인 사랑을 쏟아주신 분이시다.

할머니는 아흔셋의 연세로 돌아가셨다. 가냘픈 체구였지만 만년에도 큰 병고 없이 정정한 편이셨다. 그러나 돌아가시기 삼사년 전부터 귀가 어두워지셨다. 식구들이 오순도순 둘러앉아 밥을 먹을 때도 주고받는 대화를 알아듣지 못하셨다. 귀에 대고 큰 소리로 말해 드려야 무슨 얘기인지 간신히 알아들으실 정도였다.

어느 해 고향집에 갔을 때, 그런 할머니가 너무 안타까워서 곧 보청기를 마련해 드리겠노라고 약속을 했다. 그 말에 할머니는 "이제 죽을 때가 다 되었는데 쓸데없다, 아서라" 하고 손을 저으셨다. 그러나 귀경 후 나는 할머니의 보청기는 까맣게 잊은 채 내 일에만 파묻혀 살았다. 그러는 사이 할머니는 노환 끝에 그만 돌아가시고 말았다.

이제 생각하니, 할머니가 그동안 얼마나 답답하고 고통스러운 나날을 보내셨을까 짐작할 수 있겠다. 할머니는 이른 새벽의 닭 우는 소리, 뒤 숲의 바람소리, 가을밤 샛바람이 불어올 때면 등 너머 바닷가에서 나직하게 들려오는 파도소리도 듣지 못하셨을 것이다.

할머니 만년의 그 어두운 침묵의 밤들을 생각하면 나는 또 얼마나 이기적인 인간인가 부끄럽고 죄송스럽기 짝이 없다. 할머니에게 했던 약속은 까마득히 잊고 내 청력이 조금 떨어지자 곧 바로 보청기를 생각하는 나는 세상을 얼마나 제 본의로만 살아온 인간인가. 남모르는 아픔을 안고 살아가는 숱한 이들의 가슴 속 신음소리를 내가 들을 수 있으려면 아직 한참 아득한 것만 같다.

(『에세이21』 2010년 여름호)

붉은 산, 푸른 산

지난 1992년 2월 18일, 평양에서 열리는 남북 총리회담을 취재하러 가는 길이었다. 판문점을 거쳐 개성에서 평양으로 가는 철도 연변의 산야는 황량했다. 한겨울 철이긴 하지만 너무 을씨년스럽다. 고속도로를 달리는 차량도 손가락을 꼽아 셀 만큼 드물다. 산꼭대기까지 나무 한 그루 없이 벗겨진 민둥산, 초라한 역사驛숨들, 점판암을 구들장같이 잘라 만든 청 슬레이트라는 것으로 지붕을 인 주택들. 6.25한국전쟁 직후의 군대막사 같은 집단가옥들이 띄엄띄엄 널려 있는 농촌은 생명이 멈추어 있는 풍경이었다.

1970년대 중반 이른바 김일성의 주체농법으로 다락밭을 일군다고 산의 나무들을 죄다 베어내어, 산을 모두 벌거숭이로 만들었다는 건 오래 전부터 들어서 알고 있었다. 하지만 눈에 보이는 높고 낮은 산 가릴 것 없이 그렇게 모조리 민둥산으로 만들어 버렸을 것이라고는 생각하지 않았다.

차창으로 흘러가는 민둥산들을 보고 있자니 문득 김동인의 단편소설 「붉은 산」이 머리에 떠올랐다.

만주滿洲에서 중국인 지주의 땅을 부치는 우리 소작농들이 모여 사는 빈촌. '삵'이라는 별명을 가진 싸움꾼이자 투전꾼인 사나이가 마을로 흘러들어와 무위도식한다. 마을 사람들은 기생충 같은 존재인 그를 싫어하지만, 뒷 행패가 겁이나 아무도 건드리지 못한다. 소작료를 바치러 간 송첨지가 소출이 좋지 않다는 구실로 중국사람 지주한테 매를 맞아 죽은 날, 마을 사람들은 분개한다. 하지만 아무도 나서지 못한다. 그런데 혼자 지주를 찾아가서 송첨지의 죽음에 화풀이를 한 '삵'이 중국인들한테 뭇매를 맞고, 이튿날 아침 동구 밖에서 피투성이가 되어 죽어가고 있다. '삵'은 이 소설의 1인칭 화자話者로 역학疫學 조사차 만주를 여행 중인 동포 의사의 팔에 안겨, "보구 싶어요. 붉은 산이… 그리고 흰 옷이!" 라고 중얼거리며 숨을 거둔다.

나라를 빼앗기고, 삶의 터전을 잃고, 만주 벌판과 시베리아로 전전 유랑하다가 개망나니 신세로 전락한 사나이. 그가 죽음을 앞두고 그리워한 붉은 산은 일제의 식민지 정책에 유린되어 황폐돼 가고 있는 조국의 산하를 상징한다. 흰 옷은 순박하지만 힘없는 우리 부모 형제, 겨레의 모습이었다. 죽어가는 사나이가 그리워하는 조국의 산하로 표상한 붉은 산이 나라가 해방된 지 70여 년이 넘는 여태까지도 그대로 남아 있는 북쪽의 현실이 안타까웠다.

나라가 체제를 달리하는 남북으로 분단된 지 어느새 72년이 된다. 그 남쪽에서는 이제 벌거숭이 붉은 산은 찾을래야 찾을 수 없다. 어딜 가나 울창한 수목과 수풀이 우거진 푸른 산이 펼쳐진다. 국도나 고속도로를

차로 달리면 눈에 가득 차 들어오는 푸른 숲과 산의 아름다움에 취하게
된다.

광복 이후 이승만 대통령부터 박정희 대통령 정부로 이어지면서 끊
임없이 추진해 온 사방공사와 조림 운동이 이제 온 국토의 산을 푸른 산
으로 가꾸어 준 덕분이다.

기억을 더듬어 보면, 내가 고등학교에 다니던 시절까지 전국 대다수
가정집의 땔감은 나무를 베어다 때는 게 대종을 이루고 있었다. 겨울이
오면 산에서 먼 도시나 소읍의 가정집들은 겨울을 날 수 있을 만큼의 장
작을 사들이기에 큰 신경을 써야 했다.

고등학생 때 부산의 작은아버지 댁에서 살던 나는 학교를 다녀오기
바쁘게, 마당에 쌓아둔 통나무 장작을 패는 일부터 먼저 해야 했다. 고
향 집이 있는 시골의 5일장 장터 어귀에 인근 산촌에서 온 나무꾼들이
장작이나 솔가리(갈비)가 실린 지게를 괴어놓고 손님을 기다리던 풍경
이 눈에 선하다. 집집이 나무를 땔감으로 쓰니, 식목일도 정하고, 해마
다 아무리 많은 나무를 심어보았자, 산에 나무가 남아날 리가 없었다.

전쟁 직후는 도시의 땔감 장수들이 군부대 사람들과 짜고, 그나마 간
신히 남아있던 깊은 산 원시림의 장송과 참나무를 마구잡이로 벌채하
여, 장작이나 숯을 구워 내다파는 일이 성행했다. 그런 일은 내가 군대
생활을 하던 1950년대 말까지도 버젓이 행해지고 있었다. 군대의 후생
사업(?)이라는 이름으로. 군대에서 나도 불법적으로 숯을 굽는 일에 사
역병으로 차출돼 나간 적이 있다.

그러나 박정희 정부가 들어서면서 사정이 달라지기 시작했다. 사회
적 질서가 좀 잡히고, 점차 경제가 나아지면서, 석탄을 증산하여 주로
연탄을 땔감으로 쓰도록 권장되었다. 석탄의 매장량이 줄어들자, 종탄
주유從炭主油 정책이라 하여 기름을 난방의 주 연료로 전환하고, 석탄을

보조 수단으로 쓰도록 유도했다. 그리고 산림 훼손을 적극 단속했다. 산에 올라가 땔감을 채취할 엄두도 못 내게 강력히 규제했다. 그제야 산이 점차 살아나기 시작했다. 비로소 산림보호와 조림운동이 손발을 맞추어 우리 산림을 푸른 숲으로 탈바꿈시키기 시작했다.

나는 1978년 가을 미국을 여행 중, 그곳 임산업의 본고장 워싱턴 주의 한 임학자로부터 박 대통령의 산림녹화 정책 덕택에, 한국의 육림 사업이 제2차 대전 이후 세계에서 으뜸가는 산림녹화 성공을 가져왔다는 이야기를 들었다. 나는 속으로 놀라면서도 설마 그럴 리가 하고 반신반의했다. 나로서는 전혀 뜻밖에 처음 듣는 얘기여서다.

그 뒤 여러 경로를 통해서 그것이 국제 임학계의 정설임을 확인했다. 나는 미처 눈여겨보지 못한 사이에, 우리 산들이 자랑스러운 푸른 산으로 바뀐 것을 새삼스럽게 돌아보며, 자신의 무지와 무관심에 부끄러움을 느꼈다. 우리가 모르는 사이에, 올바른 정책을 세우고 꾸준히 밀고 나간 분들과 현장에서 묵묵히 땀 흘려 기적을 이뤄 준 산림녹화 일꾼들의 숨은 노고에 경의를 느끼지 않을 수 없었다.

이와는 달리 반도의 북녘 땅에서 이른바 다락밭을 개간한다며 산을 모두 벌거벗겨 놓은 김일성 주체농법의 현실은 우리와는 너무 대조적이다. 벌거숭이 산은 큰 비가 쏟아질 때마다 산사태를 불러와서 농경지를 자갈과 모래의 토사로 뒤덮는다. 떠내려 온 흙과 모래가 강과 하천의 하상河床을 높여 홍수를 불러온다. 모래가 항구를 메꿔 큰 배가 드나들기 어렵게 만들어 놓았다. 사려 깊지 못한 지도자의 즉흥적인 판단과 독선이 어떤 참담한 결과를 빚어낼 수 있는지 통감하게 된다.

"다락밭 만들기에는 농민은 말할 것 없고, 도시의 근로자, 학생, 인민군 병사 등 다리와 허리를 쓸 수 있는 남녀노소 모두가 동원되어, 하루

열두 시간씩 2교대로 일했습니다. 그 무렵 북한의 산들은 밤이면 횃불로 온 산이 불타고 있는 것 같았고, 낮에는 산등성이에 사람들이, 아니 개미떼가 움직이는 것 같았습니다."

당시 영농기술 지도를 위해 북한에 체재했던 어느 재일교포 농학자의 생생한 증언이다.

김일성이 즉흥적 교시 한 마디로 막무가내로 밀어붙인 지 4년 만에, 북한의 산들은 죄다 벌거숭이 붉은 산 천지가 되어버렸다고 한다. 분단 70년 만에 남북의 자연도 붉은 산, 푸른 산으로 확연히 갈라졌다.

(2017. 『은평문학』 제21호)

안중근安重根과 박정희朴正熙

지난 10월 26일(2009년)은 안중근 의사가 하얼빈에서 일본의 조선 병탄 원흉 이토 히로부미를 총격, 처단한 의거 100주년 기념일이었다. 또한 이날은 박정희 전 대통령 서거 30주년이 되는 날이기도 했다. 두 분은 똑 같이 우리 역사에 길이 기억될 크나 큰 족적을 남기고 가신 위대한 인물이시다.

안安 의사의 의거는 일본의 우리나라 식민지배 흉계를 만천하에 고발하고 우리 국민은 말할 것 없고 중국인들을 위해서도 항일抗日의 횃불을 들어준 역사적인 장거壯擧였다.

이날을 맞이하여 두 영웅을 기리는 행사가 줄을 이었다. 독립기념관은 이날 하얼빈에서 안 의사 의거 100주년 기념식을 열어 그의 동상 제막, 유작시遺作詩 낭송회, 기념영상물 상영회 등의 다채로운 추모 행사를 가졌다. 서울 남산의 안중근 의사 기념관에서는 총리가 참석한 가운데 정부 요인과 안 의사 가족 등 1,200여 명이 참석하는 추모식이 거행

되었다. 한편 박 대통령의 추모식은 동작동 국립묘지에서 비교적 조용하게 치러졌다.

두 분을 추모하는 언론, 특히 방송의 보도에서도 기념행사와 마찬가지로 박 대통령보다 안 의사 쪽에 무게를 두는 경향이 느껴졌다. 그래서 박 대통령 추모는 왠지 너무 빈약하고 초라해 보였다.

일본과 전 세계에 대해서 우리의 민족혼이 살아 있고 독립정신이 불타고 있음을 일깨워 준 안 의사의 희생적인 애국심에 나도 깊은 경의를 품고 있다. 그러나 두 분이 우리 역사에 남긴 공적을 객관적으로 비교할 때 해마다 만성적으로 되풀이되던 보릿고개의 가난한 나라를 세계 10위권의 산업국가로 탈바꿈시킨 위업을 이룩한 박 대통령의 공적에 더 큰 무게를 두어야 하는 것이 균형 잡힌 평가라고 본다.

박정희는 장기 집권과 개발 독재라는 숙명적인 그늘을 떨쳐 버리지 못한다. 하지만 그분의 통찰력으로 이룩된 한국의 산업화와 중공업 육성 정책, 자유 시장경제의 위업을 이제는 어느 누구도 부인할 수 없게 되었다. 전 세계가 인정하고 격찬하고 있다. 공산주의의 미망에서 해방된 구소련과 중국, 동유럽 국가들 다수가 박정희의 경제개발 모델을 따라하고 있지 않은가.

전 세계가 그의 예지와 결단, 그리고 끈기 있는 추진력을 인정하고 격찬한다. 그럼에도 불구하고 사회주의 북한의 세습 독재 권력을 따르는 이 땅의 좌파, 진보세력들은 그의 위업을 부인하고 헐뜯기만 하고 있다. 참 안타까운 아이러니가 아닐 수 없다.

만약 박정희가 5.16 군사혁명으로 권력을 장악하지 않았더라도, 4월 학생혁명으로 성립된 옛 민주당 정권이 점진적인 민주화 과정을 밟으면서, 오늘과 같은 산업화를 일궈낼 수 있었을 것이라고 믿고, 그렇게 주장하는 인사들도 우리 사회에 아직 적지 않은 것 같다.

하지만 그의 죽음으로 박정희 시대가 끝난 이후 역대 민간 정부 15년이 걸어온 행적을 살펴보면, 나는 "절대 그렇지 않았을 것이다"고 자신 있게 단언한다.

그의 죽음 뒤 순수 민간 정부를 이어간 김영삼과 김대중 두 대통령은 우리의 산업화 시대의 한 축을 걸어온 민주화 노력에서 정치 지도자 역할을 해 온 거목들임엔 틀림없다. 그러나 두 사람은 나라를 오늘처럼 부강하게 만들 수 있는 통찰력도, 사명감도, 추진력도 결여된 지도자들임이 역사의 행적을 통해서 드러났다.

전자前者는 권력을 위한 파워 게임에는 능란했을지는 몰라도 국기 발전을 위한 비전, 설계, 통찰력, 투철한 의지도 결여한 지도자였지 않았나 의심된다. 통치 철학의 빈곤, 사상적 빈곤을 드러내 보여 주었다. 그런 반면 후자後者는 오로지 권력과 명예욕의 화신化身 같은 인물이었을 뿐만 아니라, 그릇된 대북관과 햇볕 정책이라는 환상적이고, 유치하고, 독선적인 통일관으로서 국민의 안보의식을 흐려놓고, 자유민주주의 체제 자체를 위태롭게 만들어 놓았다.

그리고 그가 밀어준 친북 좌파 대통령 노무현은 국민의 이념적인 분열을 더 깊이 만들고 빈부, 계층, 지역 간의 갈등의 골을 더 깊게 파주었을 뿐, 아무런 생산적인 발전도 성취하기 못한 것이 아닌가. 이들 두 좌파 지도자들은 주변의 신흥 개발도상국들과 전 세계가 활기차게 경제를 도약시킨 지난 10년 동안에 우리만 호기를 놓치게 만들지 않았던가. 두 지도자는 자유민주주의 한국의 건국 주역인 이승만과 산업화의 주인공 박정희와 대비할 때, 그들이 자랑하고 큰 소리 친 만큼 결코 정직과 청렴에서도 거리가 먼 지도자였던 것으로 드러나고 있다.

개발 독재가 빚어낸 정치적인 후퇴와 과도성장에 따른 부정과 부패와 철권 통치하의 위축된 언론, 민생 통제 등의 아픈 과거를 부정하려는 뜻은 없다. 그러나 만성적인 가난의 껍질을 벗고, '우리도 한 번 잘 살아보자' 는 의지와 결의로 일궈낸, 우리의 산업화는 그 어느 지도자보다 국가 장래를 위한 헌신적인 집념과 통찰력과 추진력을 발휘했던 박정희 같은 리더가 없었다면 불가능했을 것이라고 보는 것이 나의 현재 생각이다. 나도 그의 언론 탄압 정책의 처절한 희생자 가운데 한 사람으로 체포 구금을 당한 기자였지만, 그런 아픔을 뛰어넘어서 그가 우리에게 남긴 공적을 솔직히 인정하고 있다.

공산 진영의 붕괴 이후 러시아와 동유럽 국가들은 말할 것 없고 세계 도처의 저개발 국가들이 모두 우리의 기적적인 산업화를 발전의 모델로 삼으려 한다는 사실을 되새겨 보아야 할 것이다. 등소평의 경제 개방 이후 연간 평균 10%대의 무서운 성장을 계속하고 있는 중국도 사실은 우리의 산업화를 본보기로 걸어가고 있다는 사실을 직시해야 한다.

이제는 개발 독재의 후유증을 피하기 어려웠고 어쩔 수 없었던 성장통(growth pain)으로 보아 넘기고, 오늘의 경제국가 한국의 기틀을 마련해 준 박정희의 더 큰 공적을 제대로 평가해야 할 때가 되었다. 과過보다 공功이 더 큰 이승만과 박정희의 기념관도 건립하고 동상도 세워 그들이 성취한 크나 큰 위업도 재조명해야 마땅할 것이다.

(『영덕신문』 2009. 11. 3)

통일을 갈망하는 J형에게(1)
– 당신은 어떤 통일을 원하십니까?

친애하는 J형, 지난해 봄 J형이 남북통일을 염원하며 쓰신 글을 읽었습니다. 광복 73년을 보내고도 남북이 갈라져 따로 살아야 하는 분단의 아픔은 이 땅에 사는 누구에게나 참으로 한탄스럽고 원망스러운 현실입니다.

하지만 J형은 그 글에서 남북이 하나 되는 통일의 기운이 마침내 무르익어 간다는 낙관적인 전망을 피력하셨지요. 평창 동계올림픽을 계기로 남북의 화해 분위기가 살아났고, 곧이어 남북 정상, 그리고 미북 정상의 회담으로 통일의 물꼬가 트일 것으로 기대하셨지요. 그런데 남북 관계의 현주소는 어디에 와 있는지요?

2018년 4월 7일 북한의 국무위원회 위원장 김정은이 판문점에서 문재인 대통령과 만나 「한반도의 평화와 번영, 통일을 위한 판문점 선언」에 합의했습니다.

두 달 뒤 트럼프 대통령과 김정은 위원장은 싱가포르에서, 작년 2월 엔 하노이에서, 그리고 7월 판문점에서 세 차례의 정상회담을 가졌습니 다.

그것이 전부입니다. 남북이나 미북 관계는 한 치도 더 나아가지 못하 고 교착돼 있습니다.

통일의 기운은 어디로 사라졌습니까. 김정은이 우리 대통령을 통해 트럼프 대통령에 전달한, 북한의 완전한 비핵화非核化 약속을 이행하려 하지 않고, 미국과 유엔의 대북제재를 먼저 풀어달라고 고집했기 때문 입니다.

북핵문제는 한국의 안보와 우리의 생사가 직결된 문제입니다. 그것 은 또한 전 세계의 문제입니다. 이걸 해결하지 못하면 국제사회가 우리 의 통일을 도와주고 환영하기를 기대하기는 어려울 것입니다,

J형, 여기서 핵 문제를 잠시 떠나서, 분단국 통일의 사례를 살펴봅시 다. 2차대전 후 분단국 가운데 통일을 이룬 나라로는 베트남과 독일이 있습니다.

두 나라가 통일을 이룬 유형은 상반됩니다. 베트남은 전쟁을 통해 북 베트남이 남베트남을 패퇴시키고 공산주의 체제로 통일을 성취했지 않 았습니까. 한편 독일은 공산주의 동독 주민이 서독의 자유민주주의 정 치 이념과 체제를 받아들임으로써, 합의에 의해 평화적으로 통일되었 습니다.

결국 서독이 동독을 흡수통일한 셈입니다. 통일 후 베트남은 공산주 의 체제, 독일은 자유민주주의 체제의 나라로 각각 한 나라가 되었습니 다.

이제 여기서 우리에게 가장 근본적이고 본질적인 문제가 대두합니

다. 우리가 어떠한 이념과 체제의 국가로 통일되기를 원하는가 하는 선택의 문제입니다.

대한민국은 자유민주주의 이념을 국시로 삼는 시장경제 체제의 나라입니다. 시민의 인권과 거주, 이전, 직업, 종교, 언론, 출판, 집회 등의 자유가 보장된 다원화 체제의 민주공화국입니다.

반면에 북한은 프롤레타리아 계급독재와 사회주의 계획경제를 표방하면서도, 거기 더해 주체사상을 앞세운, 전체주의적 3대 세습 독재국가입니다. 시민의 자유와 인권이 무시되고 경제가 파탄된 처지인 건 모르지 않을 테지요?

북한 헌법 제3조는 '조선민주주의인민공화국은 사람 중심의 세계관이며 인민대중의 자주성을 실현하기 위한 혁명사상인 주체사상, 선군先軍사상을 자기 활동의 기본적 지침으로 삼는다'고 되어 있습니다. 그 헌법도 이제는 「조선민주주의인민공화국헌법」이 아니라 「김일성·김정일 헌법」이라 칭하고 있다는 놀라운 사실을 아시는지요? 전체주의는 개인의 자유를 부정하고 국가의 공식 이데올로기를 시민사회 전체에 강요합니다.

바로 북의 헌법 자체가 그걸 증명하고 있지 않습니까? 북의 김정은은 3대 세습된 독재 권력을 결코 내놓지 않을 것입니다. 우리가 전체주의 독재를 받아들일 수 있겠습니까?

국가는 하나의 정치 이념 위에 성립되고 유지되는 정치조직입니다. 통일에도 정치이념의 단일화가 전제조건입니다. 상치되는 정치사상과 이념은 한 나라 안에서 양립할 수 없습니다. 자유민주주의와 전체주의 체제의 연방은 절대로 성립될 수 없습니다. 그래서 통일은 지난합니다. 북이 독재를 포기하고 우리 이념과 체제로 동화되어 오기를 이끌어야 할 뿐입니다.

언젠가 광복절에 김수환 추기경과 송월주 조계종 총무원장 등 종교계 원로 33인이 '이념과 체제를 넘어 조국 통일 위업을 달성하자' 는 성명을 발표하는 걸 들은 적이 있습니다. 목적지도 정해놓지 않고 여행을 떠나자는 소리로 들려 실소했습니다.

이른바 통일운동가라는 사람들은 흔히 이념과 체제를 떠나서, 피와 언어와 문화 전통을 같이하는 '우리 민족끼리' 오순도순 손잡고 통일을 모색하자고 말합니다.

듣기엔 달콤한 감상적, 낭만적 통일론입니다. 하지만 생물학적 혈연 집단인 민족을 한 나라의 초석이 되는 국체와 이념보다 상위에 둘 수는 없습니다.

'우리 민족끼리' 는 연방제 통일을 가져오기 위해, 감성적인 남쪽 사람들이 잘 흔들리는 종족주의 정서를 파고들려는 북의 통일전선전략의 사탕발림입니다.

더욱이 북에서는 우리 민족을 「김일성 민족」이라고 통칭하고 있습니다. 김일성 일가를 추앙하지 않는 사람들은 아예 같은 겨레로 간주하지 않겠다는 것입니다.

김일성이 내건 '고려연방제 통일' 은 당장 경제적으로 우월한 자유민주주의 남한으로의 흡수통일 위험을 회피하기 위한 시간벌기 의도입니다. 그 뒤 기회를 틈타 그들의 장기인 선전선동과 군사력을 통원하여 남쪽을 적화통일하겠다는 간계를 숨기고 있습니다.

그들이 헌법보다 우위에 두는 노동당 규약엔 '남조선의 적화통일' 이 명기돼 있습니다. 김대중과 그 추종세력이 내세우는 '3단계 연방제 통일안' 은 좌파정권의 통치권을 공고히 해서 영구 집권하려는 속셈을 숨기고 있습니다. 그들은 우리 헌법에서 '자유' 를 지우고 사회주의적 전체주의 체제를 강화, 남북 독재정권의 공존이나 통합을 지향할 것으로 내다보입니다.

같은 아랍민족인 예멘의 예멘아랍공화국(북)과 예멘인민공화국(남)은 동서독의 통일보다 4개월 앞서 연방제로 평화통일을 이루긴 했습니다.

하지만 이념과 체제, 군사, 경제적인 완전 통일을 이루지 못한 채 한 나라가 되었다가, 얼마 뒤 다시 곧 내전을 벌인 끝에 사회주의 남쪽이 아랍민족주의 북쪽에 흡수되지 않았습니까?

친애하는 J형, 우리가 소망하는 통일된 나라의 이념과 체제, 바로 국체를 어느 쪽으로 선택해야 옳은지가 이제 자명해지지 않았습니까.

(『에세이21』 2020년 여름호)

통일을 갈망하는 J형에게(2)

─ 반통일 세력이란 누구를 가리킵니까?

애하는 J형, 우한 폐렴(코로나 바이러스) 팬데믹(Pandemic, 범유행) 상황에서도 건강 잘 지키고 계시겠지요. 얼마 전에 띄운, 제목이 같은 서한의 제2신입니다.

J형은 지난 해 어느 계간지에 기고한 글에서 통일이 빨리 이뤄지지 않는다고 한탄하면서, '남북 8천만 동포가 진정 평화와 통일을 원하고는 있는가' 라고 개탄했습니다. 평화와 통일을 바라지 않는 사람들이 있다는 뉘앙스를 던지는 말이었어요. 이어서 역대 좌파 정부는 남북 정상회담을 갖고 평화통일 선언을 내놓았는데, '수구 반통일 세력 집권 10년 동안, 남북교류가 중단되었다' 고 말했습니다.

김대중, 노무현 대통령의 좌파 정부에 뒤이어 들어선 이명박, 박근혜 대통령 정부와 그들을 지지한 자유 우파 국민을 싸잡아 '반통일 세력' 이라고 말하고 있어 정말 놀랐습니다. 진영 논리에 의한 어설픈 편 가르기는 위험합니다. 국민을 분열시키고 국론을 혼란시킬 뿐입니다.

J형, 한 신문의 통일부 데스크와 논설위원으로서, 통일 문제를 전문적으로 취재, 보도해 온 저널리스트로서 저는 단언합니다. 우리 겨레 누구도 민족의 숙원인 통일과 평화를 반대하는 사람은 없다고 장담합니다. 다만 어떤 통일을 바라느냐는 통일의 형태가 관건입니다. 북한식 적화통일을 원하지 않는 한국인은 대다수일 것이 명약관화하다고 저는 믿습니다.

하지만 북한의 전체주의 권력을 감싸기 만하는 좌파는 북의 적화통일을 위한 거짓 선전선동에 속을 위험을 경계하는 사람들을 반통일적이라고 몰아세우곤 합니다. 구체적 비전도 설계도 없이, 덮어놓고 통일만 외쳐대는 감상적, 낭만적 통일지상론에 동조하지 않는 사람들을 반통일 세력이라고 낙인찍으려 합니다. 개인의 자유와 인권을 존중하는 체제로의 통일 방향을 지키려는 국민을 반통일 세력으로 매도하는 경향이 있습니다.

우리 헌법 제4조는 '대한민국은 통일을 지향하며 자유민주적 기본질서에 입각한 평화적 통일 정책을 수립하고 이를 추진한다'고 명시하고 있습니다. 역대 자유 우파 정부는 이 헌법 정신에 입각한 통일정책을 추구해 왔습니다.

친애하는 J형, 당신은 보수 정부가 50년 집권하는 동안에는 통일을 위한 남북 접근이 전무했던 것처럼 썼습니다. 오로지 좌파 정부만 통일을 위해 진력하고 남북 화해 노력을 전유해 온 듯이 주장했습니다. 하지만 그것은 역사적 사실과 달라서, 사람들에게 그릇된 인식을 심어줄 소지가 많다고 지적해야겠군요. 남북 화해 노력은 결코 좌파 정부의 전매특허가 아니었습니다.

보수 정부도 일찍이 1970년대 초부터 남북 관계 개선을 위해 나름의 많은 노력을 기울여 왔습니다. 박정희 대통령은 1970년 광복절 경축사를 통해 "북한이 무력 침공을 포기하면, 인도적 견지와 통일 기반 조성을 위해 북한과 교류, 협력할 용의가 있다"고 선언했습니다. 그는 "남북 어느 쪽이 국민 복리를 위해 더 노력하는지 선의의 경쟁을 벌이자"고 제의했던 것입니다. 이에 따라 1971년 이산가족 상봉을 위한 남북 적십자 회담이 열리게 되었지요. 적십자 회담은 모두 28차의 예비회담과 수차의 본회담을 거치게 되었고, 그 과정에서 1972년 '7.4남북공동성명'이 나오게 되었습니다.

남한의 이후락 중앙정보부장과 북한의 김영주 노동당 조직지도부장이 남북한을 대표하여 서명한, 이 공동성명은 이른바 '평화통일 3원칙'을 탄생시켰습니다. '외세의 간섭 없는 자주 통일, 무력에 의거하지 않는 평화 통일, 민족 대단결의 원칙'이 그것입니다. 그리고 공동성명의 이행을 위한 남북조절위원회를 설치했지요. 그러나 1973년 한국이 남북한의 유엔 동시가입안을 내자, 이를 영구분단 획책이라고 비난하며 북이 조절위원회 참석을 거부했습니다. 그리하여 대화는 단절되고 남북 관계는 다시 경색되었던 것입니다.

아웅산 테러 사건으로 목숨을 잃을 뻔했던 전두환 대통령마저도 1983년 첫 남북 이산가족 고향방문단 교환방문을 성사시킴으로써 대북 관계 개선을 모색한 일을 기억하시지요? 이 행사가 효시가 되어 김대중 정부 들어와서 이산가족 상봉 행사로 이어지게 된 것이 아닙니까?

노태우 대통령 정부는 집권 초부터 러시아 등 공산권과의 관계개선을 위해 활발한 북방정책을 펴 왔습니다. 그들은 어렵고 긴 대북 협상 끝에 마침내 1992년 2월 19일 평화공존의 토대가 될 「남북기본합의서(남북 사이의 화해와 불가침 및 교류 협력에 관한 합의서)」를 체결하는 데 성공했습니다. 같은 날 남북 총리는 「한반도 비핵화에 관한 공동선언」도 발효시켰습니다. 평양에서 통일의 획기적 돌파구가 될 이 중요한 합의의 서명식을 직접 취재 보도한 저로서는 더 깊은 감회에 젖게 됩니다. 그해 5월 남북은 「남북연락사무소 설치 운영 합의서」, 「군사공동위 구성 운영 합의서」, 「화해공동위 구성 운영 합의서」도 착착 채택했습니다.

남북이 평화롭게 공존하면서 단계적으로 통일의 길을 밟아갈 이정표가 될 문서들이었습니다. 내외의 전문가들 모두가 빈틈없이 잘 짜여진, 분단 해소를 위한 미래지향적인 「기본합의서」라고 높이 평가했습니다. 브란트 서독 총리가 동독과 마련한 「기본합의서」만큼 훌륭하고 실용적이라는 호평을 받았습니다. 만약 이 기본합의서가 잘 이행되었더라면, 남북 관계는 오늘과 달리 긍정적으로 발전돼 있었을 것입니다. 하지만 역사는 그 반대 방향으로 흘렀습니다.

북한은 비핵화에 합의한 다음해인 1993년 3월, 국제원자력기구(IAEA)가 핵시설을 사찰하려 하자, 이를 거부하면서 핵확산방지조약(NPT)을 탈퇴해 버렸습니다. 아울러 남북 관계에도 문을 걸어 잠가 버렸습니다. IAEA의 핵사찰을 받는 것은 NPT 조약국의 의무 사항입니다. 결국 아까운 합의서가 휴지로 되었습니다.

하지만 이듬해인 1994년에 김영삼 대통령이 긴급 정상회담을 제안하자, 김일성 주석은 흔쾌히 받아들였습니다. 그리하여 사상 첫 남북 정상회담 일정이 그해 7월 25~27일로 정해졌지요. 하지만 7월 8일 김일성이 급사하면서 회담은 물거품이 되지 않았습니까? 지금까지의 역사적 과정을 살펴보면, 오로지 좌파 정권만 통일을 위해 노력했다는 주장은 전혀 사실과 다름을 아시겠지요.

김대중, 노무현, 문재인 대통령은 모두 북한 수뇌와 정상회담을 갖고 각각의 이름이 들어간 새로운 남북합의서를 내놓았습니다. 그때마다 나는 그분들에게 간곡히 말하고 싶었습니다. 새 이름의 합의서를 만들어내는 데 급급하기보다는 지금껏 가장 완벽하게 설계된 것으로 정평이 나 있는 「기본합의서」로 돌아가 그 이행에서 통일의 길을 찾으시라고.

　J형, 끝으로 한 가지 더 당부드릴 말씀이 있습니다. 당신의 글에는 '통일 운동', '통일 일꾼'이라는 말이 자주 눈에 띕니다. 우리 헌법 정신과 역행하는 친북 주사파, 과거 제주도 4.3사건의 폭도, 여순반란사건의 반란군, 지리산의 빨치산들까지 '통일 일꾼'으로, 그들의 체제 전복 활동을 '통일 운동'으로 혼돈, 미화, 찬양하는 일이 없었으면 합니다. 그들은 공산주의, 사회주의 이념을 떠받들고 싸웠고, 현재도 그렇게 싸우고 있는 사람들입니다. 그들의 활동은 결코 우리를 위한 '통일 운동'이라고 할 수 없고, 그들을 오늘날 한국의 '통일 일꾼'으로 볼 수는 없지 않겠습니까?

(2020. 6. 6 현충일에 『한국수필』 2002년 9월호)

개근皆勤 36년

　　나의 서재로 쓰이는 방 창밖에 철쭉꽃이 흐드러지게 피어 봄을 찬양하고 있다. 집을 지은 지 몇 해 안 된 어느 해 봄에 꽃 행상이 끌고 가는 수레 위에 실린 놈 한 뿌리를 사다 심은 철쭉이다. 그때는 볼품없이 엉성하던 놈이 이제는 수많은 가지들을 뻗어내어 지름이 거의 2m 가깝게 펑퍼짐하게 퍼져 봄마다 수백 수천 송이의 꽃을 피우고 있다.

　잔디밭 마당에는 가끔 꿩이 내려와 논다. 담장 곁에 서 있는 앵두나무에 빨간 열매가 익을 무렵에는 다람쥐들이 찾아와 열매를 따 먹는다. 여름밤에는 동네 아래쪽 논들에서 개구리들의 울음소리가 들려온다. 참으로 조용한 목가적 풍경의 마을이다. 그러고 보니 이 마을에 터를 잡고 산 지도 어언 30여 년이 되나 보다.

　딸이 백일을 갓 지났을 무렵, 무주택 기자들이 주택조합을 만들어 공동으로 세운 마을이라 해서 기자촌이라는 별명이 붙여진 이 마을에 입주했는데 딸이 벌써 네 살짜리 아이의 어미가 되었으니 세월이 참 빨리 흘러간 것 같다. 이 마을에 이사하고 나서 태어난 두 아들도 모두 대학을 나와 군 복무를 마치고 어엿한 사회인이 되어 있다.

지금은 대학에 출강하면서 서양화 개인전을 여러 차례 연 신진화가로 뛰고 있는 딸이 우리 동네에 집과 아틀리에를 마련해 살고 있다. 그러고 보니 우리 가족은 그야말로 2대에 걸친 '기자촌 가족'인 셈이다. 그래서 이제 이 마을은 우리 아이들의 고향이자 우리 부부의 제2의 고향이 되어 버렸다.

나의 다정한 벗이자 동네의 이웃인 정치사회학자 심원心遠 송복宋復 교수는 언젠가 지난 30년간 서울 시민의 평균 이사 횟수가 네 번이나 된다고 말했던 것 같다. 다들 개발 붐 시대 재테크의 바람을 타고 아파트로, 강남으로 잘도 몰려 다녔다. 남들처럼 그런 이재理財의 물결에 잽싸게 편승하지 못한 나는 요즘 생활인으로서의 무능(?) 때문에 가족에게 미안한 자괴지심을 느낄 때도 없지 않다. 그러나 우리 가족에게 적어도 아직까지는 밝고 건강한 삶을 살게 해 준 기자촌의 청정한 자연환경에 고마움을 느낄 때가 더 많다.

우선 아이들 셋이 다 초·중·고교 12년을 내리 개근했다. 모두 합치면 36년의 개근이 아닌가. 이런 대단한 기록은 우리 마을의 맑은 대기 덕택이라는 게 나의 생각이다. 질식될 것 같은 매연에 오염된 도심의 탁한 공기를 숨 쉬면서 하루를 보내다가 우리 마을로 돌아왔을 때 느끼는 그 상큼한 청정 대기의 맛, 그건 아무리 예찬해도 지나치지 않을 기자촌의 자랑이자 자산이 아닐 수 없다.

지금은 세태가 변해 개근이라는 것을 그리 대단한 덕목으로 여기지 않는 풍조로 바뀐 느낌도 든다. 예전에는 우등상 못지않게 알아주던 개근상을 아예 없애버린 학교도 있는 모양이다. 하지만 학동이 전全 학기에 하루도 결석을 않고 꼬박꼬박 출석했다는 것은 대단한 일이다. 이런 개근은 바로 건강과 근면과 열의, 끈기와 극기의 결실이자 상징이다. 건전한 삶과 사회를 위해 지금도 권장해야 할 가치가 있는 덕목이라는 것이 나의 생각이다.

서울의 명산 북한산의 정기를 받은 기자촌에 살아서 또 하나 다행스러운 것은 동네에 아직도 내가 자라던 예전의 시골 마을같이 넉넉하고 풋풋한 인정이 흐르고 있어서이다.

마을 사람들은 숫제 대문을 열어놓고 살다시피 스스럼없이 이웃집을 드나들며 크고 작은 삶의 애환을 나눈다. 동네 아이들은 서로 다정하게 형, 오빠, 누나, 누이로 여기며 영악하지 않게 자라고 있다. 이런 마을을 보노라면 처음 취락을 세울 때의 고생과 아픔도 아련한 추억처럼 느껴진다.

건설업자가 공사비를 빼돌리고 부도를 내는 바람에 공사가 중단되어 애를 태우기도 했다. 지하수를 뽑아 쓰는 상수도 공사의 부실로 난생 처음 물지게를 지고 산속의 옹달샘으로 물을 길으러 다니기도 했다. 도로 포장공사가 지연되어 거의 한 해 동안 비만 오면 장화를 신고 진흙탕 길을 어기적거리기도 했다. 버스가 들어오지 않아서 1km나 떨어진 통일로 국도변까지 걸어가야 차를 타고 출퇴근할 수 있었다.

정말 삶과 죽음이 걸린 아찔한 순간도 경험했다. 조간 조선일보 외신부(지금은 국제부)에 근무할 때였다. 가난한 집 제삿날 돌아오듯 나흘에 한 번씩 자주 돌아오는 야근을 마치고 새벽 다섯 시쯤 지친 몸을 끌고 귀가했다. 입주는 했으나 아직 공사가 마무리되지 않아서 미처 현관 문짝도 달지 않고 거적을 쳐둔 마루에 들어서니, 안방 목재 문틀이 비틀려서 방문이 제대로 닫히지 않은 채 삐죽이 틈이 벌어져 있었다.

방문을 열고 방에 들어가 보니, 부엌 쪽 벽과 아랫목 구들 방바닥이 떨어진 채 그 틈새로 연탄아궁이에서 활활 타오르는 불꽃이 보였다. 아내와 딸, 그리고 시골에서 언니네 집에 다니러 온 처제가 세상모르고 잠들어 있었다. 깜짝 놀라 허겁지겁 창문을 열어젖히면서 잠든 식구들을 깨웠다.

간밤에 내린 비로 집터의 약한 지반이 꺼지는 바람에 집이 내려앉았던 것이다. 만약 방의 문틀이 뒤틀려서 문짝이 밖으로 튕겨 나오지 않았더라면, 세 식구가 연탄가스에 질식되는 참변을 면키 어려웠을 것이다. 지금 생각해도 몸서리쳐지는 아찔한 일이다.

그 뒤 부실공사로 밝혀진 그 집을 포기하고 주택조합으로 하여금 다른 땅을 골라 다시 짓게 한 집이 우리 가족이 지금 살고 있는 집이다.

경제적으로 넉넉하지 못하고 박봉에 쪼들리는 가난한 언론인들의 마을인 기자촌에서 아무튼 집을 두 채나 지은 사람이니 나는 이 동네 주민 치고는 부자(?)라고 자랑하며 너스레를 떨기도 한다.

그래도 나는 기지촌에 관한 한 우리 아이들의 개근 36년보다 더 자랑스러운 일은 없다고 생각한다.

*이 글은 2007년 서울시의 은평뉴타운 건립 계획에 따라 기자촌이 헐려 공원화되기 전인 2000년 5월 기자촌 마을 사람들이 공저共著로 펴낸 마을 잡지 『기자촌과 나』에 실린 구고舊稿임을 밝혀둡니다.

(2000. 5. 12/ 『은평문학』 2019년호)

이말산莉茉山

저년퇴직 후 10년 넘게 주말마다 북한산을 오르내렸다. 마음 맞는 벗 예닐곱이 비가 오나 눈이 오나 함께 가벼운 산행을 했다. 더러 폭우가 예상된다고 입산을 통제할 때를 빼고는 거의 거르지 않았다. 좀 극성스럽게 산모임을 지키는 바람에, 아는 사람들 사이에 우리 모임을 「북한산패」라는 애칭으로 부르게 되었다. 『월간조선』에 그 「북한산패 이야기」가 실리기까지 했다.

그렇게 극성을 떨다가 나는 갑자기 산행에서 탈락하게 되었다. 왼쪽 발목이 시큰거려서 병원에 갔더니 발목의 연골이 닳아버렸다고 했다. 산이나 계단을 오르내리는 것을 삼가야 할 만큼 상태가 좋지 않다는 경고가 따랐다. 그래도 노후에 할 수 있는 유일한 운동인 걷기를 포기할 수는 없는 것. 그래서 혼자 밋밋한 야산이나 북한산 둘레길을 천천히 걷기로 마음먹었다.

마침 새로 이사한 아파트단지 한가운데 야트막한 야산이 있어서 이른 아침이나 해질녘에 쉬엄쉬엄 오르내리기를 일과로 삼게 되었다. 해발 132m밖에 안 되어서, 산이라기보다는 언덕에 가까운 편이다. 그러나 일단 올라가 보면, 산등성이가 꽤 넓고 평퍼짐하게 펼쳐진다. 갈참나무, 줄참나무, 상수리나무, 느티나무, 아카시아, 오리나무, 소나무 숲이 우거져서 제법 산의 풍취를 맛볼 수 있다. 숲 그늘 속으로 3km쯤 되는 등산로가 몇 갈래 나 있다. 북한산 서부의 고찰 삼천사와 진관사로 이어진다. 여기저기 운동기구가 설치된 놀이터와 배드민턴 코트가 있고, 세 곳에 정자가 서 있어 멋진 근린공원을 이룬다. 등산로를 따라 한 바퀴 돌고 운동을 하다 보면 보통 두세 시간은 걸린다.

게다가 산이 흙산이라서 더 마음에 든다. 우리나라 명산이 대개 다 그렇지만 서울 근교의 산들은 거의 다 바위와 돌투성이 산이라서 오르내리기가 힘든다. 그런데 이 산은 흙산이다. 숲속에 이리 저리 나 있는 오솔길이 모두 찰흙길이다. 걸으면 마치 카펫 위를 걷는 것처럼 푹신한 느낌을 준다. 나 같은 노약자가 걷기엔 안성맞춤이다. 어릴 적 고향의 들길 산길을 걷던 때의 그 푸근한 정감을 다시 맛볼 수 있다. 구수한 흙냄새의 향수를 일깨워줘서 좋다.

몇 년 전 이 산을 가운데 두고 은평뉴타운이라는 아파트단지가 들어설 때까지만 해도, 산의 한쪽 기슭에 개발에 낙후된 작은 옛 마을이 있었다. 그 무렵 이 산을 둘러본 어떤 숲 생태 전문가는 감탄했다고 한다. "와, 서울 안에 있는 도시의 숲에서, 이렇게 다양한 야생화를 볼 수 있다니 놀라운데!" 하고. 그때 그는 할미꽃, 둥글레, 애기미나리, 조개풀, 산부추, 제비꽃, 콩제비꽃, 각시붓꽃, 미나리아재비, 매발톱꽃, 옥잠화, 진달래, 금낭화, 산벚나무, 때죽나무, 이팝나무 등을 찾아냈다. 그가 작성한 생태계 조사 보고서에 나와 있다. 그는 산이 습윤하고 도심과 멀리 떨어져 있어서 식물의 생태계가 비교적 잘 보존된 것으로 보았다.

숲이 무성해서 이 산에는 박새, 어치, 청딱따구리, 오색딱따구리, 꾀꼬리, 노랑색텃새, 멧비둘기, 소쩍새, 붉은머리오목눈이 같은 다양한 조류도 서식했다고 한다. 그러나 지금은 주위의 도시화로 거의 사라지고 없다. 가끔 까치나 멧비둘기, 꾀꼬리 울음소리 밖에는 다른 새 소리가 들려오지 않아 아쉽다.

이 산의 또 다른 특색은 작은 야산에 수천 기의 분묘와 비석, 문인석, 망주석 등이 편재하여 조선 중·후기의 장묘 문화를 집중적으로 보여 준다는 것이다. 특히 왕실의 상궁, 내시의 묘가 많다. 풍수지리상 북한산 서부와 인근의 산이 나라에 반기를 들 인물을 낳을 역산逆山이라 하여 후손이 없는 상궁, 내시들의 묘터가 되었다는 속설이 있다. 숲속과 길섶에는 허물어져 형체만 짐작할 수 있는 분묘와 쓰러져 반쯤 파묻힌 묘석, 부서진 문인석, 좌판, 돌향로 따위가 널려 있다. 수백 년 세월의 풍상과 전란이 가져온 그런 황폐한 풍경은 처연한 감회에 젖게 한다.

나는 새 아파트단지로 이사하기 전 30여 년간 이 산이 마주 보이는 마을에서 이웃하여 살았다. 하지만 이 산이 이렇게 아기자기하고 생태적으로 소중한 산인 줄은 모른 채 지냈다. 산의 이름조차 몰랐다.

그러다가 이 산에 오르기 시작하면서 비로소 「이말산」이란 이름을 알게 되었다. 산을 설명하는 푯말에는 이말莉茉 또는 말리茉莉라고 하는 나무가 많아서 그런 산 이름을 얻었다고 적혀 있다. 이말은 물푸레나무과에 속하는 상록 관목으로 자스민이라고도 하며, 여름에 노랑 혹은 흰색으로 피는 그 꽃으로 말리화차花茶, 곧 자스민차를 만든다는 설명이 딸려 있다. 이 산에 요즘 세워진 정자 하나에는 내가 좋아하는 고향 사람인 서예가 초당草堂이 쓴 「자스민정」이란 당호가 걸려 있다.

다향이 짙은 자스민꽃이 많이 피는 산, 얼마나 멋지고 정다운 이름인가. 그런데 도대체 자스민은 어디 있나. 나는 이말산을 뒤지며 자스민을 찾기 시작했다. 식물도감, 허브도록, 인터넷을 통해 정보를 얻으면서. 하지만 산 어디에서도 산 이름을 붙여줄 만큼 많았다던 이말, 자스민꽃은 찾지 못했다. 다만 이란과 인도가 원산지인 자스민은 200여 종이 있는데 그 중의 하나인 영춘화迎春花가 서울 근교에서 월동한다는 것만 알아냈을 뿐이다.

　하지만 실망하지 않는다. 만년의 내 건강을 지켜주고 명상을 이어줄 향기로운 이름의 이말산을 발견한 것 만해도 너무 좋다. 계절 따라 바뀌는 숲의 사계를 가까이 지켜보며 야생화들을 만나는 것이 즐겁다. 내 삶에 영혼의 향기를 가져다 주었던 아름다운 인연과 소중한 사람들을 생각하며 부지런히 이말산을 거닐 생각이다.

(『지구문학』 2014년 가을호)

이름 이야기

작고한 지인 가운데 사람의 이름을 매우 중시하는 변호사 한 분이 있었다. 나이 마흔 살 가까이 되어서야 어렵사리 사법시험에 합격한 분이었다. 대학에 다닐 때 여러 차례 시험에 응시했으나 번번이 낙방만 했다. 졸업한 후에도 한적한 절간에 가서 그 어렵기로 이름난 고시(사법시험) 공부라는 것에 머리를 싸매고 매달렸던 것 같다.

그 무렵 머리도 풀 겸해서 심심파적으로 이른바 성명철학이라는 것에 흘딱 매료되었던 모양이다. 나는 사람의 이름이 운명을 좌우한다고 보는 성명철학이라는 것을 일종의 점술 같은 것이라고 보았다. 하지만 그것은 나름의 오묘한 묘미가 있어서 한 번 빠져들면 점점 더 깊이 심취하게 된다고들 한다. 그래서 고시생인 지인은 일본말로 된 수많은 성명학, 또는 작명학 따위의 책을 모조리 구해서 독학으로 성명학 공부를 했다고 한다. 그러다보니 사람의 이름이 그의 운명과 직결되어 그것을 좌우한다는 믿음이 마음 속에 단단히 굳어졌던가 보다.

그는 사법시험에 합격했지만 나이가 많은 탓으로 검사나 법관에 임관되지 못했다. 곧바로 고향인 대구시로 내려가서 변호사 사무소를 차렸다. 남달리 의협심이 강한 그는 개업하면서 바로, 가난하거나 억울한 일을 당해도 하소연할 곳 없는 사람들을 위해 무료 법률 상담을 하고 변호해 주겠노라는 신문 광고를 냈다. 그리고 그런 사람들이 찾아오면 법률 상담과 무료 변론을 맡아 주었다.

자신이 변론을 맡은 가난한 형사 피의자가 실형을 선고 받고 감옥살이를 하게 되면, 출옥 때까지 그 가족들에게 쌀 가마니를 보내 생계를 도와주곤 했다. 주위에서 기인奇人 변호사란 쑥덕거림이 나왔다. 그러나 그의 기행은 거기서 끝나지 않았다. 의뢰인이 형기를 다 채우고 출옥하면, 바로 그 사람의 이름을 고쳐 주는 것이었다. 성명학에 따라 운수가 길할 이름으로 바꾸어주고, 까다로운 법원의 등기 절차까지 대신해 처리해 주었다. 나쁜 운명을 바꿔서 새로운 인생길을 열어주기 위해서라는 설명이었다.

이름에 대한 그의 집념이 얼마나 큰지를 가위 짐작할 만했다. 옛 로마 황제 율리우스 시저도 이름을 보고 지휘관을 발탁했다니 그럴 수도 있겠다는 생각이 들었다.

요즘 와서 이런 이름과 운명의 연기설緣起說이 너무 통념화한 탓인지 직업적으로 이름을 지어주는 사람들이 많이 등장했다. 무슨 무슨 '성명 철학관' 이라는 데가 우후죽순같이 생겨나 성황이다. 새로 태어난 아이들의 이름을 지으려는 부모들이 이름난 작명가의 문전이 미어지게 찾아간다. 자신의 이름이나 상호商號를 갈아보면 운수가 대통할 것으로 믿고 작명가를 뻔질나게 찾아가는 장사꾼들도 많다.

'길게 울리는 목탁소리' 를 뜻하는 나의 이름은 선친과 친분이 깊었던 어느 스님이 지어 주었다고 한다. 아직 어디다 내세우거나 이름을 남길

만한 큰일을 하지는 못했다. 하지만 내가, 사람들이 흔히 듣기 좋게 말하는 '사회의 목탁'이라는 신문기자 노릇을 하게 된 것도 목탁을 뜻하는 내 이름이 주는 어떤 운명적 암시에 끌린 결과가 아닌가 하고 생각할 때가 없진 않다.

하지만 나는 이름과 운명을 철저히 결부시키는 그런 사람이 아니다. 다만 이름이란 남들이 부르기 쉽고, 듣기에 거슬리지 않으면서도, 좋은 이미지와 연상되면 족하다고 생각할 따름이다. 이름이 주는 좋은 연상이 사람의 성격 형성과 행동에 영향을 미칠 수도 있다고 본다.

내가 사랑하는 세 남매의 이름을 지을 때도 나는 이런 소박한 철학에 따랐을 뿐이다. 얼마나 소중한 아이들인데 기왕이면 용하다는 작명가를 찾아가서, 수명장수하고 대성할 이름을 지어 받아야 하는 게 아니냐는 어머님의 말씀이 있었지만 내 나름의 작명법에 따랐다.

첫 아이인 딸의 이름은 아이의 할아버지께 지어 주십사고 청했다. 30여 년만에 처음 얻은 귀중한 손녀의 작명 기회를 아버님께 드리는 것이 도리일 것 같았다. 희숙熙淑이라는 이름을 내려주셨다. 둘째 아이는 아들이었다. 한글날인 10월 9일 첫새벽에 태어났다. 그래서 한글을 창제하신 현군賢君 세종대왕의 이름을 빌려 세종世宗이라고 내가 이름을 지어 주었다. 훌륭한 선조나 군왕, 성현의 이름을 빌려서 아이들의 이름을 짓는 서양식 관습을 따랐던 것이다. '우리나라에 세종 임금만한 군주가 어디 있는가? 또 발음도 막힘이 없지 않느냐?' 하는 소박한 생각에서였다. 집안의 항렬 돌림자를 구태여 따르지 않았다. 누대에 걸친 꽉 막힌 형식주의의 틀을 깨뜨리고 싶었다. 그러나 둘째 아들의 이름은 제 형의 이름과 돌림 짝이 맞게 세창世昌이라고 붙여 주었다. 형제간의 가까움과 우애를 바라서였다. 독립선언문의 33인 서명자이기도 하고 고매한 인품으로 살아가신 어느 서예가의 이름이기도 하니 무던할 것 같왔다. 게다가 부르거나 듣기에도 낭랑한 느낌을 주고. 낡은 기성관념이나 관습에 얽매이지 않고 살려는 좀 리버럴한 내 기질이 반영된 탓으로 생각된다.

요즘은 순수한 우리말 이름을 짓는 풍조가 차츰 늘어가는 것 같은데 꽤 호감이 간다. 금琴씨 성을 가진 나의 고향 친구 한 사람은 두 딸의 이름을 잔디와 반디라고 지어 주었다. 외아들의 이름은 반석盤石이라 짓고 어느 대학이 주최하는 「고운 우리말 이름 대회」에서 상을 탔다.

금잔디, 금반디, 금반석, 얼마나 멋진 이름인가! 음운학적으로도 아름다운 조화를 이루고 의미도 좋다. 겸직교수로 출강하는 대학의 올 가을 학기 나의 강의를 듣는 학생들 가운데도 한아름, 한송이, 이슬기, 최은별, 박보람, 서다래, 이고은 같은 정겨운 우리말 이름들이 많이 눈에 띈다. 참 밝고 다정한 느낌을 준다. 물 흐르듯 자연스럽다. 부르기도 좋고 듣는 느낌도 그만이다. 다들 오래오래 빛나고 복 받는 이름이 되기를….

(『에세이21』 2008년 가을호)

나의 작품을 말한다

수필문학과 체질화된 저널리스트적的 시각의 접목

나는 요즘 흔히 말하는 '후문학파後文學派'에 속한다. 신문과 통신사, 잡지의 기자, 논설위원, 칼럼니스트, 편집인을 지내고 나서 뒤늦게 수필가로 등단한 사람이다. 거의 평생을 저널리스트로 살아온 셈이다.

하지만 그런 분망한 저널리스트로서의 삶 속에서도 나와 문학과의 인연은 단절되지 않고 연면히 이어져 왔다. 번역문학을 통해서였다. 나는 꽤 많은 외국 저작물을 우리말로 옮겼다. 나의 직업적 특성상, 주은래周恩來, 등소평鄧小平, 장개석蔣介石, 케말 파샤, 아데나워, 지미 카터, J. K. 갤브레이스, 새미 리 등 위인과 저명인사들의 전기(傳記, biography)와 『러시아공산당사』, 『장정長征』, 『홀로코스트(대학살)』『새로운 전쟁』, 『티베트에서의 7년』, 『제독의 딸』, 『바다와의 사투 272일』, 『바다 한가운데서』, 『삶과 문학의 길목』 등 다큐멘터리물이 나의 번역의 주종을 이루었다.

문학 작품들의 번역도 적지는 않다. 노벨문학상 수상 작가들인 아이 작 싱어의 장편 『모스카트家(上, 下)』, 알렉산드르 솔제니친의 장막長幕 희곡 『여인과 수인囚人』, 그의 초기 산문시편, 영국 작가 섬셋 몸의 작가 노트 『삶과 문학의 길목에서』, 『모정慕情』의 중국계 벨기에 작가 한수인 韓素音이 중국 혁명을 다룬 대하소설 『동트는 대륙(上, 下)』이 떠오른다. 『여인과 수인』은 「자유극단」의 제50회 기념 공연작으로 명동 국립극장 무대에 오르기도 했다.

버지니아 울프의 삶과 사랑을 다룬 바이오그래피 『나의 사랑 버지니 아 울프 : 조지 스페이트 작)』, 『목마를 타고 떠난 그대 : 진 오우 러브 작』 그리고 영화화되어 센세이션을 일으켰던 『무당(Exdocist)—악마추 방자』도 있다. 청소년판版 『맥베스』, 『테스』, 『주홍글씨』, 『제인 에어』 도 번역했다. 그리고 수십 편의 동화와 수백 편의 교육방송(EBS) 다큐 멘터리도 우리말로 옮겼다.

뒤돌아보면 번역을 통한 문학과 나의 인연도 꽤 오래 이어져 온 것 같 다. 아마도 이런 인연의 끈이 저널리스트 현업에서 물러난 나로 하여금 수필을 통한 문학적 창작에로 불러들인 듯하다.

『에세이21』에서 「슬픈 무궁화」와 「이름 이야기」라는 졸작 두 편으로 등단하고 보니, 내가 저널리스트로 뛰고 있던 세월에 우리 수필문학계 가 눈부시게 발전했음을 발견하게 되었다. 참으로 놀라운 발전이었다. 높은 문학적 향기를 풍기며 삶을 관조하고 통찰하는 격조 높은 수필들 이 차곡차곡 금자탑같이 쌓여 있어서 놀라웠다. 흔히 시인, 작가 등의 문필인, 교수나 저명인사들이 여기餘技로 쓰는 미셀러니(miscellany)로 만 여겼던 우리 수필이 본격적인 에세이 문학 작품으로 진화되어 온 것 을 알게 되었다. 우리 수필문학을 한국적 특성을 지닌 어엿한 독립 창작 장르로 끌어올리기 위해서 각고의 노력을 쏟은 수필계 원로, 선배 수필문학인들에게 경의를 보내지 않을 수 없었다.

우리 수필문학계의 엄청난 양적인 팽창도 놀랍다. 등단한 수필가가 수천 명에 이르고 있다. 수십 개의 수필 전문지들이 수많은 등단 작가를 배출하고, 수필을 양산하고 있다. 어떤 수필문학상 시상식에서 문협 이사장인 소설가 정종명이 수준 미달의 수필이 범람하고 있다고 개탄하는 말을 들으면서 공감한 적도 있다. 막상 등단하고 보니 좋은 수필 쓰기가 더 어렵고 겁이 났다. 선배 수필가들이 쌓아올린 빛나는 수준을 좇아가기는커녕 양산되는 태작 대열에 한몫 끼지 않을까 두려워서이다.

나는 수필을 쓰면서 아무래도 자신이 걸어온 오랜 저널리스트로서 체질화된 시각과 비판 의식을 벗어나기가 어렵다는 것을 발견했다. 그래서 내가 써온 수필 작품들은 자연히 저널리스틱한 시각과 접목된 비평 수필, 시사 수필, 서사 수필적 성격이 짙은 것 같다.

나의 수필 「아우슈비츠에서」는 나치의 유태인 대학살 현장 방문을 소재로 한 작품이다. 이 수필의 주제는 범죄의 참회와 사죄 그리고 용서와 화해로 잡았다. 나는 유태인 110만 명, 폴란드 지식인과 집시 20만 명을 처참하게 질식사시킨 독가스실과 그 시신을 불태운 소각로를 목격하면서 느낀 몸서리쳐지는 죄악의 현장을 서술했다(나치에 의해 희생된 전체 유태인은 약 600만 명).

전시관 참관을 마치고 나왔을 때, 마당에서 차례를 기다리고 줄지어 있는 일단의 아이들을 만났다. 어디서 왔느냐고 물어 보았더니 멀리 독일에서 온 초등학생들이었다. 독일은 조상들의 죄를 잊지 않게 하려고 어린이들에게 대학살 참극의 현장, 아우슈비츠 참관을 권장하고 있었다. 가해자 독일의 참회와 피해자 유태인들과 폴란드인들의 용서로 아우슈비츠 비극의 응어리는 풀려가고 있었다. 여기서 나는 이 수필의 주제를 이렇게 마무리지었다.

'하지만 우리 주변의 아우슈비츠는 아직도 사라질 줄 모르고 있다. 독재 권력이 지배하는 북녘 땅에서는 20여 만의 동포가 정치범수용소란 생지옥에서 신음하며 죽어가고 있다. 진보주의는 자유와 인권, 정의와 평화를 지상의 가치로 친다. 그러나 이 나라의 사이비 진보주의자들은 북녘 동포의 참상을 애써 외면한다. 말도 꺼내지 못하게 가로막는다. 그런가 하면 잘 사는 이웃나라 일본은 아우슈비츠 못지않게 30만 양민을 도륙한 난징南京대학살과 737부대의 만행을 시인하고 사과하는 데 인색하다. 그리고 그 총리를 비롯한 정치인들은 태평양전쟁 전범들의 유해가 놓인 야스쿠니신사神社에 참배하여 식민지배로 탄압, 약탈당한 이들의 가슴에 못을 박고 있다.'

또 다른 나의 수필로 「북송정北松亭」이라는 것이 있다. 이 수필은 나의 유년기 6.25한국전쟁은 겪은 체험을 소재로 삼은 것이었다. 나의 고향은 석 달간 북한 인민군의 점령 아래 살았다. 밤마다 인민군 정치장교들이 마을 사람들을 모아놓고 김일성과 공산주의를 찬양하는 선전선동을 했다. 아이들에게는 「김일성 장군의 노래」같은 걸 가르치고, 밤이면 마을의 우물에 불침번을 세웠다. 내 또래 아이들은 그 선전에 세뇌되어 어른들이 말려도 목청껏 북한 노래를 부르며 들떠서 골목을 거들먹거리고 다녔다. 홀딱 넘어간 형국이었다. 나중 마오쩌둥(毛澤東)의 홍위병 꼴이었다.

나는 제주도 해군기지 건설과 한·미 FTA를 한사코 반대하는 시위대를 보면서 정치 선동에 넘어갔던 유년 시절을 떠올리며 이렇게 글을 마무리지었다.

'어느 시대나 사회를 막론하고 소수의 극단적 반대 세력이 있는 것은 통계학적인 사실이다. 그들 소수의 지상무기는 철통같이 통제되는 조직과 다수 대중을 광기의 열풍으로 몰아가는 도그마적인 선동이다. 어

린 시절 잠시 나를 들뜨게 한 인민군 정치장교의 열변 같은, 그런 좌파
선동의 광풍이 인터넷 따위 전파매체를 타고 세차게 휘몰아치고 있는
것이 오늘날 우리의 암담한 세태가 아닌가!'

(『한국문학인』 2017년 여름호)

청산은 나를 보고

사과밭과 마을을 품고 앉아있는 올망졸망한 산봉우리들 위로 조각구름이 흘러간다. 들판엔 8월의 뙤약볕이 쏟아지고 있다. 긴 장마 끝의 만남이라 따가운 햇볕도 싫지 않다. 오히려 싱그러움을 더해 준다. 나는 여기 오면 늘 마음이 푸근해지고 머리가 맑아지는 걸 느낀다.

이곳 나지막한 언덕에 우람하면서도 아름다운 모습으로 서 있는 고려시대의 선승禪僧 나옹懶翁스님의 선시비禪詩碑가 내 마음을 부드럽고 편안하게 안정시켜 주는 기운을 뿜어주는 것 같다. 아득한 6백여 년 전 이곳에서 태어나신 큰스님의 오도송悟道頌이 깊은 울림으로 파동쳐 온다.

청산은 나를 보고 말 없이 살라 하고/ 창공은 나를 보고 티 없이 살라 하네/ 사랑도 벗어놓고 미움도 벗어놓고/ 물같이 바람같이 살다

가 가라 하네/

　(青山兮要我以無語/ 蒼空兮要我以無垢/ 聊無愛而無憎兮/ 如水如
　風而終我)

　이곳은 나옹선사가 태어난 곳. 요즘 지명으로는 경북 영덕군 창수면
신기리. 나옹이 나이 스무 살 때 친구의 죽음을 보고 삶에 의문을 품어
깨달음을 찾아 출가하면서 심어둔 반송盤松 한 그루가 서 있던 자리. 이
곳에서는 지난 3년 전부터 나옹선사 유적 성역화 사업이 진행되어 가고
있다. 나의 고향집으로부터는 겨우 22km쯤 떨어진 곳이다.

　그런 지척간의 거리임에도 불구하고 나옹스님에 관한 나의 지식은
오랫동안 여말麗末 우리 고장인 영해부寧海府 출신으로 인도 출신의 스승
지공指空스님과 제자인 무학無學대사와 더불어 고려 삼대 화상和尙으로
꼽히던 큰스님이라는 상식을 벗어나지 못하고 있었다.

　그러던 중 10여 년 전 어느 날 우리 고전문학을 연구하는 국문학자들
모임에 우연히 참석했다가 나옹스님에 관해 내가 모르고 지낸 일을 듣
게 되었다. 서방정토를 찾아가는 것을 노래한 스님의 「서왕가西往歌」와
이두吏讀로 쓴 「승원가僧元歌」가 우리 가사歌詞문학의 원류로 꼽히고 있
다는 얘기였다. 그때 늘 고향을 사랑한다고 생각하면서도 정작 내 고장
에서 태어난 나옹선사가 우리 고전 문학사에 그런 중요한 업적을 남긴
분인 건 전혀 모르고 살아온 자신이 부끄러웠다.

　나는 곧 스님의 어록과 가송歌頌이 실린 『나옹록懶翁錄』을 읽으면서 스
님의 행장과 깨달음에 관해서 더 배우기 시작했다. 인터넷을 통해서 많
은 사람들이 스님에 관해서 높은 관심을 갖고 수준 높은 의견들을 주고
받는 데 놀라지 않을 수 없었다. 새로운 충격을 받았다. 요즘 사람들이
흔히 가곡으로 애창하는 '청산은 나를 보고 말없이 살라 하네…' 라는

노래가 스님의 선시라는 것도 뒤늦게 알게 되었다.

부처님의 깨달음을 일깨워주는 스님의 수많은 게송偈頌과 법어法語의 그 깊은 뜻을 내가 깨우치기에는 아득히 멀기만 하다. 하지만 '물같이 바람같이 살다가 가라'는 진솔한 가르침은 삶이 고해와 번뇌의 심연에 빠질 때, 한 가닥 자비로운 구원의 손이 될 것이다. 일상의 끝없는 집착과 미련의 사슬을 벗어던지고, 더 큰 참삶의 바다를 향해 거침없이 정진하라는 일깨움이 아닐까?

나옹스님은 출가 후 당시 우리나라 최대 사찰인 양주楊洲 회암사檜巖寺에서 득도하셨다. 1348년에 중국으로 건너가서 지공화상을 다시 만나 가르침을 받고 중국 땅을 두루 돌면서 수행하시다가 10년만인 1358년 고려로 돌아오셨다.

귀국하자 그의 법력에 감복한 공민왕이 가까이 있기를 청했다. 그러나 스님은 산승山僧을 자처하면서 사양하고 구월산, 오대산, 금강산을 찾아 자유로운 수행 생활을 누리면서 여러 절을 일으켰다. 1371년에 왕사王師로 봉해진 후, 홍건적의 전란으로 불탄 회암사를 중창하는 일에 나선다.

하지만 곧 임금이 돌아가고 우왕이 뒤를 잇는다. 스님은 곧 재차 왕사로 추대된다. 1376년에 중창 불사가 끝나 낙성식이 열리자, 스님의 법문을 듣고자 개경開京과 전국에서 수많은 사람들이 구름떼처럼 몰려왔다. 그러자 유생인 벼슬아치들이 임금에게 압력을 넣어 스님을 멀리 밀양에 있는 표충사로 보내게 한다. 스님은 이 사실상의 귀양길에서 여주 신륵사神勒寺에 이르러 입적하신다.

스님이 열반하신 후 당대의 거유巨儒 목은牧隱 이색李穡이 글을 지은 탑비가 신륵사, 회암사와 여러 큰절에 세워졌다. 목은은 나옹의 제자들이 엮어낸 『나옹집』에도 서문을 썼다. 불교와 유교의 갈등이 싹트기 시작한 시대에, 나중 조선조 성리학의 씨를 뿌린 목은이 나옹을 기리는 글을 썼다는 것 또한 심상치 않은 일이다. 두 사람이 같은 영해부에서 8년을 사이 두고 태어나 비슷한 시기 원나라에 유학한 인연이 있긴 하다. 그러나 그런 속연俗緣보다는 더 깊은 경지의 지성적 교감이 유·불의 경계를 초월하여 깊이 소통하게 만들지 않았나 생각된다.

나는 서울에서 35년간의 기자 생활을 마친 후, 고향 분들의 간청에 못 이겨 고향에서 나오는 주간신문의 편집인 겸 발행인 일을 맡게 되었다. 그때 나옹스님의 유적이 남아 있는지 알아보았다.

스님이 출가하시면서 심어 놓은 반송이 수백 년 간 자라서 정자 옆에 너른 그늘 터를 만들었다. 사람들은 그곳을 반송정盤松亭이라 부르면서 사랑했는데, 1960년대 중반에 그만 고사하고 말았다고 했다. 스님의 화상을 모셔둔 영당影堂도 허물어져 버렸다는 얘기였다.

안타까움을 느낀 나는 흔적도 없이 사라진 나옹선사의 유적지를 전남 해남과 무안에 세워진 다승茶僧 초의艸衣의 유적 못지않은 우리 고장의 불교와 문화 유적지로 재건하자는 사설을 몇 차례 썼다. 주민들과 지자체에서도 크게 호응해서 기념사업회가 결성되고 성금을 모으기 시작했다. 하지만 재정 자립도가 낮은 지역의 경제적 어려움으로 유적지 조성 사업은 순탄하게 진척되지 않고 지지부진했다.

이때 전국에 흩어져 있는 우리 고장 출신의 스님들이 돌파구를 찾아 주었다. 불국사 주지 성타性吒와 강릉 낙가사洛伽寺의 청우清宇를 비롯한 여러 스님들이 조계종 종단과 정부, 그리고 또 당국자를 설득해서 지난 2008년, 반송이 서 있던 자리에 스님의 사적비와 시비를 세우는 큰 불사를 일으키게 되었다.

길이 4.7m, 높이 2.8m의 우람한 오석에 이 고장 출신으로 당대의 신진 서예가로 떠오르는 초당艸堂 이무오 님이 한글 정자체와 목간 예서木

簡隷書 등 일곱 가지 서체를 섞어 쓴 모두 2,700여 자의 비명은 그 자체가 하나의 예술품이라 할 만하다. 볼수록 빼어난 아취와 균형미를 보여준다.

올 5월에는 스님의 옛 정자의 당호堂號를 물려받은 강월헌江月軒 팔각정과 영당도 새로 복원되었다. 다음 천년 동안 자라기를 바라는 불자와 주민들의 염원을 담은 반송 한 그루도 심어졌다.

온 국민의 원력願力으로 조성되고 있는 나옹유적지가 이제 세계적으로 재조명되고 있는 우리 선불교의 도량이자, 새로 태어난 자랑스러운 불교문화재로 빛을 발하게 되기를 빈다.

청산과 창공의 영기靈氣를 널리널리 뿜어주기를 바란다.

(『영덕신문』 2008. 8. 7)

제 4 부

마지막 요약

학사學舍 이야기

서울의 광화문에서 독립문 쪽으로 가는 차도의 구기터널 입구 못미처 사직공원 맞은 편 언덕에 아담한 4층 벽돌집이 서 있다. 지금으로부터 23년 전인 1998년에 문을 연 「영덕학사」 건물이다. '영덕군 인재 양성의 요람' 이란 구호가 눈을 끈다.

동해 바닷가의 작은 고장 영덕군의 출향인들이 중심이 되어 서울과 수도권 대학으로 진학하는 고향의 2세들의 면학을 돕기 위해 마련한 기숙사이다. 서울에 공부하러 가는 학생을 위해 자취방이나 원룸을 마련하려면 수천만 원의 보증금이나 임대료와 월세, 관리비 등이 필요하다. 가난한 농어촌 학부형에겐 너무 큰 짐이 된다. 학사는 이런 값비싼 숙식 문제 부담으로 어려움을 겪는 가정의 학생들을 선발해서 실비로 한 방에 두 명이 들어와서 자취생활을 하도록 마련해 주고 있다.

냉난방이 되는 자취방에는 책상과 침대, 취사시설이 마련돼 있다. 개인용 컴퓨터(PC), 텔레비전 등 비품은 모두 동향의 독지가들이 기증한 것들이다. 공용의 도서실 겸 독서실도 있다. 나이 들어서 소장 도서를 처분하는 출향인들은 버리기 아까운 귀중한 장서들을 학사로 보내준다.

학사 건립 아이디어는 당시 그 자리에 부지를 소유하고 있던 Y씨와 당시 『영덕신문』의 발행인 M씨 등 출향인사들한테서 나왔다. 그 후 성남에서 낙생고등학교를 운영하던 K교장이 이사장, 안성의 서일농원 S회장이 부이사장을 맡아 「영덕군장학회」를 결성함으로써, 학사 건립이 본격화 되었다. 전국에 흩어져 사는 수많은 영덕 출신 향우들이 기금 모금 운동에 동참했다. 출향인 건설업자들과 설비업자들이 거의 실비로 공사를 맡아서 도움을 주었다. 그야말로 많은 사람들이 십시일반+匙一飯으로 뜻을 모아 학사를 새운 것이다.

공사가 마무리되어 학생들이 입사한 뒤에는 교직을 지낸 출향인을 뽑아 사감격인 학사장을 두었다. 학사장은 부모 곁을 떠나 도시 생활을 하는 사춘기 학생들의 생활지도를 맡았다. 초기에는 남녀 44명의 학생들이 이곳에서 생활하며 대학을 다녔는데, 이런 저런 사정으로 방이 줄어서 현재는 36명이 입사하고 있다.

학사가 문을 연 후 지금까지 약 5백여 명의 학생들이 학업을 마치고 사회에 진출했다. 농어촌의 어려운 경제적 여건 속에서 자녀의 학업에 등허리가 휘어질 시골 학부모들의 짐을 가볍게 해 준 것이다. 큰 업적이 아닐 수 없다. 학사는 장학회가 내건 '영덕군 인재양성의 요람' 이란 캐치프레이즈를 잘 지켜오고 있는 것 같다. 다행한 일이다. 영덕 사람들은 지금도 학사를 소중히 그리고 자랑스럽게 여기고 물심양면으로 지원하고 있다.

이런 영덕학사의 성공이 소문으로 퍼져나가 서울의 곳곳에서 지방학생들을 위한 학사가 속속 생겨나고 있다. 처음엔 영덕군과 이웃한 지자체인 영양, 청송의 지자체 선거 후보들이 학사 건립을 공약하기 시작했다. 그 후 영덕학사를 벤치마킹하여 각각 서울에 학사를 마련했다. 같은 경북의 영천시도 서울 신설동에 고층 건물의 학사를 마련하고 다수의 지역 출신 학생들을 수용하고 있다. 망우리에는 충남학사가, 구기동엔 호남학사 등 큰 지자체들이 마련한 규모가 큰 학사들이 들어섰다.

바람직한 일이다. 나는 이와 같은 장학정신이 널리 번져 나가는 현상을 고맙게 생각한다. 모두가 더 많이 배움의 기회를 향유할 수 있을 때 우리 사회가 더 잘 사는 사회로 다가가는 지름길이 될 것이라고 믿는다.

나는 30여 년 전에 저우언라이(周恩來)와 덩샤오핑(鄧小平)의 전기를 우리말로 옮기면서, 중국이 제1차 세계대전 전후기에 선진국의 문물을 받아들이기 위해 많은 유학생을 해외에 보낸 사실을 알게 되어 놀랐다. 흔히 중국 역대 최고의 재상宰相으로 꼽히는 저우언라이는 1917년부터 2년간 일본에 유학했다.

그때 도쿄(東京)엔 중국인 학생 4천여 명을 숙식시키는 중국 관영 기숙사가 여러 군데 나눠 있었다고 한다. 중국 정부가 숙식을 제공해 주는 그 학사에 학생들이 차 있어서 저우는 입사할 수 없었다. 그는 중국 학생들을 도와주는 어느 일본인 부인의 주선으로 두 명의 다른 중국 유학생과 더불어 한 일본인 목수의 집 다락방에 하숙을 해야 했다.

그 무렵 중국에서는 '일하면서 배운다'는 취지의 '근공검학勤工儉學' 운동이 널리 번지고 있었다. 중국 학생들이 서구 선진국에 나가서 공장에서 노동을 하며 학업을 닦을 수 있도록 상공인과 독지가들이 여비나 체재비를 도와주는 장학운동이었다. 사천성泗川省의 이름난 교육자 우위짱(吳玉章)은 프랑스에서「재불在佛중국교육회」를 결성, 1919년과 1920년 1,600여 명의 사천성 젊은이들을 검학생(근로고학생)으로 프랑스에 유학을 가게 했다. 마오쩌둥(毛澤東)의 실정失政과 홍위병의 난동으로 혼란을 겪은 중국에 개방개혁을 가져온, 덩샤오핑은 1920년 14세의 어린 나이에 사천성 검학생 일행으로 프랑스로 유학을 떠난 사람이었다.

이에 비해 일찍이 선비의 나라임을 자처해 온 우리나라는 서세동점西勢東漸의 그 격변시대에 국가나 민간官民 어느 쪽에서든 세계의 선진 문물을 받아들이기 위한 장학정책에 인색했던 것 같다. 구한말 소규모 관비 유학생을 일본에 보내긴 했다. 그러나 그 대상은 황실이나 귀족 가문의 자제 극소수에 국한된 소규모적인 것에 지나지 않았다.

현재 전국에 일고 있는 학사 건립을 둘러싼 장학운동과 면학정신이 나라의 내일을 위한 귀중한 불씨가 되어주기를 빈다.

(2020.7.10)

세모歲暮의 거리에서

1. 네 마리 천원 붕어빵

거의 매일 드나드는 지하철역 출입구 가까이 붕어빵 가게가 하나 있다. 말이 가게라지만 가스버너와 빵틀이 실린 리어카 위에 캔버스 지붕이 쳐진 한 평 남짓한 공간이 전부이다.

'붕어빵 4마리 천원' 이라고 쓰인 종이가 붙어 있는 가게 안에는 40대 중반 쯤 되는 착하고 수수한 모습의 여주인이 빵을 굽고 있다. 외출에서 귀가하는 길에 이 가게에 들러 천 원어치 국화빵 한 봉지를 사들고 오는 때가 많다. 붕어빵은 중고교 시절 추억의 국화빵을 연상시킨다. 찬바람이 부는 날이면 달콤한 팥소가 듬뿍 든 따끈한 붕어빵을 중학생 손자와 나눠 먹는 군것질을 하면서 옛 추억에 젖어본다.

이제는 가게 주인과 낯이 익어서 어제는 왜 가게를 열지 않았느냐고 묻기도 한다. 시모를 병원에 모시고 갔다거나 노환의 친정아버지를 보고 왔다는 대답을 들으면 갸륵하다는 생각이 든다. 그래서 손님들이 빵

값으로 천 원짜리 지폐를 넣어주는 깡통에 돈이 제법 수북이 쌓여 있는 걸 볼 때면 내 마음도 덩달아 흐뭇해진다.

그런데 지난 세밑의 어느 몹시 추운 날 그 가게에서 벌어진 작은 승강이를 목도하게 되었다. 백 원짜리 동전 다섯 개를 손에 든 실직자로 보이는 젊은이가 붕어빵을 두 개만 팔라고 하고, 가게 여주인은 네 개 이하로는 팔지 않는다고 잡아떼고 있다. 서글픈 승강이. 갑자기 뭔가 뒤통수를 치는 것 같은 생각이 떠오른다. 5백 원을 받고 붕어빵 두 개를 주면 될 터인데, 그걸 마다하는 여주인의 처사는 엄밀히 또 다른 갑甲질이 아닌가! 우월한 위치에 있는 자가 약자 위에 군림하려는 갑질 행태. 가난의 밑바닥을 걷는 사람들이 붕어빵 두 개를 놓고 벌이는 갑질 극은 너무나 충격적이었다. 도대체 누구나 교만에 빠져 으스댈 수 있는 우리 인간이란 족속은 얼마나 옹졸하고 한심스러운 종족인가! 세밑의 귀갓길 한파가 살을 에는 듯 따가웠다.

2. 택시를 잡지 못해 쩔쩔매다가

설날을 며칠 앞두고 Y시에 사는 맏동서님을 보러 갔다. 아흔을 넘긴 연세에 치매까지 와서 찾아오는 사람을 잘 알아보지도 못 하신다. 예전의 활달하던 모습은 자취 없고 허공만 바라보며 멍하니 누워 있는 식물인간 처지가 된 것이 안쓰럽고 측은하기 만하다. 저런 상태로 연명해 가는 삶이 무슨 의미가 있으랴 생각하게 한다.

저녁을 먹고 나는 서둘러 자리에서 일어섰다. 오후 여덟 시 반에 같은 Y시에 사는 고향 친구 둘과 만나기로 약속이 돼 있었던 것이다. 두 친구는 아파트 같은 동棟에 살고 있다. 나는 택시를 잡으려다가 마침 과일가게가 하나 있는 걸 보고 그리로 간다. 조금 전 동서님 댁에서 맛있게 먹은 조생종 감귤이 눈에 띄어서 두 상자를 산다. 두 친구를 위한 세밑 선물이다. 과일 상자를 한길가에 내어다 놓고 택시를 기다리는데 빈 차가 통 보이질 않는다. 추운 날씨에 얼어드는 발을 동동거리면서 20분쯤 차를 기다리고 있는데 과일가게 여주인이 나온다. 그녀는 내가 승용차를 몰고 오지 않은 걸 알고서는 30m쯤 떨어진 네거리 건널목께로 가면 택시를 잡기가 좀 수월할 것이라고 일러 주었다. 하지만 거기서도 20여 분을 떨고 있어도 빈 택시가 오지 않아 애가 탄다.

그때였다. 저만치서 과일가게 여주인이 손짓으로 나를 부른다. 그녀는 추운 날씨에 연세 많으신 분이 너무 고생하신다면서 자기가 바로 가게를 닫고 자기 차로 모셔 주겠단다. 내가 친구네 동네를 대니 20분쯤 걸리는 데라면서 과일 상자를 차에 올려 싣는다. 너무 고마워서 나는 미안하다는 말만 되풀이한다. 그녀는 평소보다는 가게를 좀 일찍 닫는 것이지만, 날씨가 너무 추워서 손님도 없을 거고, 그보다는 친정아버지 같은 노인이 고생하시는 걸 보니 자기 차로 모셔 드려야겠다는 생각이 들었다면서 빙긋 웃음을 짓는다.

처녀 시절부터 10여 년 간 오피스걸로 일하다가 결혼 후에 우연히 과일가게를 맡게 되었는데 힘은 들지만 경제적 형편은 더 나아졌단다. 중학생이 된 두 아들이 말썽 부리지 않고 커가서 행복하다고도.

이런 저런 살아가는 얘기를 나누다 보니 금세 목적지에 도착한다. 나는 추위 속에서 쩔쩔맨 늙은이에게 구원을 베풀어준 데 고마움을 표시하려고 만 원짜리 석 장을 꺼내 건네려 한다.

"어르신, 이러심 안 돼요. 태워드려서 제가 더 행복한 걸요."

어둠 속으로 사라지는 그녀의 차를 바라보면서 나는 자신이 엄청난 속물로 전락하는 것 같은 느낌에 빠진다. 하지만 가슴은 따뜻해져 왔다.

(『에세이21』 2019년 여름호)

마지막 요약(Last Condensed)

다가오는 2022년 2월이면, 세계에서 가장 많은 독자들로부터 사랑 받는 월간지 『리더스 다이제스트(Readeers Digest)』의 창간 100주년이 된다. 이 포켓판 잡지는 한창 때인 1980년대 중반까지만 해도, 매달 3천만 부(미국 내 2천만, 미국 바깥 국제판 1천만 부)의 판매를 기록했다. 세계에서 유래를 찾을 수 없는 매머드 다국적 매거진이었다.

이 인쇄매체는 전자정보 시대의 도래로 몇 차례 부도 위기를 겪으면서 위축되기는 했으나 여전히 전 세계의 많은 독자로부터 사랑 받고 있다. 우리나라에서 한글로 번역 출간되던 다이제스트 한국판은 지난 2008년 12월 경영상의 어려움을 이유로 자진 폐간되었다.

한글판 창간의 편집 실무진으로 참가하여 편집장(managing editor)을 마지막으로 다시 본업인 신문사로 돌아갈 때까지, 거의 10년간 열정을 쏟았던 나로서는 애석하기 짝이 없는 일이다. 이 월간지는 개인의 자유와 인간에 대한 사랑을 바탕으로 모든 사람에게 희망과 온 가족에게 행복을 안겨주고, 세상을 더 살기 좋은 곳으로 만들고 싶다는 창업정신을 거의 100년 가까이 지켜온 미디어이다. 나는 이 같은 창업정신을 이어온 한국판 『리더스 다이제스트』의 폐간을 우리 사회의 큰 상실이라고 생각한다. 지나친 상업주의에 젖은 각종 디지털 매체들이 범람하여 퇴폐 저질 대중문화를 쏟아내는 혼탁한 문화 풍조가 번창하면 번창할수록 다이제스트 같은 건전한 상식의 미디어의 부재가 더 아쉽다.

내가 한국판 다이제스트와 직접 인연을 맺은 것은 1977년 봄, 당시 한국 최대 통신사인 합동통신이 다이제스트 본사와 저작권 계약을 맺고 한국판을 내기로 결정한 직후였다. 이 통신사 국제부 기자로 일하던 나는 그 창간 편집진으로 뽑혔다.

나는 한글 『리더스 다이제스트』 창간을 준비하면서 다국적 출판 왕국인 이 잡지의 엄청난 규모에 새삼 놀랐다. 당시 다이제스트는 전 세계 38개 국에 국제 편집국을 두고 모두 17개 언어로 월간지를 찍어내고 있었다. 영어, 프랑스어, 독어, 스페인어, 포르투갈어, 네덜란드어, 덴마크어, 핀란드어, 스웨덴어, 노르웨이어, 히브리어, 아일랜드어, 힌디어, 중국어, 일어, 아랍어판版이 각각 발행되고 있었다. 영어판만 해도 미국, 영국, 캐나다, 호주, 뉴질랜드, 인도, 홍콩판 등 7개국에서 따로 나왔다. 심지어는 맹인용 점자판点字版, 시력이 약한 사람을 배려한 대형 활자판까지 발간하고 있었다. 프랑스어로도 파리, 벨기에, 스위스판, 그리고 캐나다의 프랑스어 사용 지역을 위한 퀘벡판版을 따로 낼 정도였다.

『리더스 다이제스트』 그룹의 사업 규모는 비단 월간지 발행에 그치지 않았다. 윈스턴 처칠의 회고록, 알렉스 헤일리의 『뿌리(Roots)』, 제임스 미치너의 『남태평양』 같은 수많은 명저를 요약한 단행본, 신·구약 성경의 축약본, 대학교재, 지도 등 다양한 장르의 출판사업도 활발히 벌이고 있었다. 의과대학 해부 실습용의 정교한 영상물을 제작, 보급하는

가 하면, 클래식에서 재즈에 걸친 음반과 녹음테이프도 내놓고 있었다. 나는 그들이 제작한, 우레가 치는 웅장한 배경음이 울리는 가운데 세기의 명우 오슨 웰스가 창세기를 낭독하는 다이제스트 성경 녹음테이프를 들으면서 감탄한 적도 있다.

나는 이때 다이제스트 왕국의 이 같은 어마어마한 위상도 처음 시작은 창업주의 아주 작은 아이디어 하나에서 나왔다는 사실을 발견하고 적이 놀랐다. 창업주 드윗 월리스(William Roy Dewitt Wallace, 1889~1981)는 1889년 미네소타주 세인트 폴에서 한 목사의 아들로 태어났다. 그는 청년시절인 20세기 초 미국과 캐나다에서 수많은 간행물이 쏟아져 나오는 현상을 유심히 지켜보았다. 상업적으로 나오는 신문, 잡지뿐만 아니라 농기계, 농약회사, 제약회사, 은행 등이 홍보를 위해서 무료로 배포하는 간행물도 다양했다. 그는 그런 간행물에 실린, 언제 읽어도 '영원히 유익한(lasting interest)' 기사들을 더 간결하게 줄여 한 데 묶어서 잡지로 펴내면 어떨까 하고 생각했다. 그러면 바쁜 생활에 쫓기는 현대인들이 더 쉽고, 더 편리하고, 경제적으로 좋은 글을 두루 읽을 수 있을 게 아니냐는 생각이었다.

그래서 월리스는 다양한 간행물에서 버리기 아까운 기사들을 발췌, 요약하는 연습에 착수했다. 어떤 글은 원문의 75%까지 줄여도 군더더기가 걷혀 글 내용이 더 간명하게 살아났다고 그가 나중에 술회한 적이 있다. 단순히 글을 짧게 요약하는(digest) 데 그치지 않고 필자의 문체(style)까지도 살리려고 애썼다.

그러나 그 무렵 유럽에서 제1차 세계대전이 터진다. 그도 지원하여 참전한다. 그 바람에 그의 좋은 글 요약 작업은 중단된다. 그는 전장에서 다리에 부상을 당해 야전병원에 입원하게 된다. 무료한 입원 생활 중에 위문품으로 오는 여러 잡지들을 접하자, 기사를 간결하게 줄여 쓰는 작업을 다시 계속하게 된다. 이때 그는 줄인 글을 모아 월간지로 발행하는 구상을 굳힌다.

종전이 되어 귀국한 월리스는 초등학교 교사인 연상의 애인 라일라 벨 에치슨과 의기투합하여 월간 다이제스트 더미(dummy; 시제본)를 만들게 되었다. 건강, 의학, 자연과학, 예술, 산업, 스포츠, 정치, 경제, 사회, 군사, 모험, 오락, 종교 등 생활 각 분야에 걸친 재미있고 유익한 내용의 기사를 골라서 편집한 포켓판 잡지의 시제본이었다. 시간에 쫓기는 독자들이 하루 한 기사씩 읽도록 30건의 기사를 실었다. 두 사람은 이 더미를 각계각층의 사람들에게 우송하면서, 이런 잡지가 나오면 정기구독을 하겠느냐고 물었다. 시제본을 본 사람들의 반응은 좋았다. 구독 신청이 밀려 들어왔다.

두 연인은 결혼식을 올리고 새로 나올 잡지의 공동 발행인 겸 편집인이 되었다. 그들은 창업자본금 5,000달러로 뉴욕의 그린위치 빌리지의 옛 주류창고 지하에 본사를 차리고, 1922년 2월 1일 『리더스 다이제스트』를 공식 창간했다. 그 후 다이제스트는 승승장구하여, 월리스는 생전에 미국에서 개인소득 랭킹 10위 안에 드는 어마어마한 부富를 이루게 되었다.

다이제스트의 창업 신화는 분명 하찮아 보이는 작은 아이디어에서 나왔다. 하지만 아무리 기발하다 해도 아이디어 하나만으로 그런 대성공을 거두기는 어렵다. 나는 다이제스트의 성공은 두 가지 창업 철학이 한 세기 동안 잘 지켜졌기 때문에 가능했다고 생각한다. 첫째는, 만인에 대한 사랑을 바탕으로 한 인간애와 건전한 삶의 지혜를 널리 전파시키겠다는 창업주의 깊은 휴머니즘 정신이 확고한 편집 철학으로 녹아들어 만개한 덕택이라고 본다. 둘째는, 창업주 월리스의 다이제스트(요약) 철학이 잘 지켜진 덕택이라고 생각한다. 글을 요약한다고 해서 그냥 줄이는 것만이 아니었다. 아무리 어려운 내용의 글이라도 다이제스트 에디터들은 초등학생부터 노인에 이르기까지 누구나 쉽게 읽고 이해할 수 있도록 평이한 글로 풀어써야 한다는 것이 월리스의 오랜 철칙이었다. 뛰어난 문장가인 윈스턴 처칠 경卿은 노벨문학상을 받은 자신의 방대한 2차 대전 회고록의 『리더스 다이제스트』 요약판을 읽고 나서한 마디 농담을 던졌다. "내가 쓴 것보다 더 낫군!" 이라는.

다이제스트 에디터들의 요약 글쓰기는 그만큼 빼어나게 갈고 닦은것으로 정평이 나 있다. 창업주의 요약 정신을 잘 지키면서 다듬고 발전시켜온 결과라고 할 수 있겠다. 유익하고 재미있는 기사의 고르기(pick-up), 자르기(cutting), 다듬기(washing)의 정교한 기법이 잘 조화를 이룬결실이다.

다이제스트 창업주 드윗 월리스는 1981년 2월에 91세로 세상을 떠나면서 자기 무덤에 써 달라며 단 두 낱말로 된 묘비명을 남기고 갔다. '마지막 요약함(Last Condensed)' 이라는, 함축된 깊은 의미를 거듭 생각하게 한다.

(『계절문예』 2019년 가을호)

한 창업 도우미의 신바람 리포트

바 야흐로 창업 전성시대인 것 같다. 서울시는 구로동 디지털산업
단지 안에 창업 지원센터를 열었다. 입주 기업의 경영과 기술
컨설팅은 말할 것 없고 투자 유치와 홍보, 마케팅 전략까지 도와줄 참
이라고 한다. 그런가 하면 요즘은 대학들도 다투어 창업 보육센터라는
것을 만들고 있다. 창업을 하려는 이들에게 교수들과의 공동 연구와 기
술지도 서비스를 제공하고 대학의 실험 장비를 활용하게 해 주겠다고
한다.

디지털시대에 한참 뒤떨어진 아날로그시대 사람인 나로서는 요즘은
새사업을 여는 일이 과연 그렇게 수월한 일인지 의아하기만 하다. 나는
대학을 나오면서 통과하기가 바늘구멍 같다는, 이른바 언론고시에서 8
전9기八顚九起 턱걸이로 신문기자가 된 뒤, 늘 일에 쫓기며 숨 가쁘게 살
아왔다. 그 전에 자기 사업을 시작한다는 일은 아예 꿈도 꿔보지 못했
다.

그래서 사업을 일으킨 주역으로 대성한 분들을 나와는 DNA(유전자)가 전혀 딴판인 사람으로 우러러 본다. 그분들도 처음엔 구멍가게 같은 업체로 출발했겠지만 각고의 근면과 노력으로 사업을 일구어 성공한 분들일 것이다. 아마도 남달리 특출한 안목과 창의력, 호방한 뱃장과 추진력, 리더십과 친화력, 근면, 성실성을 두루 갖춘 인물들임에 틀림없을 것으로 본다.

　거듭 말하지만, 애당초부터 나는 그런 창업 같은 거창한 일은 감히 상상해 본 적이 없는 평범한 위인이다. 하지만 그런 사람이 어쩌다가 평생 처음, 창업의 성공을 거들어 주는, 가슴 벅차게 신나는 경험을 한 적이 있다. 합동통신사가 신군부 시절 언론 통폐합 조치로 사라지기 전인 1978년에 세계적인 다국적 종합 교양잡지 『리더스 다이제스트』의 한국판版을 출판하게 되었을 때였다. 나는 그 창간 실무 작업에 참여하게 되어 창업을 도와주며 많은 것을 배우고 깨닫는 뜻밖의 기회를 가질 수 있었다.

　미국의 다이제스트사가 1976년 한글판을 내기로 기획했을 때, 국내에선 두 언론사가 그 저작권 라이센스(license)를 받으려고 했다. 합동통신과 지금 한국경제신문의 전신인 현대경제신문이었다. 다이제스트 측은 이 두 곳을 두고 전문가들을 보내 면밀히 조사했다. 그들은 현대경제와 합동통신과 그 모기업인 두산그룹의 재무와 신용 상태 등을 1년 넘게 꼼꼼히 살펴본 후 1977년 초 합동통신과 저작권 계약을 맺었다.

　합동통신은 브뤼셀, 런던 특파원을 지낸 K상무를 한국판 『리더스 다이제스트』 주필로 임명하고, 1979년 1월에 창간호를 내기로 내정했다. 이때 나는 편집 실무 책임을 맡게 되었다. 우리는 편집, 제작—미술, 광고, 영업팀을 새로 모아 창간준비 진영을 짰다. 당시로선 큰돈인 거금 5천만 원을 들여 큰 광고회사에 한글 『리더스 다이제스트』 로고 제작을 의뢰했다. 언제 보아도 산뜻하고 멋진 빨강 로고가 탄생했다.

내가 데스크를 맡은 편집팀은 1978년 봄 더미(dummy, 試製本) 제작에 들어갔다. 실제 서점에서 시판되는 잡지와 똑같이 기사와 아트, 광고를 넣은 견본 잡지를 만들어 보는 일이었다. 한국 출판 사상 첫 시도였다. 미국 본사의 편집과 경영진은 한글판 다이제스트가 행여 형편없이 나오면, 반세기 넘게 쌓아올린 자기네 잡지와 출판물 등 제품의 높은 성가에 해가 미칠까 봐 전전긍긍했다.

그때까지 다이제스트는 전 세계 38개국에 직영 자회사를 두고, 17개 언어로 잡지를 펴내고 있었다. 외국 회사와 지작권 계약을 맺어 다이제스트를 발간하는 건 한국판이 처음이었다. 그래서 편집, 제작에 까다로운 주문을 쏟아냈다. 우리 출판문화, 특히 번역과 인쇄 수준을 못 미더워하는 눈치를 직감할 수 있었다.

우리 창간 멤버들은 오기가 발동했다. 나와 동료들은 번역, 레이아웃, 장정, 인쇄, 광고제작 전반에 걸쳐 외국 친구들도 입이 딱 벌어질 최고 수준의 책을 내놓겠다는 각오로 열정을 쏟았다. 확고한 목표가 있으니 힘들어도 일에 신명이 났다.

무無에서 유有를, 새로운 무엇을 만들어 낸다는 목표가 신선한 힘을 솟구치게 했다. 다들 의욕적으로 일하니 서로 손발이 맞고 호흡이 맞았다. 일에 재미가 난다. 서로 도와준다. 신바람이란 게 얼마나 큰 에너지를 불러일으키는지 실감했다. 휴일에도 직장에 나가고 싶을 정도로 거의 일에 미치다시피 되었다.

먼저 좋은 번역자를 찾는 게 급선무였다. 시험적으로 모두 160여 명의 이름난 번역자들에게 원고를 맡겼다. 영문을 잘 쓰는 분으로 이름난 K주필을 중심으로 편집진은 그들의 원고를 면밀히 검토한 뒤 번역진을 구성했다. 보통 대개의 간행물은 세 번 교정三校으로 OK를 놓는다. 하지만 우리는 초기엔 무려 8교까지 거듭거듭 교정을 보며 오탈자를 줄여나 갔다. K주필의 거짓말 같은 완벽주의에 모두 빨려 들어갔다.

드디어 1978년 5월에 첫 더미가 나왔다. 나는 그것을 안고 뉴욕주 플 레전트빌에 있는 다이제스트 본사로 날아갔다. 출판 경영 노하우를 전 수받기 위해 미리 와 있던 K주필과 합류하여 그곳 편집, 제작진의 품평 을 받을 참이었다.

한국에서 만들어 간 시제품을 받아든 다이제스트 편집 간부들은 책 이 잘 나왔다고 칭찬을 아끼지 않았다. 나는 어깨가 으쓱해졌다. 그러나 해외 특파원 경험이 풍부한 K주필은 서양 사람들의 그런 능청스러운 첫 칭찬을 액면 그대로 받아들여서는 안 된다고 귀띔해 준다.

아니나 다를까, 다음 이틀간 그들은 한 페이지 한 페이지를 짚어가면 서 본문과 아트의 인쇄 상태, 레이아웃에 관해 꼼꼼히 시정할 흠점을 지적하는 것이었다. 진땀을 뺐다. 서울로 돌아온 후 우리는 8월에 두 번 째 시제품을 만들어 다시 본사로 가져갔다. 그제서야 그들은 흡족해 하 면서 창간을 세 달 앞당겨 그해 10월에 내도 좋다고 허락해 주었다.

세월이 지나서 나중에 알게 된 것이지만, 그들은 그 사이 우리가 만든 첫 시제품 기사의 번역이 제대로 되었는지를 일일이 검증했다고 한다. 재미 한국인 학자들에게 의뢰하여 우리 기사를 원문과 대조해 보면서 번역이 올바르게 되었는지 조사시켰던 것으로 알려졌다. 나는 그들이 자기네 제품의 퀄리티(품질) 유지에 얼마나 철저하게 신경을 쓰는지 알 게 되어 놀라고 감탄했다. 그들의 치밀한 품질 관리 정신에 경외감을 느 끼지 않을 수 없었다.

창간 작업을 힘들게 하는 다른 한 고비 장애가 대두했다. 그 무렵 합 동통신과 두산그룹 최고위층 원로들도 한글 다이제스트 창간에 비상한 관심을 기울이고 있었다. 나중에 대한상공회의소 회두가 된 정수창 두

산그룹 회장, 외무장관을 지낸 이원경 합동 회장, 그리고 한국에서 가장 오래된 기업 두산그룹 창업주(박두병)의 장남 박용곤 사장은 일제 식민지 시대 교육을 받은 분들로 세로쓰기 문화에 친근한 이들이었다.

그분들은 제2차 대전 종전 후, 일본 출판계에 등장하여 신선한 충격을 던진 일본판 리더스 다이제스트의 산뜻한 세로쓰기 판형이 더 낫다고 보았다. 그래서 세로쓰기로 시제품을 만들어보게 했다. 감각의 세대차를 실감했다.

편집, 제작팀은 세로쓰기 편집으로 세 번째 더미를 만들었다. 실무진은 가로쓰기와 세로쓰기 두 판본을 가지고 이름난 광고회사에 의뢰하여 다독성(readability) 조사를 했다. 독자들이 압도적으로 가로쓰기판을 선호한다는 결론이 났다.

이런 우여곡절이 있었지만 그룹 최고위층은 한국판 다이제스트 창간이 순항하도록 전폭적인 격려와 지원을 아끼지 않았다. 그야말로 전사적全社的인 응원이었다.

그 결과 1978년 10월호로 창간된 한국판 『리더스 다이제스트』는 시판 첫 주에 6만부가 매진되었다. 2만부를 더 찍어야 했다. 그리고 3개월 만인 1979년 1월호로 한국 잡지 출판 사상 처음 한 달 유가有價 판매부수 20만 부를 넘어서는 신기록을 세웠다. 대성공. 영국의 세계적 신문 잡지 부수공사部數公查 기관인 ABC(Audit Bureau of Circulation)의 공인을 받은 당당한 기록이었다.

한글판 『리더스 다이제스트』의 창간은 나의 저널리스트 생애에 큰 보람과 성취감을 안겨준 뿌듯한 경험이었다. 무엇보다 일하는 즐거움을 깨우쳐준 기회였다. 새로운 가치를 창조한다는 목표 아래 구성원이 똘똘 뭉쳐 매달릴 때 폭발하는 신바람의 힘이 얼마나 위력적인지 깨닫게 해 주는 체험이기도 했다.

나는 중학생 시절에 나에게 저널리스트의 꿈을 심어준 『리더스 다이제스트』의 한 에디터로 신명나게 일한 10년을 지금도 뿌듯하게 생각한다. 그 신바람을 생각하면 지금도 흐뭇한 감회에 젖게 된다. 함께 일한 동료들이 그리운 시절이다.

그 시기 중국이 낳은 에세이스트 린유탕(林語堂)의 딸 린따이, 일본의 마쓰다 센 등 세계의 내로라하는 에디터, 저널리스트들과 만났다. 작가인 린따이 여사는 중국판, 마쓰다 씨는 일본판 다이제스트 주필이었다.

『뿌리(roots)』의 작가 알렉스 헤일리, 『남태평양 이야기』의 제임스 미치너 같은 대작가들을 알게 된 것도 잊을 수 없는 추억이 되고. 흑인 작가 헤일리는 다이제스트 순회 편집자(roving editor)로 열흘간 함께 다이제스트 몬테카를로 편집 철학 세미나에 참가했다.

(『수필문학』 2014년 4월호)

할머님의 묘비명墓碑銘

윤년이 드는 그러께(2006년) 윤달에 할머님 묘소에 상석을 놓고 묘비를 세우기로 마음먹었다. 1983년에 할머님이 돌아가셨을 때, 묘소를 마을 뒷산 선영의 한 자락에 모셨다. 평소 아버님이 마음 속에 잡아둔 곳이었다.

따로 지관을 불러 풍수지리를 알아보지도 않았다. 할머님이 평생 사시던 집과 마을이 바로 눈앞에 내려다보이는 곳이어서 당신도 좋아하실 것으로 생각했다. 마을 앞을 흐르는 다정한 강, 오십천의 옛 다리와 그 너머 포구가 한눈에 들어오는 아늑한 곳이다.

그러나 할머님 초상 때 아버님도 와병 중이어서 상석이며 묘비를 갖추는 일에 손쓰지 못하시다가 당신도 얼마 후 뒤따라 돌아가셨다. 그 후 고향을 찾거나 시제 때마다 할머님 묘역을 새로 단장하고 묘석을 세워야겠다고 생각하면서도, 스무 해 넘는 세월을 흘러 보내 버렸다. 그런 가운데 은연중 하나의 죄의식이 되어 버린 숙제를 윤년이 든 올해엔 꼭

풀겠다고 마음먹은 것이 바로 재재작년 윤달인 9월이었다. 때마침 여름 내 번역한 책의 고료가 들어와서 경비는 마련되었다.

청상으로 수절하신 할머님은 생시에 근동에서 '열녀烈女'라고 칭송받아오셨다. 여러 곳의 향교나 유림단체로부터 열녀 표창도 받으셨다. 그러나 그런 표창을 받으러 가시기를 언제나 사양하셔서, 나의 선친이나 어머니가 대신 다녀오셔야 했다. 동네 사람들 집에 경사가 있어도 박복한 당신 같은 사람이 낄 자리가 아니라고 가시기를 마다하시고 피해 주는 깔끔한 분이셨다.

그처럼 겸양의 미덕을 실천하시는 할머님의 바깥 출입은 극히 한정돼 있었다. 언제나 집 안과 논밭을 오가며 쉬지 않고 움직이시며, 농사일을 거드는 것이 거의 전부였다. 그래도 간혹 고장의 풍어제 별신굿이 열리는 때면, 며칠 굿 구경을 하러 가시는 것은 무척 즐기셨다. 내가 어릴 적부터 아버지의 병환을 고치기 위해서 서천서역국에 약초를 구하러 간 바리데기 설화를 알게 된 것도 할머님이 굿판에서 들은 이야기를 전해 들어서였다.

할머니한테서는 자식도 낳지 못한 채 홀몸으로 늙은 마나님들한테서 흔히 볼 수 있는, 사람을 가까이하기 어렵게 하는 태깔이나 히스테릭한 면모는 찾아볼 수 없었다. 늘 이웃에 베풀고 가난한 사람들을 도와주려 애썼다. 항상 의젓한 기품을 잃지 않으시었다. 스물여섯이나 되는 시집 조카들을 하나같이 내 자식처럼 아껴 주셨다. 그들 하나하나의 생일을 기억하실 정도로 총기도 대단하셨다.

할머니의 묘역을 다듬기로 작정하고 나니 묘비명을 누구에게 지어 달라고 부탁할 것인지가 문제였다. 한참 고민하다가 내가 직접 비명을 짓기로 마음먹었다. 예전 같으면 글 잘하는 문장가를 청해서 고인의 일생과 행적은 말할 것 없고, 선대와 자손 관계 등을 만연체의 웅혼한 한문 문장으로 묘비명을 마련하는 것을 가문의 영광으로 삼곤 했다. 그런 묘비명엔 흔히 고인의 인품이나 행적이 최상급의 찬사로 미화되는가 하면, 해박한 동서의 고사가 줄줄이 인용, 비유되기도 했다.

묘비명뿐만 아니라, 요즘도 유학의 고장인 안동 같은 곳에서는 대소상 때 유족이나 사위, 사돈, 친지들이 고인을 추모하면서 올리는 제축문祭祝文 같은 경우도 난삽한 한문 문장이 줄줄이 나온다. 뜻을 알아듣기 어려울 때가 허다하다. 그래서 제상 앞에 늘어선 사람들은 축문을 읽는 사람이 애조를 실어서 구성지게 독축하는 내목에 이르면, 뜻도 잘 모르면서 소리 내어 흐느끼며 호곡하는 광경을 볼 때가 더러 있다.

그런 축문이나 묘비명은 요즘 대졸자들이라도 뜻을 새기기 어려울 수도 있다. 사정이 이런 데도 아직 일부 명망가 집안에서는 그런 옛날식 명문장의 묘비를 세우는 것을 자랑으로 여기는 풍조가 성행한다.

나에게도 그런 유식한(?) 묘비명을 간청드릴 만한 분이 없진 않다. 그러나 더 많은 사람들이 쉽게 읽고, 뜻을 알 수 있는 요즘 우리말 묘비명을 쓰고 싶었다. 그래서 누가 읽어도 바로 뜻을 알 수 있는, 그런 한글 시대의 묘비명을 남기고 싶었다. 그리하여 나는 자신이 누구보다 더 잘 알고 더 깊이 존경하는 할머님의 묘비명을 직접 이런 글로 썼다.

열녀(烈女) 김순남의 묘

이곳에 잠드신 열녀(烈女) 김순남(金順南) 할머님은 1892년 음력 2월 28일 축산면 염장리에서 안동 김(金)씨 승한(昇漢)님의 따님으로 태어나서 강구면 오포리의 청주 한(韓)씨 종호(鍾昊)님의 둘째아들 규철(圭哲)님에게 출가하시었다. 애석하게도 25세에 청상(靑孀)의 처지가 되셨으나, 그 뒤 근 70년에 이르는 기나 긴 세월을 정결히 수절하시며 세인의 공경과 우러름을 받으시고 사시다가 1893년 음력 8월 12일 92세를 일기로 작고하시었다.

비록 시동생 규범(圭範)님의 맏아들 경진(炅鎭)님을 양자로 삼아 극진한 효도를 받으셨으나, 한 시대의 여자로서 지켜야 할 도리를 다하며 숙명의 한평생을 홀로 고결하게 보내신 그 인고(忍苦)의 아픔을 어느 누가 모두 알았다고 할 수 있으랴!

그러나 김순남 할머님은 부처님으로부터 받으신 청정심(淸正心)이란 보살계(菩薩戒)의 계명(戒名) 그대로 항시 맑고 깨끗하고 올곧은 성품으로 사시면서 가족과 주위 사람들 모두에게 크나 큰 사랑과 자비를 심어주고 가시었다. 할머님, 당신의 큰 사랑을 가슴 깊이 새기고 있는 손자가 당신의 자애로운 발자취를 기리면서 명복을 비오며 이 비를 세웁니다.

2006년 9월 21일

손자 영락(永鐸) 엎드려 절하며 바칩니다.

이 묘비를 평소에 존경하는 여류 서예가 월정月亭 하경희河璟姬 님의 휘호로 받아 새까만 오석烏石 와비臥碑에 새겨 고향 뒷산 할머님 묘역에 세우고 나니, 저만치 훤히 내다보이는 동해 바다가 그 드넓은 품을 벌여 안아주는 듯했다.

(『영덕신문』 2008. 5. 6)

그래도 넉넉한 마음으로

무덥던 여름도 지나가고 결실의 계절, 수확의 계절 가을이 한 걸음 성큼 다가왔다. 온 지구를 둘러싼 온난화의 영향인 듯, 아직도 잔서殘暑의 따가운 볕이 기온을 섭씨 30도 가까이 밀어붙이는 날이 있지만, 사계의 큰 변화는 어김없어 아침 저녁 이마에 닿는 바람이 서늘하다.

가뭄이 오래 끌어 걱정되던 들판과 산하에도 오곡백과가 익어 가고 하늘이 저만치 높아져 가고 있다. 그리고 우리는 민족의 명절인 추석을 앞두고 있다.

일과 삶의 터전을 찾아서 서로 멀리 헤어져 살던 가족이 집안의 어르신들이 계시는 고향을 찾아서 새로 거둔 햇곡과 과일을 차려놓고 함께 조상을 기리는 추석이다. 가족과 친지, 마을 사람들과 벗들이 모처럼 자리를 같이하여 아쉬웠던 정을 나누며 회포를 푸는 한가위를 맞는다.

환하게 떠오른 한가위의 넉넉하게 둥근 만월을 바라보면 쪼들리고 찌들었던 지난날도 고요히 흐르는 강물처럼 스쳐가고 훗날에 대한 한 가닥 소박한 소망이 가을바람에 흔들리는 강변의 갈대처럼 마음을 설레게 해 준다.

지난 여름은 우리를 무척이나 답답하게 하고 못 살게 괴롭혀 주었다. 지구 온난화 탓이라던가, 나날이 아열대처럼 달아오르기만 하는 기온과 열대야가 그랬고, 태평양 건너 멀리 떨어져 있는 나라에서 비롯되었다는, 이름도 생소한 '서브프라임(비우량주택담보대출)'이라는 괴물이 몰고 왔다는 국제 금융위기의 광풍이 그랬다. 증권시장의 주식시세가 마구잡이로 곤두박질쳐서 가난한 월급쟁이들과 서민층 주부들도 무더기로 다투어 가입했던 '펀드'라던가 무엇이라는 증권투자가 나날이 깡통계좌에 가까워져 갔다. 게다가 석유 값은 나날이 치솟아 배럴 당 150달러까지 육박했다. 필연적으로 부닥치게 될 것이라는 세계 경제의 대파탄을 아무도 정확히 점치는 사람이 없었다.

공포에 휩싸인 사람들은 모두 다 그나마 남은 얄팍한 돈주머니를 틀어 움켜쥐고 움츠리는 서슬에 소비가 얼어붙어 국내 경기는 냉각되고 가게들은 파리를 날렸다. 사업하는 사람들은 파산 문턱에 떠밀려 왔다고 전전긍긍하고 일거리가 없어서 빈둥빈둥 거리를 배회하는 실업자들은 늘어만 갔다.

설상가상 격으로 여기다가 쇠고기 파동이 덮쳤다. 좌파정권 10년 사이에 속속들이 빨갛게 물들어, 마치 북한 사람들처럼 미국이라면 철천지 원수같이 증오하게 된 방송과 신문의 친북 좌파 언론인이란 무리들이 꾸며낸 미국산 쇠고기의 광우병 공포가 전국의 남녀노소를 공황상태로 몰아넣었다. 두 달이 넘은 촛불데모로 수도 서울의 한복판 거리는 무정부 상태의 광란장으로 변하곤 했다.

이윽고 촛불의 광풍이 사그러들려고 하자 그 불씨를 이어갈 속셈인 듯 가톨릭 사제들이 거리로 나섰다. 뒤이어, 국민을 기만하고 나라를 뒤엎으려는 이 광란극의 주동자들이 아직도 한국 불교의 본산인 조계사에 숨어 있는데 전국의 스님들이 이명박 정부의 종교 편향을 문제 삼고 나섰다. 그들은 꼭 대통령의 사과와 경찰청장의 사퇴를 받아내겠다고 어르고 있으니 불안의 불씨는 아직도 꺼지지 않고 남아 있는 것 같다.

그리고 바로 '9월 금융 위기설'이 불 지펴졌다. 9월 위기설은 근거 없이 크게 부풀려진 것이고 이제 거의 진화돼 간다니 보통사람들은 그저 놀란 가슴을 쓸어내릴 뿐이다.

비록 이런 어수선한 혼돈 속에서 맞이하는 한가위에 옛 같은 풍요와 흐뭇한 정취야 기대할 수 있으랴만, 그래도 마음만은 넉넉하고 그득한 한가위 보름달을 품어 보면 어떠리. 매월당梅月堂 김시습金時習의 이런 글귀를 음미해 보면서.

'불길이 무섭게 타올라도 끄는 방법이 있고, 물결이 하늘을 뒤덮어도 막는 방법이 있으니, 화禍는 위험한 때 있는 것이 아니고 편안한 때 있으며, 복福은 경사 있을 때 있는 것이 아니고 근심할 때 있는 것이다(燎之方揚 寧或滅之 浪之滔天 寧或遏之 禍不在於危 而在於安 福不在於慶 而在於憂).'

(『영덕신문』 2008년 추석 특집호)

어떤 시비詩碑 이야기

나의 고향은 동해안을 끼고 있는 자그마한 고장 경북 영덕盈德이다. 다리가 대나무의 줄기처럼 마디가 져 있어서 이름 붙여진 대게(竹蟹; 죽해, 바다참게)가 많이 나고 전국 최대의 복숭아 산지로 잘 알려져 있는 곳이다.

뿐만 아니라 국내에서 품질이 가장 뛰어나 대일 수출 임산물의 총아로 꼽히는 자연산 송이가 가장 많이 나는 송이 고장이기도 하다. 이곳 오십천과 송천에서 나는 은어는 옆구리에 선명한 금빛 줄이 쳐져 있어서 조선 시절엔 임금에게 진상되는 명품이었다.

내 고장은 항일抗日 정신이 드높은 고장이기도 하다. 한말韓末 전국에서 유일한 평민 출신의 의병장 신돌석申乭石 장군의 터전으로 김도현 열사의 도해단渡海壇 등 항일 유적도 많다. 이곳은 또한 여말의 선승 나옹선사懶翁禪師와 거유巨儒 목은牧隱 이색李穡 선생이 태어난 곳이기도 하다.

그런 나의 고향 산과 들에 지금은 복사꽃이 한창 흐드러지게 만발해 그 현란한 아름다움에 사람들을 취하게 하는 계절이다. 이맘때면 해마다 고향 사람들을 흥겹게 하던 「복사꽃 축제」가 열리곤 했는데 올해부터는 이제는 전국에 널리 소문난 「영덕대게 축제」와 해를 번갈아가며 열린다는 소식이다.

그런데 올해는 이 기간에 어느 때보다 뜻 깊은 행사 하나가 기다리고 있다. 이 고장 출신으로 구한말인 1903년, 일본이 한국의 외교권을 병탄하기 직전에, 멀리 태평양 건너 하와이와 미주美洲를 견문한 하산河山 김한홍金漢弘 선생이 남긴 기행가사紀行歌辭 『해유가海遊歌』 시비가 세워진다는 소식이 바로 그것. 동해안의 아름다운 어항인 강구항의 삼사三思 해상공원에 그 시비가 세워진다고 한다.

하산 선생의 『해유가』 필사본 유고가 그 손자 되는 김대두 시인에 의해 발견되어 학술적 고증을 거쳐 국문학상의 소중한 기행가사로 학계에 널리 인정받은 지는 이미 십여 년이 지났다(『韓國學報』 제64집, 朴魯埻; 「海游歌(일명 西游歌)의 세계 인식」 / 趙東一; 『한국문학통사』 제4권, 「구시대 국문문학의 지속과 변모」).

그러나 그 놀라운 사실과 가사의 내용이 학계 바깥 일반인들에게는 그리 알려지지 않아서 안타까웠다. 그러던 것이 이제 내 고향을 지나는 사람들이 거쳐 가는 7번국도의 길목에 세워질 시비를 통해 널리 알려지게 된다는 소식이다. 정말 반가운 일이 아닐 수 없다.

이 시비의 건립은 작자의 후손이나 그 가문이 추진한 사업이 아니다. 우리 문화사에서 잊혀져가는 고전 시가詩歌를 발굴하여 그 연고지에 시비를 세워 후대에 널리 전해 알리는 운동을 펴고 있는, 국문학자들의 손으로 건립된다고 한다. 그래서 그 의의가 돋보인다. 『해유가』를 낳은 내 고향의 자랑스러운 경사라고 하겠다.

고전 시비를 세워서 우리의 옛 문화유산을 보존하고 기리려는 「한국 문학비건립동호회(회장 이상보)」에 속한 교수, 문인들의 뜻 깊은 노력에 경의와 고마움을 보내지 않을 수 없다.

이 동호회는 지난 30여 년에 걸쳐 경기도 광주에 허난설헌許蘭雪軒, 영천에 노계蘆溪 박인로朴仁老, 홍성에 만해萬海 한용운韓龍雲, 부여에 매월당梅月堂 김시습金時習, 예산에 추사秋史 김정희金正喜, 유성에 서포西浦 김만중金萬重, 영월에 김삿갓 김병연金炳淵, 군위에 일연선사一然禪師, 울산에 『처용가處容歌』 등 전국에 걸쳐 모두 48기의 시비를 세워준 큰 업적을 쌓았다고 한다.(이 글을 쓴 후 더 많은 시비가 세워져서 현재 62기에 이른다. 곧 63번째로 수원에 해경궁 홍洪씨의 『한중록閑中錄』 시비를 세울 준비를 하고 있다고 한다.)

참으로 대단한 위업이라 하지 않을 수 없다. 더구나 민간 동호회가 정부나 외부 관련 기관으로부터 재정적 도움도 받지 않고, 야단스럽게 떠벌리지도 않으면서, 순전히 자력으로 수십 년에 걸쳐 묵묵히 이 사업을 계속해 왔다니 존경스럽고 감탄스러울 따름이다.

『해유가』의 작자 하산 선생은 1877년 경북 영덕군 강구면 원직리에서 태어나셨다. 열일곱 살의 젊은 나이에 향시鄕試에서 장원을 한다. 그러나 스물여섯 살 되던 1903년 한말의 국운이 기우는 암울한 시대를 맞자, 향리에서 개결한 선비로 종신하려던 생각을 바꿔 나라에 보탬이 될 일을 찾아 한양으로 상경한다. 하지만 그곳에서 시시각각 절박해져 가는 망국의 징후와 일본의 교만 방자한 행세를 확인하고 비분강개하게 된다.

그래서 그는─광화문 육조거리 잡초가 무성하고/ 보신각 옛집 앞에

검은 옷이 횡행이라/ 북악산 늙은 송백 만상이 서글프고/ 자하동 흐른 물은 여울 소리 목메이네―라고 울분을 토로하며 전국을 돌아보는 방랑길에 오른다.

그 귀향길에 문경에서 갑자기 평소에 찾아가 보고 싶던 진주로 발걸음을 돌리게 된다. 그는 임진왜란 때 두 차례의 처절한 진주성 전투의 항일 유적지와 촉석루를 둘러보고 깊은 감회에 젖는다. 그곳에서 양지(量地; 측량) 위원이란 일자리를 얻어서 몇 달 일하던 중, 최춘오 진사라는 친구로부터 하와이 사탕수수밭에서 일할 이민 노동자를 모집한다는 소문을 듣는다. 그들은 나라가 망하는 판에 우물 안 개구리로 주저앉을 것이 아니라, 문명 세계를 찾아보자는 데 의기투합한다. 그래서 바로 부산으로 내려가 수속을 밟아 화륜선火輪船을 타고 하와이로 향했다. 개명한 문화를 배워 오는 것이 망국의 통한을 씻는 지름길이라고 믿었던 것이다. 그들은 곧 일본의 고베(神戶), 요코하마(橫濱)를 거쳐 하와이 호놀룰루에 도착하게 된다.

하산 선생은 하와이 사탕수수밭의 노동자로 잠시 일하다가 당시 호놀룰루의 대한제국 영사관 서기로 특채된다. 요즘 같으면 촉탁 외교관이 된 셈이다. 그러나 1905년 을사조약으로 일본에 나라를 빼앗기는 국치를 당하자 구한국의 외교권이 일본으로 넘어갔다. 그 바람에 영사관이 문을 닫게 되고 그는 일자리를 잃고 만다. 하산 선생은 바로 그 길로 하와이를 떠나 미국의 수도 워싱턴으로 갈 요량으로 샌프란시스코로 건너간다.

『해유가』에서 그는 이때 일을―분하다 을사년에 국권추락이 웬일인고/ 영사관 협회부를 어렵잖게 철폐하니/ 분기 충장 이 같은 일 호소할 곳 어데런고/ 분통한 맘 설음겨워 통탄하고 돌아서서/ 서둘러 짐을 꾸려 미국 땅을 들어갈 새―라고 읊고 있다.

그는 끝내 워싱턴까지는 가지 못한다. 상항(桑港, 샌프란시스코)을 중심으로 미국 서부지방에서 행상을 하면서 3년간 더 그곳의 문물을 섭렵하다가 1908년 귀국, 향리에서 칩거했다.

하산 선생은 이때, 당시로선 아무나 쉽게 겪을 수 없었던 희귀한 젊은 날의 외유 경험을 4.3조 또는 4.4조의 국한문 혼용체로 된 471행의 서사시적 기행가사 『해유가』를 쓴 것으로 보인다.

이 가사에는 나라의 패망을 전후한 암울한 시대를 살던 한 젊은 선비의 울분과 고뇌, 근대화하고 있는 일본과 선진 미국의 문물과 제도를 접하는 경이, 쇄국의 깊은 잠에서 깨어나지 못한 우리 처지에 대한 안타까움이 생생하게 토로되고 있다. 미지의 세계에 도전하는 젊은 선비의 선각자적인 개척 정신과 기백, 호기심도 나타나 있고, 체험을 통해 직접 목격하고 겪은 당시 미국 민주주의 제도와 자본주의 시장경제에 대한 경탄과 흠모도 엿보인다.

태평양과 이어진 한없이 드넓은 동해 바다를 바라다보는 언덕에 서 있는 「해유가 시비!」, 나는 이 시비를 보면서 자라날 우리 고장의 청소년들은 말할 것 없고, 이곳을 지나가는 수많은 이 나라의 젊은이들이 더 넓은 세계를 향한 웅지를 품고 도전하고 개척하는 삶을 살아가기를 빈다.

그리고 우리 고장 출신인 대문호 목은牧隱과 공교롭게도 우리나라 기행가사 문학의 효시를 남긴 나옹선사를 배출한 내 고향이, 복사꽃과 송이, 대게와 축구 사랑으로 상징되는 오늘의 자랑을 넘어서, 이 땅의 도도한 문화적 르네상스를 이끌 주역들을 배출하는 고장으로 다시 도약하기를 기대한다.

(『영덕신문』 2002. 4. 12)

*追記: 박노준 교수는 그의 논문에서 작자 하산 선생이 서울을 떠나 조령, 문경읍–함창읍–상주읍–고령읍–개녕읍開寧邑–성주대읍–협천–진주부까지 가는 여정은 특별히 거론할 것이 없는 단순한 여행담에 불과하지만, 문경읍에서 문득 진주로 향하기로 마음먹은 동기에 주목한다. 작자가 도중에 갑자기 발길을 진주로 돌려 촉석루와 3장사의 비, 논개의 의기사義妓祠를 찾게 된 까닭은, '서울에서 목도한 일본의 방자함을 항일 충절의 고장에 가서 씻고자 한 숨은 의도가 있었기 때문이다' 고 보고 있다.

해유가의 이 부분을 요즘 말로 약간 풀어서 쓰면 이렇다.

며칠간 신고하여 진주부 도달하니/ 오호라 이 산수여, 영남형승 제일이라./ 촉석루 올라가니, 안계眼界가 회회恢恢하다./ 누각 앞 쌍비각은 삼장사三壯士의 공훈 아닌가!/ 성하城下의 의기사는 논개의 충절일세/ 판상板上의 사구시四句詩는 학봉鶴峰 선생 수택 아닌가!/ 처마에 걸린 여섯 자 큰 현판은 고인의 필적이니라./ 화동畵棟의 사구주련四句柱聯 신청천申淸泉 걸작 아닌가!*

*삼장사; 김천일, 최경회, 황진/ 학봉선생; 진주대첩에서 숨진 김성일/ 신청천; 조선시대 문사인 신유한申維瀚의 호. 저술로는 일본 통신사행기록인『해유록海游錄』과 시문집이 있음.

제 5 부

실언失言과 진의眞意

'세븐-업(Seven-Up)법칙' 유감

동창생들의 모이는 자리가 몇 해 전보다 더 잦다. 다들 고희를 넘기고 보니 한가해진 탓일까, 한창 때는 얼굴 보기도 어렵던 귀하신 몸들도 나온다. 시시한 이야기로 술자리가 무르익어 가는데 한 친구가 "자네들, '세븐-업 법칙'을 아느냐?"고 화두를 던진다. 세븐-업이라는 미국산 청량음료가 있는 것쯤은 모를 리 없다. 그런데 거기 뚱딴지같이 법칙이라는 꼬리말이 붙다니. 금시초문일 수밖에.

멀뚱멀뚱한 눈으로 서로 쳐다보자, 말을 꺼낸 친구가 우리처럼 나이든 사람들이 노년을 슬기롭게 살기 위해서 지켜야 할 지혜라며 너스레를 떤다.

첫째가 클린-업(clean up)이란다. 늘 몸을 깨끗이 하라는 것. 둘째는 드레스-업(dress up). 옷차림, 몸차림을 단정히 하라는 말. 셋째, 샷-업(shut up). 쓸데없이 지껄이지 말고 그냥 입을 다물고 지내라는 말이란다. 넷째, 쇼-업(show up). 강연회, 세미나, 전시회 같은 데를 자주 찾아가서 현기증 나게 돌아가는 세상에 대한 새로운 정보와 지식을 넓히라는 것. 다섯째, 주변 사람들, 특히 젊은이들을, 칭찬하고 격려하고 힘을 북돋워 주라는 치어-업(cheer up). 여섯째, 페이-업(pay up). 빌린 돈 같은 게 있으면 늦기 전에 얼른 갚고 남에게 빚진 일을 정리하여 뒤끝을 깨끗이 하라는 뜻이란다. 끝으로 일곱째, 기브-업(give up). 될 성 싶지 않을 일이나 새 사업을 도모한다며 끙끙거리고 뛰어 다니지 말라. 이젠 미련 없이 다 포기하고 단념하여 홀가분하게 살아가라는 말이라고.

늙은이들이 명심해야 할 기막힌 행동 지침이라는 감탄이 터져 나온다. 누가 지어낸 건지는 모르나 인생 황혼길을 걷는 사람들에게 주는 절묘한 조언이고 경고인 것 같긴 하다. 덩달아 고개를 끄덕였다.

하지만 모임이 파한 후 집에 돌아와서 잠자리에 드니, 좀 전에 들은 말이 자꾸 머리에 맴돈다. 과연 나는 노년을 슬기롭게 살아가고 있는가? 곰곰이 따져보게 된다.

그래, 다행히 언제나 더운 물이 쏟아지는 아파트에 살고 있으니 아침마다 뒷산 약수터에 다녀와서는 샤워를 할 수 있지. 요즘은 주로 캐주얼 차림이지만 남의 눈에 구질구질하게 보이지 않게 입성에도 꽤 신경을 쓴다.

친구들과의 모임이나 경조사에는 빠지지 않지만, 직장 시절 바빠서 잘 갈 수 없었던 학술세미나, 화랑, 박물관 등을 자주 들락거리며 귀동냥 눈동냥에 제법 재미를 붙이고 산다.

평생을 신문기자로 산 호기심 많고, 잘 기웃거리는 체질 탓도 한 몫 한다. 남보다 늦깎이로 대학을 나오는 바람에 나이 적은 친구들이 많아서, 언제나 그들을 추어주고, 잘 어울려 지내는 것도 체질화 되어 있다. 그리고 빌린 돈도 빌려준 돈도 없으니, 청산하고 자시고 할 건더기도 없다. 다만 평생 마음으로 진 그 많은 빚을 죽기 전에 갚고 가면 좋을 터인데 그게 생각대로 될지가 걱정이다.

그러고 보니, '세븐-업 법칙' 가운데 다섯 가지는 그럭저럭 무난히 지키고 있는 것 같다. 부처님 감사합니다. 하지만 "입을 다물어라(shut up)"는 대목은 영 마음에 들지 않는다. 결코 좇고 싶지 않다.

물론 누구나 늙으면 말이 많아지기 쉽다. 이제는 사회의 일선에서 물러난 소외감 때문에 사람이 그립고, 사람을 만나면 반가워서 자연 다변해질 수도 있을 것이다.

그러나 여럿이 모인 자리에서 혼자서 다 아는 체 도맡아 장광설을 늘어놓아 분위기를 깨는 이는 나도 딱 질색이다. 그리고 좌중의 대화 과정에서 이미 결론이 다 난 이야기인데, 다시 "결론적으로 말해서"라며 굳이 한 마디 제가 토를 달아야 직성이 풀리는, 항산 잘난 척하는 속물은 정말 피하고 싶다.

늙으면 흔히 제 과거 이야기를 자주 들먹이거나 제 자랑을 잘하는 경향이 있다. 제가 가장 가난하고 어려운 환경에서 일어선 듯이 말한다. 하지만 남들도 대부분 비슷한 역경을 딛고 살아왔다. 게다가 같은 이야기를 골백 번 들어온 자식이나 가까운 사람들마저, "또 그 얘기" 하고 귀를 돌리고 만다.

하지만 노인들에게 입에 자물쇠를 채우고 살라는 권유를 나는 받아들이고 싶지 않다. 마땅치 않다. 그건 지난 2000년에 이미 전국적으로 '고령화 사회'를 넘어섰고, 농어촌 지역에서는 '고령 사회'로 접어든 우리 사회 노인 세대의 발언권에 아예 재갈을 물리려는 불순한 음모일지도 모른다는 게 내 생각이다.

전체 인구에서 65세 이상 노인이 7∼14%이면 '고령화 사회'로 친다. 14∼20%면 '고령 사회'라 하고, 20% 이상이면 '초고령 사회'라고 부른다. 우리나라는 65세를 넘긴 노인이 2018년에 14.3%에 달해 '고령 사회'가 되고 2026년에는 '초고령 사회'가 될 전망이다.

그런데 이런 우리의 고령 세대는 식민지 시대에 태어나서 광복 이후 대한민국 건국 시기를 산 세대이다. 그들은 북한의 남침에 맞서 자유민주주의 체제를 지킨 호국 세력이자, 세계 10위권의 경제를 건설한 산업화 역군이 아닌가. 제2차 세계대전 이후 산업화와 민주화를 동시에 성취한, 세계를 통틀어서도 몇 안 되는 나라의 시대적인 개척자들로서 남다른 경륜과 철학과 예지叡智를 지니고 있다.

이념적 가치가 어지럽게 혼돈된 오늘의 우리 사회는 바로 그들의 경험과 지혜를 절실히 필요로 하고 있다는 것이 나의 생각이다. 공산주의자들의 침략으로부터 이 나라를 지켜준 유엔군 사령관의 동상을 허물려는 붉은 무리, 비인도주의적인 북한 세습 독재자에게 동조적인 사이비 진보주의자들을 향해 "그래서는 안 된다!"고 대갈일성大喝一聲할 수 있는 세력은 바로 오늘의 노년 세대라고 나는 단언한다. 그들에게 시대착오적인 사회주의, 전체주의로 치닫는 오늘의 한심한 현실에 뒷짐을 지고 점잔을 빼며 잠자코 있으라는 말에 노인 세대를 침묵시키려는 어떤 불순한 의도가 숨어 있지 않다면 행여 다행이겠다.

그리고 또 하나 노인들에게 이것저것 다 단념하고 포기(give up)하라는 권유도 달갑지 않다. 노인문제 전문가인 윌리엄 새들러 박사는 최근, 평균수명의 연장으로 은퇴 후 30년이 새로운 삶을 발견하는 '열혈연대(Hot Age)'라고 새로 정의했다. 노인들은 젊은 시절 사회적 지위와 부富와 명예를 얻기 위해 열심히 살아왔다.

그러나 이제는 한 인간으로서의 내면적인 성찰과 만족, 진정한 삶의 의미를 찾을 때라고 할 수 있다. 먹고 살고 가족을 부양하기 위한 일이 아니라, 과거에 하고 싶고, 배우고 싶었으나 손 댈 수 없었던 일을 찾아 얼마든지 창조적인 삶을 살아갈 수 있다고 본다. 만년에 들어서 새로 착수한 일로 삶의 행복과 보람을 찾은 사람들의 예는 수 없이 많다.

내가 좋아하는 영화계에서 만해도, 1930년대 『춘희椿姬』, 『정복자』, 『안나 카레리나』로 세계인을 매혹했던 명우名優 크레타 가르보(Greta Garbo)가 떠오른다. 그녀는 인기 절정이던 서른다섯 살 때 홀연히 은막을 떠나 뉴욕에서 신비에 싸인 은둔생활을 하다가 1995년 여든다섯 살의 나이로 타계했다.

그러나 죽을 때까지 아마추어적 경지를 넘어선 회화繪畵의 세계에서 창작의 즐거움을 추구했던 것으로 알려지고 있다.

한편 뛰어난 영화 촬영기법과 리드미컬한 영상 편집술로 세계를 놀라게 한 1936년 베를린 올림픽 기록영화 2부작 『민족의 제전祭典』과 『미美의 제전』을 감독한 레니 리펜슈탈(Leni Riefenstahl) 여인도 생각난다.

그녀는 전후 나치 전범戰犯으로 몰려 불명예의 곤욕을 치렀다. 히틀러, 괴벨스의 손발이 되어 나치 찬양에 앞장선 악녀로 손가락질 받았다. 그러나 그녀는 나치 부역 의혹이 해소된 뒤 사진작가로 전업, 일흔한 살 때 아프리카 사람들의 삶을 담은 걸작 작품집 『누르족族의 최후』를 냈다.

97세 때는 자서전 『다섯 가지 삶』을 출판하기도 했다. 그런가 하면 커널 샌더스(Colonel Sanders)라는 미국 사람은 사업에 실패한 뒤, 예순다섯 살의 나이로 오늘날 세계인의 입맛을 사로잡는 「캔터키 치킨(KFC)」을 창업하기도 했지 않은가.

내 절친 K도 생각난다. 유수한 철강회사 CEO를 지내고 정년퇴임한 그는 요즘 필리핀, 방글라데시 등을 찾아 재능기부 경영 컨설턴트 자원봉사 활동으로 노년의 보람을 찾고 있다. 하지만 현재 우리 사회의 대다수 노인들은 전통 사회에서 누리던 존경과 권위를 상실하고 사회의 뒷전에 떠밀려, 가난과 질병과 역할 상실 속에서 점점 더 소외되고 고독하고 고단한 삶을 살아가고 있다.

그분들을 생각하면 「세븐-업 법칙」 따위 얘기는 한가로운 말장난에 지나지 않을지도 모른다. 시원한 세븐-업 한잔을 마셔도 답답한 심정 뚫릴 것 같지 않다.

노인들이여, 새들러 박사가 일깨워준 '열정 연대'를 살아가기 위해 활활 털고 용기 있게 일어서 뛰어 보자! 아직 시간이 있다. 시간에 쫓길 일도 없다. 그러니 시간은 오히려 넘쳐 난다. 건강만 지키면.

(『토벽』 제7집 2010년)

다시 만난 책, 『바다 한가운데서』

무척 기분이 좋다. 내가 정성을 쏟아 번역한 책을 방금 받아 들고 뒤적이고 있다. 장정이나 편집이 깔끔하여 옮긴이로서 흐뭇한 희열과 보람을 느낀다. 『바다 한가운데서』라는 책이다. 미국의 해양사 학자이며 베스트셀러 작가인 너새니얼 필브릭(Natheniel Philbrick)이 2000년에 쓴 『In The Heart Of The Sea』를 우리말로 옮긴 책이다.

『바다 한가운데서』는 지금으로부터 거의 200년 전 에식스호(號)라는 미국 포경선이 성난 향유고래의 공격을 받아 침몰한 후, 고래잡이 선원들이 겪은 처절한 표류기이다. 이 책의 주제가 된 포경선 에식스호의 조난은 20세기의 신화적 해양 비극인 타이타닉호의 침몰에 버금가는 19세기의 가장 비극적인 해양 참사였다.

미국의 대표적인 고전작가 허만 멜빌은 에식스호가 몸무게 80t에 가까운 성난 고래에 떠받쳐 침몰한 사건에서 영감을 얻어, 미국 문학사상 최고의 걸작으로 평가되는 『백경(白鯨, Moby Dick)』을 쓴 것으로 알려져 있다. 『백경』은 야수같이 무시무시한 고래에 떠받친 포경선 파쿼드호의 침몰과 야성적인 집념의 화신 에이합 선장의 죽음이 클라이맥스를 이루면서 끝난다.

그러나 『바다 한가운데서』는 고래잡이배가 난파되어 침몰하고 나서 시작된 고래잡이 선원들의 죽음과 삶이 얽힌 표류를 주제로 삼고 있다. 모선이 바다에 가라앉은 뒤, 그 선원 스무 명은 세 척의 작은 보트에 나눠 타고 표류하게 된다. 그들은 처절한 갈증과 굶주림 속에서 거친 풍랑과 폭풍우와 싸우며 장장 94일 동안 무려 7,200킬로미터의 대양을 떠다녔다. 그들은 당시 세상에 거의 알려지지 않았던 태평양의 망망대해에서 아사 직전의 극한 상황에 몰리자, 연명하려고 동료들의 인육을 먹기까지 한다. 처음에는 질병이나 쇠약해서 죽은 동료의 시체를 그런대로 격식을 갖춰 수장水葬해 준다. 그러나 식수와 식량이 동이 나자 죽은 동료의 시체를 나눠 먹는다. 그러다가 종국에는 제비를 뽑아서 차례로 동료를 죽여 그 인육을 먹기에 이르게 된다. 그런 처절한 비극 끝에 간신히 여덟 명이 살아남아서 구조된다.

『백경』이 인간 내면에서 상극을 이루는 영혼과 혈기, 문명과 야만성, 선과 악, 현실과 영원성, 사랑과 증오를 상징적으로 형상화한 대서사시라면, 『바다 한가운데서』는 인간 생존의 냉엄한 진실을 그린 극사실적인 다큐멘터리이다.

이 책의 저자는 표류자들이 비정한 자연과 인간의 한계와 맞서 절망과 공포와 굶주림과 싸우면서, 서서히 무너져가는 처절한 과정을 무서우리만큼 냉혹하게 재현해 보여줌으로써, 독자들에게 생명의 가치가 그 무엇과도 바꿀 수 없는 소중한 것임을 역逆으로 일깨워주고 있다.

나는 이 책을 우리말로 옮기면서 저자의 방대한 문헌조사와 철저한 고증에 감탄했다. 탐사 저널리즘(investigative journalism)의 백미라고 할 만하다. 이 책은 19세기까지 성행했던 미국 포경산업의 본거지인 대서양 연안의 섬사람들이 겨우 200톤급의 범선을 타고 멀리 남아메리카 남단을 돌아 태평양까지 나가 고래잡이를 하며 바다를 일군, 모험에 가득 찬 해양개척사 그 자체라고도 할 수 있을 것이다.

『바다 한가운데서』는 이번에 처음 국내에서 번역돼 나온 것이 아니다. 미국에서 출간된 직후인 2001년에 J출판사의 청탁을 받고 내가 번역해서 출판한 적이 있다. 그리고 같은 해 이 책의 청소년판(版) 『고래의 복수』도 나의 졸역으로 나왔다.

그런데 지난해 말 이느 날 낯선 D출판사의 K대표라는 분한데서 전화가 걸려왔다. 『바다 한가운데서』를 다시 출간하려는데 그 번역자가 되어 달라는 청이었다. 나는 좀 의아했다. J출판사가 출판 에이전시(대행사)와 독점 계약으로 펴낸 책을 새로 내겠다니 이상하지 않을 수 없었다. 그러자 K대표는 J사의 저작권 계약기간이 만료되어서 자기네가 새로 번역 출판의 판권(copy right) 계약을 맺고 책을 낼 참이라고 설명해 주었다. 곧 나의 의문은 풀렸다.

하지만 아무리 그렇다고 해도, 15년 전에 청소년판까지 나와서 꽤 많이 팔린 책을 다시 출간하겠다는 건 쉽게 납득이 되지 않았다. 그래서 나는 걱정스럽게 물어보지 않을 수 없었다. 전자 매체의 득세로 종이책이 잘 팔리지 않아, 출판 시장이 극도로 악화돼 있다는데 그 책을 다시 내어도 되겠느냐고.

그러자 K씨는 국내에 한 번 소개된 책이지만, 그 책을 읽고 너무 깊은 감동을 받아서 오로지 좋은 책을 더 널리 읽히고 싶다는 뜻에서 재출간을 마음먹었다고 담담히 말하는 것이었다. 그의 말에 나는 가슴이 쩌릿한 감동을 받았다. 모처럼 느껴보는 그야말로 신선한 충격이었다.

책을 읽는 일이 점점 사라져가는 우리의 사회 풍조 속에서, 재정적 위험을 아랑곳하지 않고 양서를 널리 보급하겠다는 한 출판인의 신념과 열정을 읽을 수 있었다. 마음이 든든하고 흐뭇해졌다.

나는 이처럼 뜨겁게 책을 사랑하는 사람들이 있다면, 책이 아무리 푸대접 받는 시대라 해도 좋은 책은 사라지지 않을 것이고, 책의 미래는 결코 어둡지 않을 것이라는 믿음을 재확인할 수 있게 되었다. 나는 어떤 시대가 와도 양서가 인류의 좋은 벗이자 길잡이로 길이 살아남을 것이고, 마땅히 그래야만 된다고 믿는 사람이다.

(『에세이21』 2015년 여름호)

실언失言과 진의眞意

사람이 살다 보면 실수로 말을 잘못하거나 하지 않아야 할 말을 얼떨결에 내뱉는 때가 있다. 이런 실언失言이 말썽거리가 되어 사회적 야단법석이 벌어지는 경우를 요즘 들어 자주 보게 된다.

얼마 전 봄 학기를 맞은 대학의 신입생 오리엔테이션 자리에서 이런 실언 소동이 일어났다. 명문 연세대학교에서 이과대학 부학장인 L교수가 실언을 한 것으로 전해졌다. 그가 "세월호 사건 때, 개념이 있는 학생이라면(가만히 있으라는 선내) 방송을 따르지 않고 탈출했을 것이다"고 한 말이 화근이 되었다.

그 말에 학생회가 발끈하고 나섰다. 학생회는 L교수가 "세월호 희생 학생들을 개념이 없어서 상황 대처를 잘못한 학생으로 폄하했다"고 비난하면서, 교수와 학교 측에 사과를 요구하는 성명을 냈다.

이에 L교수는 "안전사고에 대처하는 일의 중요성을 강조하다 보니, 근래 벌어진 가장 큰 안전사고인 세월호 참사를 언급하게 되었다"고 해

명했다. 하지만 세월호 희생자들을 모독했다고 분노하는 학생들의 항의는 그치지 않았다.

얼마 후 역시 유수한 이공대학인 포항공대에서도 한 교수가 비슷한 맥락의 실언을 했다는 보도가 뒤따라 나왔다. H교수가 "세월호 참사로 희생된 학생들의 죽음은 생각이 없어서이다. 생각을 하지 않으면 단원고 학생들과 같은 일을 당할 수 있다"고 말했다는 것이다. 이에 포항공대 학생회도 가만 있지 않았다. 학생회는 H교수의 말이 "세월호 참사에 대한 몰이해에 따른 망언"이라며 희생 학생들과 유가족에 대한 교수의 사과와 학교 측의 재발 방지 대책을 촉구한다는 성명을 냈다.

이 같은 보도가 나가자 방방곡곡의 네티즌들이 다시 벌집을 쑤셔놓은 듯이 들고 일어났다. 그들은 온라인을 통해 두 교수의 실언을 규탄하고 성토하는 글들을 마구 쏟아냈다. 지성인인 교수라는 사람이 억울하고 비참하게 숨겨간 어린 학생들을 '생각 없는 바보'로 취급하여 영혼을 모욕하고, 희생자 가족의 아픈 가슴에 다시 못을 박았다고 질타하는 내용들이었다. 두 교수를 몹쓸 악인으로 매도하는가 하면, 마구잡이로 욕설을 퍼부어대기도 했다.

이러한 사태는 나를 슬프고 우울하게 했다. 우리 사회의 정신적 풍조가 너무나 삭막하고 우리네 성정性情이 너무 살벌해진 것 같아서였다. 나는 두 교수가 세월호 희생 학생들을 멍텅구리 바보라고 비웃고 비하할 요량으로 생각이 없었다거나, 개념이 없었다고 말한 것이라고는 결코 생각하지 않는다. 다만 그들은 이제 갓 대학 생활을 시작하는 제자들에게 늘 생각하는 습관을 익히고, 탐구하고 모색하는 정신적 자세를 가다듬도록 권장하려고 그런 말을 했다고 본다.

우리 청소년들은 초·중등학교에서 주로 수동적인 주입식 교육과 오로지 시험을 위한, 암기 위주의 막힌 교육 환경에서, 깊이 사색하는 것과는 거리가 먼 삶을 살아온 아이들이 아닌가. 그들에게 보고 듣는 만사에 대해서 항상 '왜?' 라는 의문과 회의懷疑를 품고 끊임없이 사유하고 탐구하는 창의적 정신을 갖도록 일깨워주기 위해서 한 말이었다고 나는 생각한다.

두 교수의 강의 내용을 조금만 더 자세히 살펴보면, 그걸 이내 알 수 있을 것이다. L교수는 이과대 신입생을 위한 '실험실 안전교육' 강의에서 "실험실 안전수칙은 개념 있는 학생이라면 반드시 알아야 할 것"이라고 전제하고 나서, 세월호 학생들 이야기로 이어갔다고 한다. H교수도 '대학 생활과 미래 설계'를 테마로 한 강의에서 생각하는 삶의 중요성을 강조하면서 이렇게 말했다고 한다. "단원고 학생들이 사고를 당한 이유는 생각하는 습관이 없어서, 선박 관리자의 지시를 아무 생각 없이 믿었기 때문이다. 생각하는 습관이 없으니까, 선장이 하는 말을 아무 생각 없이 듣고 따랐다."

말의 전후 맥락이나 문맥을 짚어보면 두 교수가 전하려는 말뜻이 무엇인지는, 생각하는 대학생이라면 누구나 쉽게 알 수 있을 게 아닌가. 그럼에도 불구하고 지성의 전당의 일부 학생과 그들을 대표한다는 학생회가 스승이 말하려는 진의는 제쳐두고, 말꼬투리를 잡아서 스승이 실언했다고만 목청을 높여대는 풍경을 보고 있자니 어쩐지 서글프고 씁쓸한 생각만 들게 된다.

왜 이런 풍조가 생겨났을까. 단말마의 불안과 공포에 떨면서 발버둥치며 숨져갔을 어린 학생들에 대한 애련哀憐의 정이 너무 사무쳐서 그들에게 상처가 될지 모를 그 어떤 생각이나 말도 금기시하게 되어 버린 사회적 분위기가 빚어낸 결과가 아닐까. 거기 일부 정략적인 의도의 대중 조작(mass manipulation)도 보태어져서 세월호 비극은 이제 누구도 함부로 말하기 저어하는 성역으로 진화된 것 같다.

참사가 일어난 지 2년이 넘은 지금도 노랑 리본을 가슴에 달고 다니는 걸 뽐내는 사람들도 있지 않은가. 그런 이들의 눈에는 두 교수의 발언이 성역을 범접하는 무엄한 언행으로 비칠지도 모른다. 그런 점에서 두 교수는 적절치 않은 비유를 택했다고 할 수 있겠다. 하지만 그것 때문에 생각하는 삶을 살자는 강의의 참뜻이 무참히 외면당하고 묻혀 버리는 우리네 대학의 현실은 우리를 슬프게 한다.

"대학은 헛소리를 지껄일 자유가 있는 유일한 곳이다"고 한 평론가 스튜어트 홀의 말이 썰렁하게 귓전을 스쳐간다.

(『에세이21』 2016년 여름호)

잠들어 있는 분수噴水

북한산 자락의 기자촌에서 36년 거주하다가 지금은 산 아래쪽에 들어선 은평뉴타운으로 옮겨 살고 있다. 북한산 서쪽 끝 선림사禪林寺가 자리한 폭포동 기슭에서 흘러내린 냇물이 구파발역 뒤쪽까지, 내가 사는 아파트 단지를 가로지르는 실개천을 이루며 흐른다. 개천을 가운데 두고 양쪽에 널찍한 길이 나 있어서 아침, 저녁 거닐기 좋은 산책로로 사랑 받는다.

비록 실개천이라지만 상류에 4백 평 남짓한 연못이 있어 금빛 은빛 잉어들이 한가롭게 헤엄치고 물오리들이 노닌다. 연못 가장자리엔 수련이 떠 있어 지금은 연꽃이 그 우아한 자태를 뽐내고 있다. 아마도 이 연못이 유수지遊水池 노릇을 하는 데다, 지하수를 뽑아 흘려보내서 가물어도 개천이 마르지 않고 사계절 흐르고 있다.

이름도 없는 이 개울에는 사람 키보다 우뚝한 수생식물들이 무성하다. 갈대, 줄, 물억새, 부들이 숲을 이루다시피 하고 있다. 물창포, 고랭

이도 보인다. 고향 마을 늪지에서 보던 풀들이다. 한 길이 넘는 들풀을 헤집고 붕어, 미꾸라지와 참게를 잡던 어린 시절을 떠올려 준다.

물가에는 수양버들과 물버드나무들이 그늘을 지어준다. 산책로 옆 우거진 잡초 속에서는 계절 따라 개나리, 진달래, 철쭉, 황매, 옥잠화, 망초, 수국, 코스모스, 금계국 등 온갖 꽃들이 곱게 핀다. 달맞이꽃, 구절초, 금불초, 마가렛도 피고 진다. 길 언덕에는 클로버, 양지꽃, 애기똥풀, 달개비꽃도 숨어 있어 산책객들에게 미적 정서를 안겨준다. 그야말로 도심 속의 살아있는 생태공원이다.

만년에 들어서, 고개를 들면 어디서나 북한산의 의젓한 자태와 이마를 맞댈 수 있고, 계절마다 새록새록 생동감을 안겨주는 개천을 끼고 거닐며 사색에 잠길 수 있는, 이곳에 살게 된 것을 참 다행으로 생각한다.

그런데 여기 옥에 티같이 안타까운 게 하나 있다. 개천의 중류에 나지막한 물막이를 하여 물을 가둬둔 3백 평쯤 되는 연못이 하나 더 있는데 그 물 속에 고개만 뾰족 내밀고 잠겨 있는 3~40개의 분수 꼭지들이 보인다. 아마 알루미늄 제품인 것 같다. 뉴타운을 조성하면서 설치한 수중 분수이다. 생태 친화적인 아파트 단지를 만들어 물속에서 수십 갈래의 물줄기가 뿜어져 나오는 싱그러운 즐거움을 선사하려고 설치했을 것이다.

하지만 이곳에서 7년간이나 살면서도 나는 이 분수에서 시원한 물줄기가 솟구치는 상쾌한 장면을 단 한 번도 구경한 적이 없다. 이웃 주민들도 본 적이 없다고들 한다. 아마도 단지의 준공식 때 관계된 높은 분들이 보는 앞에서 멋진 물줄기를 선보인 후, 마냥 방치해 두고 있는 게 아닌가 싶다. 연못 속에서 잠들어 있는 분수를 볼 때마다, 고장이 나지는 않았는지, 지금도 제대로 작동이나 할 수 있을지 걱정이다. 십중팔

구 망가져서 못쓰게 되었을 것 같다.

나는 하천 속에서 잠들어 있는 또 다른 분수를 알고 있다. 뉴타운에 입주하기 전 이태쯤 홍제동에서 살았다. 그때 서대문 구청에서 홍제천 정비 공사를 했다. 개천 바닥을 긁어내고, 청계천처럼 한강 물을 끌어올려 사철 시냇물을 흘려보내는 큰 공사였다. 하천가에는 갈대, 줄, 창포와 왕골 따위의 수변식물들을 이식했다.

중류에는 바위산 벼랑을 이용해서 여러 줄기의 인공폭포가 쏟아져 내리게 만들었다. 폭포 옆에는 물방앗간도 만들고, 옛날 한강을 오르내리던 황포돛단배를 한 척 떠 있게 해서 회고적 풍경을 연출했다. 폭포의 맞은 편 얕은 모래톱에다 수백 개 꼭지의 분수를 설치했다.

밤이면 오색 조명이 힘차게 쏟아지는 폭포와 물속에서 솟구치는 분수를 비춰 멋진 장관이 연출되었다. 수백 명의 주민과 관계의 높은 분들이 자리하고, 고성능 확성기가 경쾌한 음악을 쾅쾅 울려대는 가운데 질탕한 준공식 잔치가 베풀어졌다. 나도 그 장관을 구경하러 갔다.

그러고 나서 아주 짧은 기간 동안, 밤과 낮에 한 시간씩 주민들은 폭포가 쏟아지고 오색 수중분수가 뿜어 오르는 멋진 풍경을 즐길 수 있었다. 그러나 얼마 뒤 큰비가 내려 개천이 홍수에 휩쓸렸다. 상류에서 실려 온 엄청난 양의 토사에 분수는 매몰되었다. 황포돛단배는 떠내려 가버렸다. 구청은 중장비를 동원하여 며칠이나 걸려 분수를 덮은 모래와 자갈을 걷어냈다. 하지만 거듭된 홍수에 분수는 또 파묻혔다. 결국 나중엔 구청이 분수를 되살리려는 시도를 포기한 것 같았다. 분수는 영영 모래 속에 묻혀 버렸다.

그 무렵 아침마다 가까운 안산鞍山에 오르려고 홍제천 산책길을 지나면서 모래더미에 묻혀 잠들어 있는 분수를 볼 때마다 나는 치미는 공분을 억누를 수 없었다. 눈앞의 내일을 예상하지 않은 일시적 보여주기 행정의 결과가 아닌가. 당국자들의 무신경, 무지에 대한 분노였다. 당국자나 설계, 시공업자들은 해마다 몇 차례씩 홍수가 지는 하천에 수중분수가 파묻힐 것을 예상하지 못했을까. 정말 몰랐다면 바보 천지들일 것이다. 알고도 그랬다면, '내일 일은 알게 뭐람, 좋은 자리에 있을 때 생색이나 내고 신나게 거들먹거려 보면 그만이지' 하는 무책임한 짓거리였을 것이다. 영속성이 의심되는 이런 막무가내 공사라도 벌여서 공사비 콩고물 맛이라도 보겠다는 꿍꿍이속이 없었다고 보기 어렵다. 이 따위 영혼 없는 공직자들에게 내일을 맡기고 사는 우리네 풀뿌리 시민이 가엾을 뿐이다.

잘 모르긴 해도 홍제천과 뉴타운 수중분수로 수십 억이 넘는 세금이 날아갔을 게 아닌가. 자원과 인력의 헛된 낭비가 아깝고 한심하다.

평론가 이어령은 언젠가, "분수噴水가 없는 도시는 영혼 없는 인간과 같다. 분수는 물이 영혼으로 변한 것이다. 그것은 항상 쉬지 않고 움직이는 맑은 영혼이다"라고 말했다. 외국의 도시들을 여행하다 보면 시적 정취를 안겨주는 아름다운 분수들을 수없이 자주 만날 수 있다. 천년을 넘은 고대 로마 시대의 분수들이 아직도 연면히 물을 뿜어 올리고 있지 않던가!

일회용 행사용으로 용도를 다하고 침묵하는 수중분수를 보면서, 광화문 광장에 언제 치워질지 모를 세월호 시위꾼들의 너절하고 보기 지겨운 천막들 대신에, 시적 영감이 담긴 물의 영혼을 드높이 뿜어 올리며 솟구치는 시원한 물줄기를 보는 날을 상상하는 것은 우리에겐 아직 사치일까.

(2017. 9. 31)

팟트럭 파티(potluck party)

우리 집은 양력설에 새해 차례를 지낸다. 조부님 대부터 그렇게 해 왔다. 구정이 설 명절로 공인되었을 때, 우리 집안에서도 구정에 차례를 지내는 것이 어떨까 하는 의논이 있었다.

그러나 안어른들이나 며느리들이 양력설을 쇠는 것을 선호했다. 제수祭需를 장만하는 데 더 여유롭고 경제적이며, 구정엔 며느리들이 홀가분하게 친정나들이를 할 수 있다는 의견이었다. 합리적인 주장이고, 실리적인 생각이어서 다른 많은 집들과 달리 우리는 계속 신정을 쇠기로 결정했던 것이다.

그래서 지난해엔 양력설에 차례를 올리고 설 명절에 우리 내외는 둘째 아들 가족을 따라 온천 휴양지에서 느긋한 휴가를 보낼 수 있었다. 올해는 설 연휴가 닷새나 된다고 한다. 그런데도 두 아들과 딸네 가족이 별다른 여행 계획 같은 게 없는 것 같아서, 설날에 우리 집에 모여서 아침을 같이하기로 했다. 아내가 준비한 갈비찜과 며느리가 만들어 온 야채샐러드와 잡채를 먹고, 딸네가 가져온 와인을 나눠 마시며 건강한 한 해를 보내자고 다시 한 번 다짐했다. 식사 후에는 옛날부터 우리 고향집에서 명절이면 늘 빠지지 않았던 윷놀이를 하며 가족의 즐거운 한때를 보냈다.

결국 설을 두 번 쇠는 이중과세를 한 셈이다. 한때는 산업 경제적 손실 탓으로 이중과세가 심각한 문제로 배격된 적이 있었다. 하지만 지금은 국민의 경제 사정이 나아진 데다 대다수가 음력설 쇠기를 선호하고 있어서, 큰 사회적 문제로 삼지 않는 것 같다.

그런데 요즘엔 연휴의 전통 명절이 와서 핵가족화로 흩어져 사는 가족이 고향집이나 부모 집으로 모이게 되면, 다른 문제가 불거지는 것 같다. 차례 준비와 며칠씩 쉴 틈 없이 이어지는 대식구의 상차림, 손님 접대 등으로 중노동에 시달리는 여성들의 불평, 불만의 소리가 높아지고 있다. 남정네들은 노상 술상을 받아 놓고 돌아가는 시국담이나 고스톱 화투판에 빠져 있는데, 아낙네들은 부엌에서 쉴 새 없이 허리 빠지게 일만 하다 보니, 불평이 나오지 않을 수 없을 게다.

게다가 며느리들은 시댁 어른들 눈치를 봐야 하니 정신적 스트레스도 더 심해지기 쉽다. 그래서 명절 귀성歸省을 기피하는 주부들이 생기고, 신문 방송에 이른바 '명절증후군' 이라는 말이 심심찮게 나오고 있다. 심지어 명절 직후에 부부 갈등으로 빚어지는 이혼율이 높아진다는 통계도 나온다.

이런 현상을 보면서 한 가지 떠오르는 일이 있다. 나는 1970년대 후반에 「우정의 사절단」 '민간 대사(civilian ambassador)' 로 미국 워싱턴 주의 한 소도시를 방문한 적이 있다. 「우정의 사절단」은 나중 미국 대통령이 된 지미 카터 씨가 조지아주 지사知事 시절에 창안한 국제민간교류 프로젝트였다. 미국과 다른 나라의 같은 직종에 종사하는 민간인을 교환 방문하게 하여 호스트 가정에서 한 주간을 지내며, 서로 문화적 이해와 인간가족으로서의 친선을 돕는다는 취지로 추진되었다.

그해 먼저 미국의 서북부 태평양 연안의 워싱턴주를 찾은 한국인 방문단 일행은 3백여 명으로, 여섯 개 도시로 나눠 호스트를 찾아가게 되었다. 내가 소속된 일행 50명은 컬럼비아 강변에 있는 롱뷰(Longview)라는 인구 5만의 작은 항구도시로 가게 되었다. 우리 외항선이 목재를 실으러 자주 입항하는 컬럼비아 강안江岸의 무역항이었다. 그래서 시민들은 "안녕하십니까?", "고맙습니다" 같은 우리 인사말을 곧잘 했다.

조선일보 기자이던 나의 호스트는 그곳 방송국의 여기자였다. 갓 결혼한 그녀의 신랑은 워싱턴주립대학교가 자랑하는 전통 있는 임학과를 나온 임업전문가로 주州 임업국에 근무했다. 나는 넓은 잔디밭이 있고 침실이 셋인 그들 집에서 쾌활하고 다정한 부부와 함께 생활하면서, 그녀의 방송국에 같이 출근하여 취재에 동행하고 방송 제작을 견학했다.

방문 이틀째 날 저녁 무렵, 그곳 한 고등학교의 잔디 운동장 나무 그늘에서 한국 우정의 사절단을 위한 환영파티가 열렸다. 그런데 우리 게스트와 동행한 호스트들과 초대된 미국인 참석자들이 각각 자기네 집에서 마련한 음식을 한 가지씩 들고 오는 게 아닌가. 눈 깜작할 사이에 정성껏 마련해 온 음식들로 멋진 뷔페식 상차림을 완성해 놓는다. 온갖 빵과 전자밥통에 담긴 쌀밥, 누들(국수류), 파스타, 육류, 생선 요리, 치즈, 버터, 스트로베리, 블루베리, 블랙베리 등의 온갖 잼과 음료수, 과일, 파이 같은 후식들이 푸짐하게 차려졌다.

용산의 미8군 사령부에서 타이피스트로 근무하다가 미군과 결혼하여 건너왔다는 한 40대 한국계 부인은 김치와 깍두기를 담고 잡채를 만들어 왔노라고 내게 자랑했다. 이제는 민간인이 된 그녀의 남편은 내게 서울의 즐거운 추억을 털어놓기에 바빴다. 나는 그날 이런 상차림 모임을 팟트럭 파티라고 부른다는 걸 알게 되었다. 참 간편하기도 하고 정성을 모아서 함께 나눈다는 친선의 의미도 있어서 큰 감명을 받았다. 수백 명의 한 끼 준비를 이렇게 뚝딱 해치워 버리는 신기한 비결과 효율성이 감탄스러웠다.

나는 귀국해서 사보私報에 방문기를 쓰면서 팟트럭 파티를 소개했다. 그리고 집안의 증조부 증조모님 제사 때는, 몇몇 아랫집들이 제수를 나눠서 마련하도록 하자고 제안하여 실행해 보았더니 성공적이었다. 다들 좋아했다. 지금은 제종들이 각각 자기네 조부모 대까지만 제사를 모시게 되어서 현재 우리 집에서는 팟트럭 스타일로 제수를 마련하고 있진 않다.

나는 이대독자 처지라서 할아버지 할머님과 부모님 제사의 제주이다. 아내가 제사 준비를 도맡아 해야 한다. 두 며느리가 직장에 다녀서 아직은 제수 준비를 맡기기가 어려운 탓이다. 아내가 일흔을 넘긴 몸으로 명절 차례와 기제忌祭의 제수를 마련하는 것이 너무 힘들어 보여서 안쓰럽다. 그래서 콩나물을 다듬고 지짐을 부치는 일을 거들어 준다.

우리 집은 사정이 그렇다 하지만, 차례와 제사 상차림이나 명절 때문에 스트레스와 갈등을 겪는 다른 가족들을 위해서 팟트럭 파티 방식을 도입하는 것이 하나의 해결책이 아닐까 권장하고 싶다.

(『에세이21』 2018년 여름호)

슬픈 무궁화

어릴 때였다. 우리 앞집 사립문 옆에 어른 키보다 더 큰 꽃나무 한 그루가 서 있었다. 여름날 아침이면 그 나무에 수많은 연분홍색의 꽃이 피었다. 꽃잎의 색깔과 모양은 어머니가 정성껏 가꾸던 우리 집 꽃밭의 부용화나 접시꽃과 닮았지만, 그 이름 모를 나무는 멀쑥하게 큰 키에 비해서 꽃송이가 왠지 작고 가냘파 보였다. 그리고 해가 질 무렵이면 꽃잎이 토라지듯이 몸을 오므리면서 져버리곤 했다.

나는 그 꽃을 별로 좋아하지 않았다. 아마도 초여름, 가장자리가 톱니를 닮은 짙은 초록색 잎사귀마다 다닥다닥 잔뜩 엉켜 붙어있던 진드기들이 징그러웠고, 저녁이면 떨어진 꽃송이들이 여기저기 나뒹굴어 골목을 어지럽히는 것이 싫어서였을 것이다.

초등학교 1학년 여름에 해방을 맞았다. 우리나라가 일본의 오랜 식민지 지배에서 벗어나 나라를 되찾게 되었다고들 했다. 마을과 읍내에 태극기를 든 사람들이 쏟아져 나와 목청껏 "대한 독립 만세!"를 외치며

거리를 누볐다. 꽹과리를 쳤다. 우리 어린 것들도 덩달아 신명이 나서 따라다니며 "독립 만세!"를 외쳤다. 나도 기요하라 마사요시(淸原政義)로 불리던, 일본식 이름을 버리고 우리 이름을 되찾게 되었다.

학교에서 조선말을 쓰면 벌을 받던 일도 사라지고 우리말을 마음대로 하고 한글을 배우게 되었다. 애국가도 배웠다. '무궁화 삼천리 화려 강산'이라는 애국가의 후렴을 통해서 무궁화가 우리나라 꽃인 것도 처음 알게 되었다. 그리고 놀랍게도 앞집의 그 꽃나무가 무궁화라는 사실도 알게 되었다.

그제야 앞집의 무궁화를 다시 보게 되고 더 소중히 여기게 되었다. 그 후로는 식목일이면 선생님과 함께 교실 앞 화단이나 학교 둘레에 무궁화나무를 심곤 했다. 갓 깨우쳐가던 나라 사랑의 마음과 정성을 담아서.

그러나 무궁화는 애국가의 노랫말처럼 '삼천리 화려 강산' 방방곡곡 어딜 가나 널리 퍼져 있는 것 같지는 않았다. 왜 그런지 그 이유가 자못 궁금했다. 무궁화나무가 이 땅에서 거의 사라지게 된 것은, 식민지 시대 일본인들이 조선의 나라꽃이라 하여 모조리 뽑아 없애버린 탓이라고 선생님이 설명해 주셨다.

나라를 잃은 우국지사들이 정절과 지조의 상징인 무궁화 사랑을 통해서 민족정기를 일깨우려 했기 때문에 무궁화가 그런 수난을 당했다는 놀라운 얘기였다. 그런데 독립을 찾은 나라 사람들이 함께 수난을 겪은 슬픈 나라꽃을 더 알뜰히 가꾸고 사랑하기는커녕 사뭇 푸대접하고 있는 듯해서 어린 마음에 그것이 안타까웠다.

지금 생각해도 한 종種의 꽃나무가 민족의 이름으로 그처럼 가혹한 시련을 겪었다는 것은 어처구니없는 일이 아닐 수 없다. 훨씬 나중에 중학교에 진학했을 때 일이다.

국어 선생님으로부터 김소운의 「목근통신」이란 수필이 『국제신보』

에 연재되어 임시수도 부산과 일본에서 큰 반향을 일으키고 있다는 이야기를 들었다. 목근木槿이 무궁화의 한문 이름이라는 것도 이때 알게 되고. 수천 년 전부터 '무궁화의 나라(木槿之鄕)'라고 알려졌다는 이 땅에서 나라꽃마저 멸종시키려 했다니!

한민족을 비하하고 모멸하는 일본인들을 신랄하게 나무라면서도, 양 국민의 진정한 이해와 사랑을 품위 있게 설득하는 글「목근통신」을 찾아 읽고 감동한 것은 고등학생 때였다.

하지만 나라꽃이면서도 사람들의 사랑을 받지 못하고 홀대받는 슬픈 무궁화에 대한 애련의 정이 내 마음 속에 점점 커가는 것은 어쩔 수 없었다. '무궁화, 무궁화, 우리나라꽃/ 삼천리 강산에 우리나라꽃', 어린 이들은 흥겹게 고무줄놀이를 하면서 곧잘 이런 동요를 부른다.

그러나 나라꽃 무궁화는 동요나 애국가, 군가 그리고 나라의 문장紋章 속에서만 존재하지, 일상생활에서는 거의 기억의 뒷전에 밀려 있는 망각의 꽃이 아닌가. 나라 사랑의 한 가지 상징인 무궁화는 이미 관념의 세계에서만 존재한다는 사실이 안타까웠다. 나라꽃에 대한 사랑이 관념화되면, 나라 사랑 그 자체도 실체성을 잃은 공염불로 그치지 않을까 하는 의구심에 빠진 것이다.

그래서 한때 나는 나라꽃을 노래 속의 꽃만으로가 아니라 일상생활에서도 누구나 사랑하는 그런 꽃이 되도록, 국민투표 같은 것을 통해서 아예 바꿀 수도 있지 않을까 하는 엉뚱한 생각을 해 본 적도 있다. 이 강산 어딜 가나 흐드러지게 피어나고 누구나 반겨주는 꽃, 봄과 새 생명의 전령인 진달래나 개나리꽃을 국화國花로 삼으면 어떨까 하고 말이다.

다행히 지난 1970년대를 전후하여 뜻있는 육종학자들이 많은 사람들로부터 사랑 받을 만한 수백 종의 무궁화 품종을 개량하여 보급해 오고 있다. 이런 개량 무궁화는 재래종과 달리 병충해에도 강해서 진딧물도 잘 달라붙지 않는다. 빛깔도 더 다채롭고 꽃 모양도 홑꽃, 겹꽃, 반겹꽃 등 다양하고 아름답다. 요즘 고속도로 휴게소나 공원의 꽃밭에서는 이런 개량 무궁화들이 곱게 피어 있는 풍경을 반갑게 만날 수 있다.

나는 마당이 넓은 주택에 살 때 개량종 무궁화 백단심白丹心 두 그루를 얻어다 심었다. 이듬해 바로 순백색의 꽃이 피었다. 꽃잎의 중심부로 가면서 붉은 줄무늬가 짙게 새겨진 우아한 꽃이 여름내 하루 몇 송이씩 피어날 때, 그 기쁨이란 이루 말할 수 없었다.

단독주택을 떠나 아파트로 이사할 때, 삼십 년이 넘게 가꾸어오면서, 가보家寶라고 자랑하던 철쭉꽃나무와 함께 시골 친구로 하여금 캐어다 옮겨 심게 했다. 보낼 때는 품 안의 아이들을 떠나보내는 것 같은 아쉬움을 떨쳐 버리기 어려웠다.

요즘은 기회 있을 때마다 정원이 있는 친지들에게 새로 나온 무궁화를 심어보라고 권유한다. 이제 관념의 뒤안에서 푸대접받던 나라꽃을 앞마당 꽃밭으로 불러낼 때가 되었다고 생각하고 무궁화 사랑 전도사로 나선 것이다. '죽음을 불사른 절개' 라는 꽃말을 가진 무궁화가 우리 땅 곳곳에 심어져서 나라 사람 모두의 사랑을 받고 활짝 피어나는 날이 오도록 바라면서.

곳곳에서 흥청거리며 다투어 벚꽃 축제는 벌이면서도 제 나라꽃 무궁화 잔치는 꿈도 꿀 수 없다니 이게 어디 될 일인가!

(『에세이21』 2009년 여름호)

지.엠.시와 종합병원

나이 60대 중반 무렵이었다. 공직 생활을 마치고 고향에서 사는 친구씰게 안부 전화를 걸었더니 "목하 종합병원 상태"라는 대답이 돌아왔다. 온갖 신병에 시달리고 있는 신세라고 이내 알아챘다. 췌장암이라는 고치기 어려운 암에 걸려 수술과 항암치료로 용케 회복했으나 당뇨에다 위장과 관상동맥이 좋지 않다는 설명이었다.

젊을 때 배구선수로 펄펄 날면서 상대방 코트에 맹폭을 퍼붓던 사나이. 그런 사람이 노년에 온갖 병마에 시달리고 있다니 뜻밖이다. 병이란 천하장사에게도 덤벼드는 참 무서운 놈이로구나 하는 생각이 들었다.

종합병원이란 말이 참 재미있는 표현이라고 생각했다. 다만 내 자신이 종합병원 신세라고 한탄할 날이 올 줄은 그때는 미처 상상하지 못했다.

나는 태어날 때부터 다소 선병질적인 체질을 타고난 약골이었다. 해방을 전후한 유년기에 해마다 말라리아로 몸져눕고 툭하면 감기에 걸

려 골골했다. 그 시절 말라리아는 하루걸러 오한이 나며 고열로 앓는다
하여 '하루거리'라고도 하고 학질이라고도 불렀다. 나는 아픈 날이 많
아서 초등학교 때는 개근상도 한 번 탄 적이 없었다. 운동회 날 달리기
에서 공책이나 연필이라도 탈 수 있는 3등 안에 들어본 적도 없다.

그러던 것이 한국전쟁이 한창이던 시기에 중학교에 들어가면서부터
놀라울 정도로 몸이 튼튼해졌다. 아마 병치레로 골골하는 외아들이 걱
정되어 부모님이 봄가을마다 달여 주셨던 탕제와 그때로선 귀했던 비
타민과 간유구의 효험이 그때부터 나타나서 그랬는지도 모른다. 하지
만 그보다는 읍내에 있는 중학교까지 왕복 40리 통학길을 뛰어다닌 것
이 내 건강에 더할 나위 없는 보약이 되었던 것 같다.

꼭두새벽에 나이가 많게는 대여섯 살 더 든 동네 고등학생 형과 누나
들을 따라 산과 들길을 거의 뛰다시피 달려가곤 했더니, 자신도 모르게
건강해지면서 잔병도 사라져 버렸다. 중학 2학년 때는 같은 계열 학교
의 고등학생들까지 재학생 전원이 참가한 개교기념 8km 단축마라톤대
회에서 10등을 차지해서 아는 사람들을 깜짝 놀라게 했다.

낯선 항도 부산의 고등학교로 진학했을 때는 중키에 마른 편이었다.
그러나 중학교 통학 덕분에 걸음걸이 하나는 언제나 뛰다시피 빨랐다.
힘이 넘치지는 않았지만 끈기랄까 지구력 하나는 끝내줬다. 가파른 언
덕바지에 있는 학교로 힘들이지 않고 성큼성큼 빨리 걸어 올라간다고
해서 친구들이 '지.엠.시(GMC)'란 별명을 붙여주었다. 미국의 제네랄
모터회사가 납품하던 군용트럭으로 6.25전쟁 때 무서운 힘으로 성가가
높았던 짐차 이름에서 따온 별명이었다.

대학을 졸업하고 신문사에 들어가서도 정년 때까지 크게 병원 신세
를 지지 않고 건강을 비교적 잘 지킨 편이었다. 야근이 잦고 마감시간에
쫓겨 스트레스가 쌓이는 신문사 특유의 힘든 작업 환경에서도 그럭저

럭 잘 버티어냈다. 그 당시 대표적으로 박봉이던 언론계 사정 탓으로 여가시간을 영어학원에서 강사를 하고 번역을 하는 일로 부업 돈벌이를 해야 했다. 그러면서 대학원 공부까지 1인3역을 뛰면서도, 용케 잘 버티어냈다. 아마도 중학교 도보 통학이 길러준 끈기 있는 기초 체력 덕택이었을 것이다.

한 마디로 건강엔 어느 정도 자신이 있다고 믿었다. 다만 담배를 태우고 술을 잘하는 편이라서 호흡기와 간 질환에 대해서는 신경을 많이 써서 체크를 게을리하지 않았다. 그러나 전날에 숙취했어도 다음날 새벽에 기뜬히 일어나서 냉수 한 잔을 마시고는 일터로 나갔다. 소화도 잘 되어서 소화기 쪽으로도 별 걱정을 해 본 적이 없었다.

그러다가 몇 년 전 대장암이라는 진단을 받았을 때는 정말 청천벽력이었다. 건강에 대한 터무니없는 자만심을 뉘우쳤지만, 이미 돌이킬 수 없는 기차가 떠난 뒤였다. 수술을 받고 대장암 2기라는 판정을 받았다. 불행 중 다행으로 다른 장기나 임파선으로 전이되지는 않았다. 하지만 6개월간 열두 번의 고통스러운 항암 화학치료를 받아야만 했다. 무지와 교만의 대가였다. 또박또박 내시경 검사만 받았더라면 피할 수 있었을 터인데. 수술 받은 지 4년이 넘었지만 아직도 정기 검진을 받으러 다닌다. 마치 해빙기 연못의 얼음판 위를 걷는 기분으로 늘 조마조마하다.

나에게도 '종합병원' 현상이 나타나기 시작한 것은 수술 직후부터였다. 운전을 하고 있는데 갑자기 눈앞이 흐려지곤 했다. 안과에 갔더니 백내장이라는 진단이 나왔다. 두 눈을 수술 받아야 했다. 그 뒤 어느 날 만성적인 무좀 치료를 위해 피부과 병원을 찾아갔다. 전문의가 발가락과 발톱을 살피다가 가운데 발가락에 확대경을 댔다 뗐다 하면서 고개를 가웃거렸다. 거기 난 까만 점을 만지면서 언제 생긴 것이냐고 물었다. 나도 처음 보는 점이라서 모르겠다고 했다. 그는 그냥 뾰족한 모서리 같은 데 부딪친 것 같기도 하지만 시간을 두고 관찰해야 할 걱정거리라고 했다.

왜 걱정되느냐고 물었더니 일종의 피부암인 흑색종일 수도 있어서 그렇다는 대답이었다. 별로 대수롭지 않게 생각하며 집으로 돌아왔다. 그러나 인터넷으로 '흑색종'을 검색했더니 무시무시한 정보가 무더기로 쏟아져 나왔다. 흑색종은 멜라닌 세포의 변이로 손발 끝에 잘 생기는 악성종양인데, 전이가 빨라서 자칫하면 팔이나 다리를 절단해야 되는 가장 치명적인 피부암이라는 게 아닌가.

또 한 번 하늘이 노래졌다. 생사가 걸린 대수술을 받고난 뒤 6개월간 그 고통스러운 항암주사를 맞고 겨우 한 숨을 놓게 된 참이 아닌가. 그런데 발가락 끝에 난 원인도 모르는 깨알만한 점 하나 때문에 죽을 수도 있다니. 무섭다기보다 참 어처구니없고 억울하다는 생각이 앞섰다.

서둘러 대학병원에 특진을 신청하고 3주 기다려서 조직검사를 받은 뒤 다시 3주 후에 나올 결과를 초조하게 기다렸다. 대수술에 놀라고 항암치료 병바라지를 하느라고 고생한 아내와 아이들한테 도저히 알릴 용기가 나지 않았다. 혼자 분노와 고뇌와 불안 속에서 초조히 하루하루를 보냈다. 결국 흑색종이 아닌 것으로 판명되었지만, 정말 죽을 맛이었다.

그런데 얼마 전부터 왼쪽 발목 관절의 연골이 닳았으니, 계단이나 높은 산엔 오르지 말고 둘레길이나 걸으라는 정형외과의의 판정을 받았다.

지난해엔 송곳으로 찌르는 듯이 모진 통증이 오는 대상포진이란 피부병을 앓았다. 나이 들어 면역력이 떨어진 탓인지 올해에도 되풀이 되었다. 이제 종합병원이 남의 일이 아닌 걸 실감하게 된다. 아마 지.엠.시도 노후했나 보다.

하지만 군대 수송부에 걸린 표어대로, '닦고 조이고 기름칠' 하면 얼마간은 더 쓸 수 있겠지. 그러다가 폐차할 때가 되면 미련 없이 버릴 수밖에. 하지만 그때까지라도 매사에 자만하고 교만을 떠는 천하의 어리석은 짓은 되풀이하지 말아야겠다고 뒤늦게 다짐한다.

(2014. 7. 16)

여론 역풍 불러온 4대강 보洑 해체

멀쩡한 4대강 보를 해체하려는 정부, 여당, 환경론자들의 기도가 전국 곳곳에서 현지 주민들의 강력한 반대에 부딪쳐 주춤거리고 있다.

지난 2월(2019년) 환경부의 4대강평가기획위원회는 금강의 세종보, 공주보, 죽산보의 철거방안을 발표했다. 그리고 한강, 낙동강, 영산강의 보를 연말까지 단계적으로 해체할 것이라고 밝혔다. 보를 해체하는 것이 강의 자연 상태를 되돌려 재자연화再自然化하고 강물의 수질 개선에 도움이 되며, 해체로 오는 강 유역 주민이 경제적 편익이 해체 비용보다 크다는 이유이다.

그러나 이 같은 보 철거 발표가 나자 공주시의회가 즉각 반기를 들고 시의원 12명 만장일치로 '공주보 철거 반대 결의문'을 채택하고 나섰다. 지역 국회의원인 정진석 한나라당 의원은 대규모 시위를 이끌면서 철거 반대 운동을 전개하고 있다. 그는 "국민에게 혜택을 가져다준 보

파괴는 국민을 우롱하고 지역 주민과 농민을 무시한 사기다"고 말한다. 지역 농민들은 "지난해 봄에 당국이 공주보의 수문을 개방한 후부터 강 유역의 지하수가 줄어들어서 농사에 큰 지장을 겪고 있는데 이제 보 자체를 파괴한다니 어떻게 농사를 지으란 말이냐?"는 불만을 터뜨렸다.

2017년 보의 수문을 완전 개방한 후 행정수도의 경관을 자랑하던 세종호의 수량이 줄어들어서 볼품없게 된 세종시도 고민이 큰 것 같다. 그래서 이춘희 세종시장과 지역구 출신의 이해찬 민주당 대표도 당론과는 달리 세종보의 해체는 시간을 두고 판단할 필요가 있다고 얼버무리며 후퇴하고 있다.

한편 나주시의회도 6월 28일 죽산보 해체 반대 결의안을 채택했다. 나주시는 "죽산보는 농업용수 확보와 나주시가 관광과 연계해 영산포권 상권을 위해 운영하는 황포돛배 물길로 활용하고 있는데 정부가 아무런 검토와 대책 없이 성급한 해체를 결정해서 반대한다"고 반기를 들고 나섰다. 실제로 4대강 사업 이전에 영산강은 워낙 수질이 오염되어 있었고 수량도 부족해 강바닥에 많은 퇴적물이 쌓여 있었다. 그러나 4대강 사업 후 수량이 풍부해지고 뱃길도 복원되어 황포돛단배가 지역의 명물로 재등장했다.

이포보, 여주보, 강천보 등 남한강 수계의 보 3개가 있는 여주시민들도 6월 30일 반기를 들고 나섰다. 그들은 "여주 시민의 자랑이자 재산인 보 철거에 반대한다. 만약 보 때문에 남한강의 물이 썩어 냄새가 난다면 우리 시민들이 먼저 나서서 보를 철거하라고 주장할 것이다"고 말하고 있다.

지난 20일 칠곡군 석적면 칠곡보생태공원에서는 「4대강 보 해체 저지 범국민연합」이 주최한 '칠곡보 해체 및 생태계, 환경 파괴 저지 국민규탄대회'가 열렸다. 4대강의 16개 보 가운데 가장 많은 8개 보가 있는 낙동강 유역 최초의 보 철거 반대 집회였다. 이날 행사장에는 '칠곡보 목숨 걸고 지켜내자', '군민의 젖줄! 군민의 심장! 보 해체 막아내자' 등의 현수막이 걸려 있었다. 일부 참가자들은 '보 해체 돈 낭비, 보 개방 물 낭비', '칠곡보 해체 전면 재검토하라' 등의 피켓을 들고 있었다. 참가자들은 "칠곡보 때문에 가뭄과 홍수에서 벗어났는데 보 해체는 말 같지 않은 소리"라며 "생명의 젖줄인 칠곡보를 지켜내야 한다"고 말했다.

범국민연합 이재오 공동대표는 "강물을 이용하는 사람이 강의 주인인데, 문재인 정부는 주인의 뜻을 거역하고 보를 해체하려 한다"며 "문 정부가 보 해체를 포기하도록 국민들이 적극 나서야 한다"고 덧붙였다. 범국민연합은 이달 말 낙동강계의 상주보, 낙단보, 경남 창녕 함안보 일대에서도 보 철거 반대 시위를 잇달아 열 계획인 것으로 알려지고 있다.

테임스강, 미시시피에도 40여 개 보가 있다

문재인 정부와 일부 어용 환경단체가 기도한 4대강 사업 보 해체 기도는 4대강 사업의 성과를 국민들이 긍정적으로 보고 있으며, 얼마나 소중히 여기는지를 역설적으로 보여주고 있다고 할 수 있겠다.

실제로 4대강 사업 이후 우리는 만성적으로 겪어온 가뭄과 홍수의 피해를 면해 왔지 않은가. 강과 수자원 문제 연구로 국제 학계에도 널리 알려진 박석순 이화여대 교수는 보 해체를 터무니없이 어리석은 일로 보면서, 치수治水를 위해서 영국의 테임스강에 45개, 프랑스의 세느강에 35개, 미국의 미시시피강에도 45개의 보가 있다고 지적한다. 그는 4대강 사업이 홍수방지, 가뭄에 대비한 수자원 확보, 강의 수질 개선, 생태계 복원에 기여하고 있다고 평가한다. 또한 지하수가 풍부해져서 농민들의 소득 증대에 크게 이바지되고, 어족 자원이 늘어나고, 넘실대는 강물로 수변공원의 경관이 좋아졌지 않으냐고 반문한다.

　오로지 전 정권의 치적을 지우기 위해서, 22조 원이란 천문학적 사업비를 들여 완성한 4대강의 정비 및 치수 사업을, 다시 2000억 원이 넘을 거액의 예산을 들여 허물려는 일은 어리석은 짓이 아닐 수 없다. 그 돈을 환경단체들에 발목이 잡혀 4대강 사업에서 못다 한, 4대강 지류支流, 지천支川의 정비로 돌려쓰는 것이 옳을 것이다.

(『영덕신문』 2019. 7. 22)

제 6부

기자촌 옛터와 국립 한국문학관

기자촌 옛터와 국립 한국문학관

서울시 은평구 진관동의 북한산 자락에 아늑하게 자리잡고 있던 기자촌은 언론인들의 손으로 일군 저널리스트들의 보금자리였다. 한국기자협회 소속 전국 신문, 통신, 방송의 무주택 기자 325명이 1969년 주택조합을 결성하여 내 집을 짓고 2년 만에 입주를 완료한 마을이었다. 지구촌 어디에도 없는, 집 없는 언론인들이 조성한 유니크한 마을이었다. 그래서 행정상으로는 진관외동이란 마을 이름이 있었지만, 흔히 기자촌이란 애칭으로 더 많이 알려졌다.

사람들은 흔히 세계적인 대도시 서울에 촌이 셋 있다고 우스갯소리를 했다. 신촌, 문화촌, 기자촌이 그 동네들이라고. 그러니까 나는 대한민국 수도 서울에 사는 촌사람, 촌놈인 셈이었다.

그 후 40년간 기자촌은 우리의 숨 가쁜 산업화, 민주화 시대를 거치는 격동기를 함께 뛰면서, 그 역사의 목격자이자, 증인, 올곧은 사관史官이 되기를 지향해 온 많은 기자들의 가정이 있는 포근한 쉼터가 되어 주었다.

　입주 초기에는 행정 구역상 서울시에 속하지 않았다. 경기도 고양군 신도읍 진관외리에 속한 외진 취락이라 입주자들은 식수난과 출퇴근 교통에 큰 불편을 겪어야 했다. 산 고개 넘어 옹달샘에서 먹을 물을 길어 날라야 했다. 그러나 나와 동료 기자 가족은 잘 화합하여 인정이 넘치며 친환경적인 모범 지역공동체를 만들겠다는 무언의 결의를 다져 나갔다. 행정 구역 개편으로 마을은 곧 서울시 서대문구로 편입되었다가 다시 은평구가 생기면서 그리 속하게 되었다.

　마을이 생기고 2년이 지났을 때, 그린벨트(개발 제한지역)라는 것이 선포되었다. 마을과 주변 지역이 개발 제한에 묶였다. 그 바람에 엄청난 경제적 불이익이 따라왔다. 집값과 땅값이 그야말로 바닥으로 곤두박질쳤다. 이이들이 자라서 방을 달아내려 해도 증축과 개축 금지에 걸렸다. 대문이나 담장을 고쳐도 이내 항공촬영에 걸려 단속반이 득달같이 달려와서 허물어 버렸다. 마을이 생기고 난 다음에 그린벨트가 설정되었지만 그린벨트 성공국인 영국 같은 나라와는 달리, 주민에 대한 손해배상금으로 땡전 한 푼 주지 않았다. 부당한 재산권 침해였다. 사유재산을 중시하는 자본주의하에서 있을 수 없는 일이었다.

　하지만 우리 기자촌 사람들은 나라의 가난한 살림살이를 고려하여 참고 견디면서 자적自適하기로 했다. 서러운 셋방살이 신세를 면하고 그래도 내 집 한 칸을 마련했다는 안도감과, 수많은 서울 시민들에게 맑은 대기를 공급해 주는 데 한몫하고 있다는 자긍심을 품고서.

　그러나 2004년 서울시의 은평뉴타운 건립 계획에 따라 기자촌 부지가 공원지구로 내정되어 기자들은 정든 마을을 떠나야 했다. 그 동안 신문, 방송, 통신 등 많은 언론 매체의 편집국장, 방송국장, 논설위원과 작가, 교수, 국회의원, 장차관 등 쟁쟁한 국가 지도자를 배출한 기자촌은 이제 이름만 남기고 빈터가 되었다.

하지만 수많은 언론인들의 애환과 보람과 추억이 얽힌 곳, 기자촌이 다시금 우리 문화의 터전으로 탈바꿈할 기회가 찾아왔다. 새로 건립될 국립 한국문학관의 입지 선정을 앞두고, 은평구가 그 유치운동에 나서, **기자촌 옛터를 그 부지로 내정한 게 바로 그것.**

기자촌이 건설되면서 바로 입주하여 문을 닫는 날까지 그곳에서 살았던 사람인 나는, 북한산의 수려한 정기가 깃든 이 터전에 **한국 근현대 문학의 발자취와 성과를 간직하게 될 국립 문학관이 들어서는 것을 두 손 들어 환영한다.**

우리 근현대 문학과 언론의 관계는 뗄래야 뗄 수 없이 밀착돼 왔다. 근대 한국 문학의 태동기부터 오늘날까지 기라성 같은 시인, 작가, 평론가들이 기자로 언론계를 거쳐 갔다. 기억나는 대로 들어도 최남선, 이광수, 홍명희, 박종화, 현진건, 염상섭, 김기림, 채만식, 심훈, 백철, 계용묵, 주요한, 서정주, 김동리, 김광주, 김소운, 정지용, 최정희, 이은상, 박영준, 선우휘, 이병주, 박인환, 신석초, 한운사, 이어령, 김성한, 박재삼, 이형기, 서기원, 이근배, 김훈 제씨가 그들. 언론계를 거쳐 가지 않은 거목 문인을 찾기가 오히려 어려울 지경이다.

식민지 시대 지식인으로 독립운동과 민족 문화의 창달을 위한 지사적 뜻을 품고 언론 일선에 나선 분들이 있었나 하면, 전업 문학가로 경제적 자립이 어려웠던 시절, 언론계에 기탁하여 생계를 꾸려가면서 창작활동을 이어간 분들도 있었을 게다.

우리 문화의 독특한 현상 가운데 하나인 신문의 연례적 신춘문예 공모는 오늘날까지도 한국 문학의 가장 권위 있는 등용문 역할을 다하고 있지 않은가. 이런 인연으로도 우리 현대사 격동기를 지켜본 수많은 기자들의 보금자리였던 기자촌에 한국문학관이 들어서는 것은 특별히 뜻 깊은 일로 바람직한 이유라고 하지 않을 수 없다.

더구나 해방 전후 그리고 한국전쟁 이후 우리 모두의 삶이 궁핍했던 시절, 비교적 주거비가 저렴했던 은평구 지역은 수백 명의 가난한 문학인들이 모여 살면서 「은평문학클럽」을 결성, 동고동락하며 창작의 불꽃을 태운 곳이 아니던가. 지난 45년간 은평구에 살고 있는 원로 소설가 이호철*을 비롯한 다수의 이들 문인들은 아직도 건재하다. 문학관이 들어설 만한 다른 하나의 이유가 된다. 문학관 유치에 발 벗고 나선 지자체 은평구청은 요즘 이들의 작품집을 모아 「역사, 한옥 박물관」에서 「한국문학 속의 은평전」을 열고 있다. 나도 번역한 책 20여 권을 전시에 내놓았다.

그리고 또한 은평구는 우리 국토 북단의 신의주와 남단의 부산을 잇는 1번국도의 한가운데 자리 잡고 있어서, 앞으로 통일시대 남북의 정중앙이 된다. 은평구 불광동에는 신의주까지 천 리, 부산까지 천 리를 가르는 양천리兩千里 이정표가 서 있다. 국토의 한가운데 위치한 은평구 지역이 통일된 한국의 국립 문학관의 적격지인 또 하나의 이유가 된다. 현재 춘천, 대구, 인천, 광주, 원주, 파주, 군산을 비롯한 전국 20여 개 시군 지자체들이 국립 문학관을 끌어가기 위해 치열한 유치전을 벌이고 있다. 문학에 대한 국민적 관심이 모처럼 뜨겁게 달아오르는 현상은 우리 문학계를 위해서 좋은 징조다.

지자체들은 모두 자기네 향토 출신 문인들의 문학적 업적과 명성을 내세워 문학관을 데려가기 위한 홍보에 힘을 쏟고 있다. 지역 평준화를 들먹이면서 주요 국가 기관이 지역에 안배되어야 한다는 논리를 들고 나오기도 한다. 유치전이 과열된 양상도 나타나고 있다. 모두 큰돈을 써서 경제적, 행정적 낭비 현상을 보여 걱정스럽다. 당국과 집권당은 이러다간 지역감정을 증폭시켜 선거에 표를 잃을까 봐 전전긍긍하면서 어느 곳도 지정하지 못한 채 엉거주춤한 모습을 보이고 있다. 애초 내건 선정 기준에 따른 평점에서 은평구가 1순위로 밝혀졌는데도 지정을 미적거리고 있어 개탄스럽다. 정치 지도자와 관료들의 우유부단함의 결정판이 문학관 입지 선정에서 노정되고 있어서 씁쓸하다.

기자촌 옛터(기념비)

명문(銘文)

글씨: 시인 **이근배**
글: 언론인 · 수필가 **한영탁**

이곳은 한국기자협회 소속의 무주택 기자 335명이 주택조합을 결성하여 1969년에 조성한 언론인들의 보금자리였다.

그 뒤 37년간 기자촌은 우리가 걸어온 숨 가쁜 산업화와 민주화 시대 역사의 격동기를 함께 뛰면서, 그 현장의 엄정한 목격자이자 증인, 올곧은 사관이기를 지향해 온 기자들의 포근한 안식처가 되어 주었다.

그간 기자촌은 수많은 언론계 대표와 편집인, 논설인, 작가, 국회의원, 장차관 등의 많은 국가 지도자들을 배출했다.

기자들은 서울시의 은평 뉴타운 건립계획에 따라 2006년을 마지막으로 이곳을 떠나야 했다. 하지만 북한산 정기가 깃든 이 터는 한국 언론과 언론가족의 애환과 보람을 영원히 기억해 줄 것이다.

(2016년 6월 2일 **한영탁** 지음)

각국의 국립 문학관을 살펴보아도 대부분 수도에 건립되어 있다. 문학관을 찾을 국내외의 문인들이나 연구자, 탐방객의 접근이 편리한 수도에 세워지는 것이 마땅하다는 게 나의 생각이다. 문단의 모든 문학 단체들도 기자촌 옛터가 문학관 건립 입지로 가장 알맞다는 데 의견을 같이하고 있다. 관계 당국은 머뭇대지 말고 조속히 입지 선정을 결정해 주기 바란다.**

*소설가 이호철은 이 글이 쓰여진 얼마 후 작고하셨다.
**문화관광체육부는 그 후 은평구의 기자촌 옛터를 국립 문학관 입지로 최종 선정했다.

(『대한언론』 2016년 6월호)

김관진 효과

지난 3월 1일(2014년)부터 시작된 국군과 한미연합사 및 미군의 연례 합동군사훈련인 「독수리훈련」이 30일 끝났다. 한국군 20만에 미군 1만 병력이 동원되어 두 달간에 걸쳐 벌인 대규모적인 훈련이었다.

북한이 지난 2월에 제3차 핵실험을 한 뒤 내려진 유엔의 강력한 제재 조치를 비웃는 듯 4차 핵실험과 장거리 미사일 발사를 준비하며 국제적 긴장을 고조시키는 바람에 이번 「독수리훈련」도 전례 없이 강도가 높아졌다. 미국에서 B-2 스텔스폭격기와 B-52전략폭격기, 스텔스전투기 F-22가 날아오고 핵잠수함 사이엔호가 들어왔다. 어마어마한 무력시위이다. 유사시 북한의 핵시설과 미사일 기지는 말할 것 없고 김정은 일당의 지휘부를 삽시간에 초토로 만들어 버릴 수 있는 무력이다.

제3차 핵실험 성공 직후 자기네 헌법에다 핵을 가진 국가임을 명시해 넣고 미국에 대해 핵국가임을 인정해 주도록 압박하려던 김정은은 움

찔하지 않을 수 없었을 것이다. 미국이 첩보위성과 첨단 통신 감청 등 최신 과학정보 시스템을 동원하여 자신의 거취를 실시간대로 추적하고 있음을 알고 있을 김정은은 현 상태에서는 남한에 대한 전면전은 꿈꿀 수 없을 것이다. 그것은 바로 자멸을 가져올 것이 명약관화하기 때문이다.

김정은은 한미연합사의 작전계획 5027의 개념도 알고 있다. 이것은 북한이 전면전을 도발해 오면, 한미연합군이 종전의 방어 차원을 넘어서 북한에 대한 단계적인 공격을 하는 것을 주요 내용으로 담고 있다. 그 제1단계는 미군을 신속 배치한다. 제2단계는 북한의 전력기지를 초토화한다. 제3단계는 북진과 북한 땅에 대한 상륙, 제4단계는 점령지의 군사적 통제, 제5단계는 한국정부 주도의 통일을 목표로 하고 있는 것이다.

나아가서 한미연합사 작전계획(作計) 5029호는 북한에 소요나 내전 혹은 천재지변이 일어나 혼란상태가 야기될 때의 한미연합군의 군사적 개입을 골자로 삼고 있다. 전면전이 발발하면 90일 만에 미군 69만 명이 들어온다. 5개 항공모함, 함정 160척, 항공기 2,500대가 함께 들어오게 된다. 이를 알고 있는 김정은은 지금 단계에서 전면전은 상상도 할 수 없을 것이다.

그러나 현재 그는 20대의 어린 나이에 막강한 군부를 틀어잡고 경제난으로 흔들리는 권력의 안정을 가져오기 위해서 강력한 지도자의 이미지를 확립하는 돌파구를 마련하는 데 초조해 있는 것 같다. 그래서 곧 한판 전쟁을 벌일 듯이 연일 군을 독려하고 개성공단의 노동자들을 철수시키는 등 긴장을 고조시키고 있다. 최소한 아버지 김정일이 벌였던 연평도 포격 같은 서해 섬들에 대한 국지적 도발이라도 벌이고 싶은 마음이 꿀떡 같을 것이다. 그러나 그것도 쉽지 않는 것이 현실이다.

필자가 최근에 만난 북한관계 국책 연구소의 수뇌를 지낸 한 전문가 K박사는 김정은이 곧 군사적 도발을 감행할 듯 떠들면서도 선뜻 실행에 옮기지 못하는 이유를 두 가지로 분석했다.

그 첫째가 '김관진 효과'라고 했다. 김관진 국방부 장관은 이명박 대통령 정권 때부터, 다시 한 번 연평도 포격 같은 북한의 도발이 있을 경우, 주저 없이 강력한 보복을 가할 것임을 천명해 왔다. 전처럼 얻어맞고도 엉거주춤하지 않을 것이라고 분명히 해 왔기 때문에 김정은이 주춤거리지 않을 수 없을 것이라는 얘기다.

두 번째 이유는 지난 대통령선거를 통해서 국민이 국내 종북세력의 실태를 적나라하게 목격함으로써 대북 안보 의식이 최근 어느 때보다 강화되어 있다는 것이다. 북의 도발을 전처럼 어물쩍 넘겨서는 안 된다는 국민적 컨센서스가 형성되어 있기 때문에 북한이 서뿔리 나설 수 없다는 얘기다. 실제로 우리는 북한의 국지적 군사도발에 대응할 충분한 군사적 능력을 가지고 있다.

하지만 노무현 정권이 추진한 한미연합사의 전시작전권 환수가 계획대로 시행되어 2015년 전작권戰作權이 넘어오면 그때는 남북의 군사적 균형이 뒤집어진다. 북이 월등한 군사적 우위를 차지하게 되고 우리는 초라한 약세로 몰리게 된다.

현재 해군과 공군 전력에선 한국군이 우세하다. 그러나 우리는 재래식 무기로 무장한 전술군(戰術軍; tactical forces)에 불과하지만 북한은 비대칭 전력戰力인 핵무기와 우세한 미사일과 화학무기를 가진 전략군(戰略軍; strategic forces)이기 때문이다. 우리는 미국의 힘을 빌리지 않고서는 북한의 전략무기인 핵무기와 미사일을 선제적으로 제거할 재래식 무력도 아직 갖추지 못하고 있다.

그래서 일부에서는 미국의 전술핵을 다시 들여오자는 논의가 나오고 자체 핵개발 주장도 대두되고 있다. 하지만 강대국들의 확고한 핵 확산 금지 의지를 두고 고려할 때, 현실성이 없는 공론에 불과하다. 해답은 한미동맹을 공고하게 강화하고, 우리가 확고한 능력을 갖추기까지 전시작전권 이양을 늦추면서 주한미군을 붙잡아두는 수밖에 없다. 그리고 그 사이에 북의 전략무기를 효과적으로 제거할 수 있는 최첨단 전술무기를 강화하는 일뿐이다.

미국이 핵우산을 받쳐줄 것이니 북의 핵위협은 걱정하지 않아도 된다고 안이하게 생각하는 사람들이 많다. 하지만 시시각각으로 변화하는 국제관계에서 한미동맹이 언제 흔들릴지 알 수 없다. 그리고 근본적으로 핵은 사용할 수 없는 무기라고 하지만, 그것이 가진 위협의 힘은 엄청나다. 주한미군이 철수하고 작전계획 5027 등이 사라진 상태에서 북이 핵의 위협을 등에 업고 속전속결의 기습공격을 펼 경우, 우리는 너무나 끔직한 군사적 위기에 몰리게 된다.

하지만 우리 국민은 말할 것 없고 정치인들 가운데도, 이런 군사적 현실을 제대로 인식하지 못하고, 주한미군 철수와 한미동맹의 와해를 획책하는 종북세력에 끌려만 가는 인사들이 태반이 넘는 것 같다. 보수 여당의 국회의원들 가운데도 체제 안보와 우리의 군사적 취약성을 제대로 알지 못하고 북한과 종북세력의 눈치 보기에 급급한 인사들이 많은 것 같아서 참으로 걱정스럽고 암담하다.

국제관계에 무지하고 우리의 자유민주주의 국체를 수호하기 위해 국민을 설득하고 이끌어 나가겠다는 결연한 의지력도 결여된 국회의원, 정치인, 공직자만 득실거리는 현실이 안타까울 뿐이다.

(『대한언론』 2014. 5월호)

안보 주권 망각한 굴욕 사대事大외교

한국의 사드(고고도미사일방어체계) 배치를 저지하려는 중국의 대한對韓 경제 제재가 조직적으로 진행되고 있다. 한국과 미국이 지난해(2016년) 7월 사드 배치에 합의한 직후부터, 중국은 한국인 대상의 상용(비지니스)비자 발급 절차를 강화하는가 하면 한국산 설탕과 화학제품에 대한 반反덤핑 조사를 실시했다. 일부 화장품에 대한 금수 조치도 뒤따랐다.

이른바 한한령限韓令을 발동, 우리 연예인의 중국 TV 출연과 한국 드라마의 방영을 제한하고 있다. 사드 부지를 제공한 롯데그룹의 중국 진출 기업체들에 대한 가혹한 세무, 소방안전, 위생검사를 자행했다. 새해와 춘절春節의 유커(遊客) 방한을 제한하기 위해 예정된 전세기 운항을 금지하기도 했다. 대국으로 굴기屈起했다고 자랑하는 나라의 행동치고는 좀스럽고 치사스러운 짓이다.

이 같은 일련의 조치들은 그들이 단계적으로 전방위적인 경제 제재

수위를 높여갈 것임을 예고하는 신호탄일지도 모른다. 중국은 사드 관계를 협의하려는 김장수 주중대사의 중국 고위층 접견을 회피해 왔다. 한국의 입장을 설명하려는 김관진 국가안보실장의 방중도 막아왔다. 일방적으로 정부 간 소통을 거부하고 있는 것이다.

그러면서도 지난 연말엔 사드 문제를 담당한 천하이(陳海) 외교부 부국장을 탄핵정국으로 어수선한 서울에 보내, 우리 정계와 재계를 휘젓고 돌아다니면서 사드 반대 여론 확장을 획책하게 했다. 그는 우리 대기업 인사들에게 "사드가 배치되면 한중무역에 차질이 올 수 있다"는 위협을 서슴지 않았다. "소국小國이 대국에 대항하면 되겠느냐?", "단교斷交 수준의 고통이 따를 것이다"는 방자하고 외교적으로 무례한 발언도 거침없이 쏟아놓은 것으로 전해진다.

중국이 이같이 한국과의 외교·통상관계를 위태롭게 하고 있는 가운데 지난 4일 더불어민주당의 송영길 의원을 비롯한 8명의 의원들이 사드 문제를 들고 방중, 왕이王毅 외교부장, 쿵쉬안유(孔鉉佑) 부장조리(차관보급) 등을 만났다. 이례적인 환대를 받고 돌아온 그들은 "주중 대사나 국가안보실장도 못 만난 중국 외교부장을 만난 것은 의원 외교의 성과"라고 자화자찬했다. 사드 문제로 우리 정부를 왕따시키려는 중국의 노회한 이간책에 놀아난 것도 깨닫지 못한 듯 희희낙락하는 모습에 어이가 없을 뿐이다.

정작 그들은 중국으로부터 경제 제재를 중지하겠다는 아무런 언질도 받아내지 못했다. 사드 배치의 원인을 제공한 북한의 핵, 미사일 위협에 제동을 걸겠다는 어떠한 다짐도 받지 못했다. 오히려 그들은 사드 배치가 중국의 주권에 관련된 핵심 이익에 배치된다는 중국 측의 억지 주장을 재확인하고 왔을 뿐이다. 그러면서도 그들은 정부가 미국과 맺은 사드 배치 합의를 번복시키고 국회의 비준 동의를 추진하겠다는 자기네 당의 계략을 왕이 부장한테 고해바친 것으로 전해졌다.

 이 같은 굴욕적인 사대주의 행보는 어느 야당의 유력 대선 후보*가 청와대 재직시, 유엔의 북한 인권결의안 찬반 표결을 앞두고 북한에 우리가 어떻게 하면 좋겠느냐고 물어본 어리석은 과거 행보를 연상케 한다. 결국 국가 안보 위협을 망각한 더불어민주당의 저자세 의원외교는 현재의 우리 정부**와는 소통을 회피하다가 사드에 반대하는 다음 정부가 들어서면, 그들과 손잡고 이를 폐기시키려는 중국의 속셈에 동조, 이를 강화해 준 꼴에 지나지 않는다. 나아가서 이는 임박한 한국의 대선을 앞두고 중국의 굉범위하고 더 노골적인 경제 보복을 불러올 수도 있을 것이다.

 사드 도입 결정은 점점 심각해져 가는 북한의 핵과 미사일 위협으로부터 우리 국민과 주한미군의 생명과 안전을 보호하고 한미동맹을 지키기 위해 취해진 자위적인 조치이다. 이는 어느 누구도 간섭할 수 없는 우리의 안보 주권적 결정이다.

 중국이 자기네 안보를 빙자하여 시비 걸고 있는 사드는 결코 공격용 무기가 아니다. 사드는 우리 쪽으로 날아오는 북한의 탄도미사일을 고도 150km, 사정거리 200km 마지막 낙하 단계에서 요격하는 방어체계일 뿐이다. 이는 북의 단거리미사일이나 준準중거리미사일을 요격하는 패트리어트미사일의 보완용에 지나지 않는다. 다만 사드 레이더의 탐지 기능이 1,500km에 달해 중국 일부도 관찰 범위에 들어갈 수는 있다. 중국은 바로 그 정보데이터가 미국의 미사일방어(MD)망에 연결된다고 지적, 한국에 주권 간섭적인 생트집을 부리고 있는 것이다.

 하지만 정작 이런 몽니를 부리는 중국은 동북 3성省에 전 한반도를 손금 보듯 들여다볼 수 있는 레이더와 한반도를 겨냥한 공격용 미사일 기지를 배치해 두고 있다. 우리가 이를 더 직접적인 안보 위협이라고 지적하면 중국은 무엇이라고 말할 것인가.

사드 배치 결정은 국회의 비준을 필요로 하지 않는 정부의 통치 행위에 속한다. 그럼에도 불구하고 중국의 고위층과 만나고 돌아온 직후인 지난 16일 송영길 의원은 46명의 더불어민주당 의원들과 더불어 정부에 사드 배치 합의에 대한 비준동의서를 국회에 제출하라고 요구하고 나섰다. 한·미간에 이뤄진 외교적 합의를 여소야대의 힘을 빌려 초법적 수단으로 파기시키려는 수순이다.

미국과의 사드합의를 일방적으로 깨트릴 경우 한국의 외교적인 신뢰는 땅에 떨어질 것이다. 그리고 지금까지 우리의 안보와 성장을 굳건히 지켜준 한·미안보동맹 체제도 와해될 위험에 빠지게 될 것이 불을 보듯이 분명하다. 그리고 한·미동맹을 해체시켜 한반도에서 미국을 밀어내려는 중국과 북한의 오랜 노력은 성공하게 된다. 한국은 북핵 위협에 고립무원 벌거숭이 처지로 남게 될 것이다. 결코 있어서는 안 될 시나리오이다.

* (주) 현 문재인 대통령
** 박근혜 대통령 정부

(『대한언론』 2017. 2월호)

탈원전脫原電 정책 폐기해야

원전을 가동하여 전기를 파는 한국수력원자력(한수원)이 지난해 (2018년) 처음으로 적자를 냈다. 한수원은 문재인 정부의 탈원전 정책이 시작되기 전인 2016년 2조 4,548억원의 흑자를 낸 우량 공기업이었다. 그러나 작년에 1,376억 원의 적자를 낸 것으로 발표되었다. 한수원의 모母기업으로 우리나라의 대표적 우량기업인 한국전력(한전)도 2018년 큰 적자를 낸 것으로 밝혀졌다. 한전은 2016년 7조 1,483억 원의 큰 흑자를 냈다. 그러나 지난해 1조 1,745억 원이라는 적잖은 적자를 기록했다.

한전은 이 같은 결과를 에너지 믹스 전환, 곧 탈원전과 재생에너지 확충 정책 비용 때문이라고 어렵게 돌려 설명했다. 하지만 이는 원자력 발전 비중을 줄이고 국제 가격이 오른 LNG 등의 발전으로 대체하면서 전력 구입비가 급등한 것이 결정적 원인인 것이 분명하다. 탈원전 정책으로 한전과 한수원의 이런 적자가 계속 누적될 경우, 전기료의 인상은 피할 수 없고, 그 결과 전기가 필수적인 산업 전반에 영향을 미쳐 물가 상승, 수출품의 국제 경쟁력 약화 등을 초래해 우리 경제를 뿌리째 휘청거리게 만들 게 뻔하다.

원전은 가장 값싸고 미세먼지나 환경오염 물질인 이산화탄소(CO_2)도 배출하지 않는 청정에너지를 공급해 준다. 그리고 원전은 어떠한 기후, 날씨에도 영향 받지 않고 안정적으로 전기를 공급할 수 있다. 시간당 1킬로와트(kwh) 전기를 생산하는 단가로 보더라도, 원자력은 54.96원인데 비해서 유연탄 65.79원, LNG 156.13원, 수력발전 168.66원, 풍력발전 120원이고 태양광발전은 237.29원이다. 그래서 부존자원이 부족한 우리나라는 지난 60년간 원자력 발전에 많은 노력을 기울여 왔다. 그 결과 탈원전 이전에 전력 공급 구조는 석탄 화력 39%, 수력 1.5%, LNG 22%, 원자력 30%를 이루고 있었다. 그러던 것이 탈원전 정책 이후인 2017년에 원자력 발전은 26,8%, 2018년 23,8%로 줄어들었다.

문재인 대통령 정부는 지난 19일 제3차 에너지기본계획에서 앞으로 원자력 발전을 점차 줄이는 대신, 현재 7%대에 불과한 태양광, 풍력 등의 재생에너지를 2030년 20%, 2040년대엔 30~35% 늘리는 것을 목표로 제시했다.

난무하는 태양광 발전 광풍

정부의 탈원전 정책 추진 이후 지금 전국은 태양광 발전 사업이 붐을 이루고 있다. 수많은 사업자들이 등장하여 태양광 발전 시설을 위해서, 무질서하게 야산을 파헤쳐 민둥산을 만들고 산림을 마구잡이로 훼손하고 있다. 논밭에도 태양광 패널을 깔기에 여념이 없다. 호수마다 물위에 태양광 패널이 덮이고, 멀쩡한 염전에 태양광 시설이 들어서고 있다. 그 바람에 국토가 몸살을 앓고 있다. 정부가 태양광 발전 시설 설치비용을 7년간 무이자로 지원하고 있어서 사람들은 다투어 태양광 사업에 뛰어들고 있다.

그 바람에 수목이 뽑히는 환경파괴가 저질러지고, 야산에는 산사태 위험이 높아지고 있다. 호수들을 온통 패널이 덮고 있어서 수증기 발생이 줄어, 인근의 수목을 건조시켜 산불이 날 위험도 높이고 있다. 아이러니컬하게도 원전의 위험을 들먹이며 끈질기게 탈원전을 주장해 오던 환경보호론자들이 태양광 마피아로 변신, 일획천금을 노리고 있다는 설도 있다.

태양광 발전 패널의 수명은 10~20년이지만 폐기될 때, 패널에 함유된 중금속이 환경을 오염시킬 위험도 크다. 한편 풍력 발전에서 나오는 소음도 환경과 동식물의 생태계를 교란하고 있다. 해마다 수차례 우리나라를 강타하는 태풍의 위력에 태양광과 풍력 발전 시설이 어떠한 재난을 당할지도 알 수 없다.

선진 원전기술 사장死藏시키려나?

무엇보다도 태양광 발전의 문제점은 원전 1기基가 만들어 내는 전기를 생산하려면, 여의도 면적만큼의 땅을 패널로 덮어야 한다는 비효율성이다. 만약 우리나라에 필요한 전력을 모두 태양광 발전으로 얻으려면, 전국토의 60% 면적에 패널을 덮어야 한다는 계산이다. 너무나 비현실적인 일이다.

문재인 정부는 출범과 동시에 대선 공약에 따라 원자력 중심의 발전

發電 정책의 폐기에 착수했다. 건설 막바지에 있던 신고리 원전 5, 6기의 건설을 중단하고, 신규원전 6기(신한울 3, 4호기, 천지 1, 2호기, 신규 1, 2호기)의 건설계획을 백지화해 버렸다. 신고리 5, 6호기는 곧 공론조사에 따라 건설이 재개되었다.

최근의 여론조사는 전국민의 70%가 탈원전 정책의 폐기를 지지하고 있는 것으로 나타났다. 그러나 원자력에 관한 전문 지식이 없는 문재인이 「판도라」라는 삼류 방사능 재난 영화를 보고, 일부 환경론자들의 부추김을 받아 채택한 이 정책은 엄청난 피해를 낳고 있다. 한전과 한수원은 수십 조 원의 수익을 가져올 영국 원전 수출의 우선협상지위를 잃어버리는 등 원전 수출이 난관에 처해 있다. 우리 과학자들이 피땀을 흘려 완성하여 세계적 인정을 받은 첨단기술의 안전한 한국형 원전 기술이 사장될 위기에 빠졌다.

원전은 반도체만큼 첨단과학기술이 집대성된 고부가 가치 산업이다. 한전, 한수원과 계약을 맺고 원전을 설계하고, 건설하고, 연료와 부품을 공급하며, 안전을 책임지는 6백여 개 연관사업체가 도산 위기에 몰리게 되었다. 이들 업체의 기술인력 수만 명이 실직 위기에 몰리고, 원자력 전공 학자와 학생들도 길을 잃게 되었다. 문 정부는 국민의 여론을 존중, 하루 속히 탈원전 정책을 폐기하는 현명한 영단을 내려주기 바란다.

(『영덕신문』 2019. 5. 17)

문文이 자초한 경제 보복

일본이 지난 4일(2019년 7월)부터 한국의 수출 주력 상품 제조에 쓰이는 핵심 소재 3개 품목에 대한 수출 규제를 시작했다. 반도체 생산에 필수적인 포토레지스트(감광액)과 에칭가스(고순도 불화수소), 그리고 스마트폰, TV에 없어서는 안 될 플루오로드 폴리아미드라는 소재이다. 삼성전자, LG, SK하이닉스가 절대 필요로 하는 품목들이다. 일본으로부터 거의 전량을 수입해 온 이들 소재의 세 회사 재고량은 몇 달 치밖에 남아있지 않은 것으로 알려져 있다.

만약 이 소재들의 수입이 장기화 되면, 우리 경제를 이끄는 반도체, 스마트폰, TV의 수출이 끊겨 한국 경제는 파탄 위기를 맞을 것이 명약관화明若觀火하다. 사태가 여기 오기까지 정부는 무얼 하고 있었나. 무지, 무식, 안일, 교만으로 수수방관袖手傍觀해 왔을 뿐이다.

오히려 문재인 대통령은 좌파 정권의 권력 강화와 권력 연장만 겨냥, 시대착오적인 친일親日, 반일反日 논쟁으로 국민을 분열시키고, 일본을 자극하면서 문제를 더 키워왔지 않았는가?

일본의 이번 소재 수출규제 조치를 보면서 올 것이 왔다는 생각을 지울 수 없다. 일본과의 경제 전쟁은 문 정권이 들어서기 바쁘게 박근혜 정부가 2015년 12월 28일 일본 정부와 어렵게 도출한 위안부 문제 합의를 일방적으로 파기했을 때, 바로 예견되었다.

합의 당시, 오랫동안 양국 관계를 괴롭혀온 위안부 문제를 최종적으로 마무리 짓고, 이 문제로 더 이상 국제사회에서 서로 비난, 비판하지 않기로 양측은 뜻을 모았다.

그리고 일본이 10억 엔을 조성하여 '화해 치유 재단'을 설치키로 하고 그 기금을 보내왔다. 하지만 문 정권은 좌파 권력 강화를 노린, 이른바 적폐청산을 내세워 앞선 정부가 외국과 맺은 국가 간의 약속을 헌신짝 버리듯이 폐기해 버렸다. 국제관계에서 있을 수 없는 무례한 행위로 한국의 국가적 신뢰를 크게 실추시킨 처사였다.

적폐청산을 한답시고 위안부 합의를 샅샅이 다 들치고 털어 보았으나, 전 정부의 외교적 실수를 찾지 못했다. 결국 일본이 내놓은 화해 치유 재단과 10억 엔 기금만 허공에 뜨고 말았다. 다른 어떤 해결이나 수습책도 찾지 못한 채, 위안부 문제와 양국 관계를 더 꼬이게만 만들어 버린 것이다. 정부는 외교적 무능의 극치를 보여준 뒤 그냥 손 놓고 있어 왔다.

일본을 화나게 만든 더 큰 외교적 실책은, 대법원이 작년 10월에 내린 강제징용 관련 배상 판결로 비롯되었다. 문 대통령이 자파 코드에 맞춰 파격적으로 발탁한 김승대 대법원장의 대법원은 강제징용 소송 원고 4명의 손을 들어주며, 그들을 고용했던 신일본제철과 미쓰비시 등 일본 기업이 배상금을 지급하라는 최종 판결을 내렸던 것이다.

하지만 일본 정부나 기업은 이런 판결을 받아들이지 않았다. 일본측은 징용 배상금, 위안부 문제 등은 1965년 체결된 한·일 수교를 위한 기본조약 청구권 조항에 따라 이미 매듭지어진 사안이라는 입장이다.

우리가 한일협정으로 일본으로부터 받은 무상 3억, 유상 2억, 모두 5억 달러의 청구권 자금으로 완전히, 최종적으로 타결되었다는 것이다. 징용자 등에 대한 개별 배상은 한국 정부가 내부적으로 해결하기로 합의되었지 않았냐는 입장이다. 실제로 외교적 관례에 따르면 국가와 국가 간의 조약은 지켜져야 하고, 정부가 바뀌어도 뒤에 계승한 정부가 따라야 옳다.

게다가 일제 징용자들 대부분은 박정희 정부와 노무현 정부 때 두 번에 걸쳐 정부로부터 배상금을 받았다. 그들은 일본에서 일할 때 일본 기업으로부터 월급을 받아 조국의 가족에게 송금하고 생활비, 용돈으로도 썼다.

이번에 배상 청구 소송을 제기한 4명은 혼란기에 몇 달 일본 기업으로부터 월급을 받지 못했다는 주장이다. 일본 기업들은 급여를 정상 지급한 증거를 가지고 있다. 이 문제 연구자들은 일본 기업에 노동자들을 인솔하고 간 한인 중계자들이 혼란기의 일부 급여를 노동자들의 가족에 송금해 주지 않았거나 착복했을 가능성이 크다고 본다.

청구권 자금, 일 외환보유고 절반이었다

사람들은 일본이 우리에게 준 5억 달러의 청구권 자금은 너무 인색한 액수라고 생각하기 쉽다. 그러나 당시 5억 달러는 일본의 외화보유고 절반에 이르는 액수의 큰돈이었다.

한국은 그 돈으로 포항제철과 경부고속도, 소양강댐 등을 건설, 오늘날 경제 성장을 위한 기반을 다질 수 있었다. 현대제철 등 중화학 공업도 거기서 나올 수 있었던 것이다.

대법원의 징용 판결 이후, 우리 사법부는 관련 일본 기업의 한국내 재산을 압류 조치했다. 이를 처분하여 징용자 배상금을 지급하려는 절차이다. 이에 일본 정부와 기업이 반발하면서 한국 정부가 나서서 이 문제를 해결해 주기를 원했다. 그러나 문 대통령은 삼권분립을 내세우며 사법부의 판단을 어쩔 수 없다고 발뺌했다. 하지만 사법부는 국가의 중요한 조약 결과에 영향을 미치게 될 문제가 있을 때 외교부 등 정부와 협의해야 한다.

그러나 문 정권은 양승태 전직 대법관이 이 문제로 정부와 협의를 모색한 것을 들어 사법 방해라는 이름으로 구속하는 어리석고 국제사회에 부끄러운 짓을 했다. 이에 일본은 한일 기본합의에 명시된 중재위원회를 열어 대법원 판결 문제를 논의하자고 했다. 그러나 우리 정부는 이것도 받아들이지 않고 있다.

미국은 중재에 나설 기미 보이지 않아

하지만 일본의 경제 보복이 예상되자, 포스코, 한전 등 청구권 자금 수혜 기업과 관련 일본기업이 공동으로 배상금을 갹출하자는 안을 내놓았다. 당연히 일본 기업이 반대했다.

문제가 이같이 꼬이자 일본이 경제 보복에 나선 것이다. 경제 전쟁이 벌어졌는데도 문 정권의 대응은 한심하고 한가롭기 만하다. 세계무역기구(WTO)에 제소하겠다고 한다. WTO에 가면 몇 달이 걸린다. 간다해도 한국이 질 게 뻔하다는 것이 전문가들의 견해이다. 1조 원을 쏟아

부어 핵심소재 개발을 촉진하겠다고 국내 여론을 달래려 한다. 1조원쯤 들인다고 될 일이라면 삼성, LG가 벌써 했을 것이다. 기술 개발은 그렇게 하루 아침에 간단히 될 일이 아니다.

더욱 한심한 것은 정부와 집권 세력이 국민의 반일反日 감정을 부추기며 일본상품 불매운동을 전개하려는 조짐이다. 장기적으로 득보다 실이 더 클 악수이다. 일본은 한국 산업에 치명타를 입힐 수 있는 주요 소재를 100개 넘게 골라두고 한국의 태도를 지켜보고 있다. 지금 정부는 미국의 중재를 은근히 기대하고 있다. 하지만 미국은 동맹국 노릇도 제대로 하지 않고, 세계의 패권국을 노리는 야심가 시진핑의 중국에 다가가고 있는 문 정권의 중재 요청에 선뜻 나설 기미도 보이지 않고 있다.

(『영덕신문』 2019. 7. 17)

남북 교역으로 일본 따라잡는다?

재인 대통령은 지난 5일(2019년 8월) "남북간 경제협력으로 '평화경제'가 실현된다면, 우리는 단숨에 일본의 우위優位를 따라잡을 수 있다"고 말했다. 일본의 대한 수출 규제 등 경제 보복에 우리가 대처할 방안이라고 대통령이 제시한 해결책이다.

문 대통령은 "일본의 경제가 우리보다 우위에 있는 것은 경제 규모와 내수시장이다"고 보았다. 남북 간에 '평화경제'가 이루어지면, 경제적 교류와 협력이 활발해지고, 남한의 인구 약 5,125만에 북한 인구 2,490만이 더해져 7,615만으로 내수 시장이 확대되어, 1억 2,718만 인구의 일본 경제를 단숨에 따라잡을 수 있다는 뜻이다. 너무나 단순하고 소박한 산술적 비교라서 기가 차고 어이없을 뿐이다.

우선 최근 한국과 일본의 경제적 차이를 비교해 보자. 한국은 GDP(국민총생산) 1조 7천억 달러로 세계 12위를 차지하고 있고, 일본은 4조 8천억 달러로 세계 3위의 경제대국으로 랭크되어 있다. 한국의 약 2.8배

규모이다. 개인별 총소득은 우리가 3만2천 달러, 일본이 3만9천 달러쯤 된다. 우리의 개인별 총소득은 일본의 약 80% 정도까지 따라가 있다. 일본은 인구가 많아서 개인별 총소득이 낮아진 탓이다.

한편 북한의 GDP는 그들이 정확한 통계를 국제사회에 밝히고 있지 않지만, 한국은행의 2016년 추계로는 우리보다 약 46배 내지 50배 낮은 것으로 나타나 있다. 개인별 총소득은 약 565달러로, 아직도 전화戰禍에 시달리고 있어서 세계 181위로 랭크된 아프가니스탄 수준에 머물러 있는 것으로 보인다.

이런 세계 최빈곤국 북한과의 경제협력으로 어떻게 세계 제3위의 경제대국 일본의 경제를 따라잡을 수 있단 말인가? 그것도 단숨에. 먼저 피폐되고 낙후된 북의 경제를 끌어올리기에도 장구한 시간이 걸릴 터인데 말이다. 사회주의 계획경제로 나태해져서 동력을 잃은 인민을 자유 시장경제의 시민으로 재교육하는 데도 오랜 시간이 소요될 게 뻔하다. 서독이 동독을 흡수통일하면서 천문학적인 거액의 돈을 투입하고도 30년이 지난 현재까지 그 후유증을 앓고 있다는 사실을 상기해 보라.

일본의 경제력을 단순히 경제 규모와 내수 시장의 크기 문제로만 재단하는 대통령의 인식도 너무 안이하고 소박한 의식구조라고 지적하지 않을 수 없다. 일본이 가진 기초 과학과 높은 기술 수준이라는 더 큰 경제적 자산을 계산하지 않고 그들의 힘을 평가할 수는 없다.

일본은 우리가 아직 한 사람도 배출하지 못한 노벨 과학상 수상자를 25명이나 보유하고 있다. 그들 중 23명이 일본 국내에서 박사 학위를 얻었을 정도로 일본의 교육, 연구의 높은 수준을 얕잡아볼 수 없다. 산업구조와 노동시장도 잘 정비되어 안정돼 있는 편이다. 근면하고 책임감 있고 단결력 강한 국민성도 있다. 이런 저력을 도외시하고 일본의 경제적 동력을 평가하는 것은 무의미하다.

현 정부는 일본이 반도체, 디스플레이 생산에 필수적인 3개 소재素材 수출규제에 이어 한국을 수출심사우대국(화이트 리스트)에서 제외한 후, 아무런 뾰족한 대책을 내놓지 못하고 있다. 언제 실현될지 모르는 기술 자립과 소재 국산화, 수입처 다변화 등 공염불만 되풀이하다가 급기야는 남북 경협을 '평화경제'라고 번지르르하게 포장해 대책이랍시고 내놓은 것이 아닌가.

당장 어려움에 처한 경제 현상을 타개하는 것과는 너무 거리가 멀고 비현실적이고 생뚱맞은 궁여지책窮餘之策이라고 하겠다. 일부 네티즌들은 삼성이 아프리카 최빈국인 소말리아와 손잡고 현 위기를 타개해 나가라는 말이냐고 비아냥거릴 정도다.

북한의 비핵화가 아직 한 치의 진전도 없이 제자리걸음을 하고 있고, 북한에 대한 유엔의 경제 제재가 진행 중인 현실에서, '평화경제'라는 발상 자체가 잠꼬대같고 비현실적이다. 대통령이 남북경협과 평화경제를 말한 바로 다음날에도 북한은 서해안 연안의 황해도 지역에서 동해로 날아가는 탄도 미사일을 발사했다. 한반도의 군사 안보 정세는 불안하고, 평화는 요원한 걸 상징한다. 그런 현실을 누구보다 잘 알 수 있는 위치의 대통령이 다시 한 번 경협과 '평화경제'를 운위한 의도는 따로 있을지도 모른다.

일본과의 갈등 국면을 조성한 장본인은 문재인 대통령 정권이다. 그들은 박근혜 전 대통령을 친일 적폐 세력으로 몰기 위해서 앞선 정부가 어렵게 마련한 위안부 합의를 파기해 버렸다. 그리고 박정희 전 대통령도 친일 적폐 프레임에 몰아넣고, 1965년 한일협정을 파기하기 위해, 대법원의 징용 배상금 판결을 방관했다. 현재의 한·일 갈등을 풀기 위해서는 대통령이 나서서 위안부 합의 파기와 대법 판결에 사과함으로써 외교적 해결을 꾀하는 길밖에 없다.

그러나 문 정권은 국민을 감성적인 반일反日 캠페인에 몰아넣어 대일 갈등을 증폭시키고만 있다. 이는 자칫하면 한국, 일본, 미국 간의 안보 협력 체제를 와해시킬 수도 있다. 어쩌면 문 정권은 사회주의 북한, 중국과 손잡기 위해 고의적으로 대일 갈등을 증폭시키고 있는지도 모른다. 한, 미, 일의 안보, 경제 협력 관계의 틀을 허물고 있는지도 모른다. 대일 관계 해결과는 동떨어진, 현재로선 실현 가능성이 전무한 남북 '평화경제'를 말하는 것도 그런 의도를 슬그머니 내비치는 것일 수 있다.

(『영덕신문』 2019. 8. 12)

한국은 과연 코로나 방역 모범국인가?

로나 바이러스의 팬데믹(전 세계적인 확산) 현상으로 지구촌이 난리를 겪고 있다. 각국이 비상사태를 선포하고 다투어 외국인에 대한 입국을 통제, 금지하고 있다. 멀지 않아 산업이 마비되고 통상과 교역이 위축되어 세계 경제가 요동치는 대공황이 올 것 같다. 무역의존도가 높은 우리 경제의 앞날이 암담하다.

문재인 좌파 정권의 반反기업 정책으로 가뜩이나 활력을 잃은 대기업과 최저임금제와 근로시간 단축으로 허덕이는 영세 중소기업 및 자영업자들이 어떻게 이 난관을 헤쳐 나갈지 우려된다.

국내의 코로나 감염은 다소 주춤해지는 기미를 보인다. 3월 31일 현재까지 전국의 코로나 확진자는 9,661명으로 집계되었다. 당일 하루 확진자는 78명. 하루 확진자수가 두 자릿수로 낮아졌다. 그러나 마음을 놓기에는 아직 이르다.

대한감염병학회는 며칠 전에도 외국으로부터 들어오는 감염원을 차단하기 위해서 지금이라도 외국인 입국 금지 조취를 취해달라고 정부에 건의했다. 지금은 새로운 확진자 가운데 절반이 외국으로부터 들어오는 사람들이다.

그러나 정부는 코로나 사태 발발 초기부터 지금까지 줄곧 전문가들의 의견을 무시해 오고 있다. 코로나와의 전쟁 일선에서 목숨을 걸고 싸워온 의료진은 이제 지쳐 있다고 호소한다. 대구지역에서만 의사, 간호사 121명이 확진 판정을 받았다. 의료진은 외국인 입국을 막지 못하면, 의료진의 부족으로 걷잡을 수 없는 사태가 벌어질 수 있다고 우려한다. 지역사회 확산이 전국으로 퍼질 경우 의료 인력 배치의 한계가 올 수 있다고 걱정한다.

현재 전세계에서 170여 개국이 한국인의 입국을 금지하고 있다. 그런데도 일본만 제외하고, 모든 외국인에 문을 활짝 열어놓은 나라는 한국뿐이다. 게다가 우리는 외국인의 진단비 15만원, 14일 격리 시, 숙식비 매일 6만 5천원, 양성으로 판명되어 치료해 줄 경우 치료비 4백만 원을 우리가 낸 혈세로 부담해 준다.

이런 호구가 세상에 어디 있단 말인가. 지금은 입국자들이 많이 줄었지만 그래도 하루 3천여 명의 외국인이 입국한다. 그들 가운데 공짜로 코로나 치료를 받기 위해 오는 사람들이 끼어있을지도 모른다는 얘기들도 떠돈다. 자칫하면 한국이 외국인들의 코로나 바이러스 피난처가 될 판이다.

현재 전세계적인 코로나 감염은 확산일로에 있다. 지난 30일 현재, 코로나 확진자가 많은 나라로는 미국이 14만 1,781명(사망자 2,482명)으로 첫째고, 이탈리아 9만 7,689명(사망자 1만 779명), 스페인 8만 5,195명(사망 7,340명), 중국 8만 1,470명(사망 3,304명)으로 되어 있다.

의료계 공로를 정부가 가로채려 한다

가뭄에 산불 번지듯이 무섭게 퍼져가는 이런 추세를 보면, 아직은 예단하기 어렵지만, 우리가 불행 중에서도 그런대로 잘 대처해 가고 있다고 볼 수 있다. 그래서 외국으로부터 한국이 모범적으로 코로나 사태에 대처하고 있다는 칭찬이 나오기도 한다. 그러자 코로나 사태 초기부터 지금까지 의학계 전문가들의 의견을 무시하고, 사사건건 그들의 대처를 어렵게 해 왔던 정부 당국이 자기네가 잘한 것같이 자화자찬하기에 나서고 있다.

우리가 코로나와의 싸움에서 잘한 것이 있다면, 그건 문재인 정부 몫이 아니다. 그것은 무엇보다도 한국 의료계의 수준 높은 실력과 기민하고 효과적인 대처, 그리고 그들의 헌신적 노력이 가져온 결과라고 하겠다. 또한 한국 의료계가 이같이 높은 수준의 발전을 갖추게 된 것은 박정희 대통령의 예지와 결단으로 출발한 한국의 의료보험 체제가 밑거름이 되었기 때문이다. 거기에다 박근혜 대통령 시기 메르스 바이러스 감염 사태를 계기로 구축해 놓은 전염병 방역체계가 현재 큰 도움이 되고 있지 않는가.

코로나 발생 직후 신속히 검진 키트를 만들어낸 것도 우리 의료기술계의 성장, 발전이 있었기 때문에 가능했던 것이다. 그런데도 정부는 자기네가 잘한 것처럼 생색내기에 급급하다. G20코로나 화상회의를 문 대통령이 주도한 것처럼 생색내고 있으나 이 회의의 의장국은 사우디아라비아 국왕이었다. 외교부는 문文과 트럼프와의 정상 통화로 코로나 진단키트가 미국식품의약국(FDA)의 수입 승인을 받게 된 것처럼 말했다. 그러나 진단키트는 수입 승인을 받은 게 아니라, 15일간의 테스트를 거치고 있는 단계에 있을 뿐이다.

이번 코로나 위기를 이겨내고 있는 또 다른 큰 힘은 우리 국민의 성숙한 시민의식에서 나왔다고 본다. 우리 국민은 선진국이라는 미국과 유럽, 오스트레일리아, 일본 등에서 벌어지고 있는 것과 같이 수치스러운 사재기 아귀다툼을 벌이지 않았다. 위기 속에서도 의연하고 침착하게 행동하고 있다. 사회적 거리두기, 마스크 착용, 다중이 모이는 집회 자제, 모두를 그야말로 모범적으로 해 오고 있지 않는가.

세계 언론들과 지도자들의 한국이 모범적이라는 칭찬은 바로 이런 시민적 저력을 높이 본 평가이다. 결코 의료계의 전문적 판단에 재동을 걸고, 엇길로 가기 바빴던 정부 당국의 공로가 아니다. 미국의 대표적 신문인 『뉴욕 타임스』지도 한국 정부의 자화자찬을 빈정대면서 '정부가 민간의 공로를 가로채려 한다'고 논평했다.

코로나 방역의 진정한 모범국으로는 대만, 홍콩, 싱가포르가 꼽힌다. 대만은 확진 298명에 사망 3명, 홍콩은 317명 확진에 사망 4명, 싱가포르는 확진 844명에 사망 3명을 기록하고 있다. 모두 코로나 발원지 중국과 밀접한 국가이지만 코로나 초기에 과감히 중국인의 입국을 막았다. 우리도 초기에 중국인의 입국을 전면 금지하라는 대한의사협회, 감염병학회 등의 간곡한 건의를 진작 받아들였더라면, 세 나라처럼 진짜 코로나 방역 모범국이 되었을 것이다.

정부, 여당은 위험한 진료현장에서 목숨을 걸고 사투하는 자원봉사 의료진의 수당을 깎으려는 좀팽이 짓을 하고 있다. 그러면서도 자기들이 코로나 대처를 잘했다는 자랑으로 총선을 치르려 하고 있다.

(『영덕신문』 2020. 4. 1)

책을 읽으며

▶ 율곡栗谷 '10만 양병론養兵論'의 진위─『위대한 만남 서애 유성룡』
  _ 송 복 著/ 지식마당 刊

　▶ 『해방 전후사의 재인식』─왜 시급한가?
  _ 박지향 · 김철 · 김일영 · 이영훈 엮음/ 책세상 刊

　▶ 『대한민국 역사』─나라만들기 발자취 1945~1987
  _ 이영훈 著/ 기파랑 刊

율곡栗谷 '10만 양병론養兵論'의 진위

— 『위대한 만남—서애 유성룡』

송 복 著/ 지식마당 刊

01 진왜란 하면 가장 애석하게 떠오르는 것이 하나 있다. 왜군이

02 쳐들어오기 10년 전에 율곡 이이李珥가 주장했다는 '10만 양병론'이 바로 그것이다. 율곡의 주장이 선조宣祖의 조정에서 받아들여지지 않았기 때문에, 1592년 4월 조선을 침입한 15만 왜군에 속절없이 당했다는 것이 우리들 대부분이 알고 있는 역사 상식이다.

그런데 나는 몇 년 전 그게 아니라는 것을 알게 되었다. 원로 정치사회학자 송복宋復 교수(75)가 쓴 『위대한 만남, —서애西厓 유성룡柳成龍』(2007년)이란 노작을 읽으면서 알게 된 것이다. 저자는 이 책의 머리말에서 책을 쓰는 두 가지 이유는 오늘날 한반도의 분할은 언제부터 시도되었고, 그 분할 획책을 누가, 어떻게 막았는가를 살펴보기 위해서라고 했다. 그는 왜란이 나자 원군으로 개입하게 된 명明은 왜군의 침략을 한강 이남에서 막아 북쪽 4도를 자기네 울타리로 삼고, 남쪽 4도는 왜에 넘겨주려고 4년에 걸친 물밑 강화협상을 통해 분할을 시도했다고 본다.

나는 김성한의 대하역사소설『임진왜란』등 다른 여러 책에서도 그런 획책이 사실이었음을 확인했다. 동서 냉전 탓에 38선을 기점으로 남북이 갈라지기 수백 년 전에 이미 분단 위기가 있었던 것이다.

저자는 바다의 이순신李舜臣과 육지의 유성룡이 있어서 한반도 최초의 분할을 저지할 수 있었다고 말한다. 즉, 이순신의 제해권 장악으로 조선의 곡창인 호남이 왜의 수중에 떨어지는 것을 막을 수 있었으며, 서애가 명의 분할 기도를 막고, 명군에 군량을 보급하며 전쟁 수행을 끌어낸 두 가지 일을 성공시킨 덕택이라는 것이다. 그래서 서애가 종從6품 정읍 현감인 이순신을 발탁하여 7단계를 높여 일약 정正3품 당상관 전라좌수사로 앉힌 두 사람의 손잡음을 '위대한 만남' 이라고 책 제목으로 삼고 있다.

바로 이 책에서 저자는 율곡의 10만 양병론이 허구로 조작된 것이라고 주장한다. 우리는 임진왜란 하면, 대뜸 율곡의 10만 양병론을 떠올리며 애석하게 생각한다. 그러나 율곡의 그 어떤 상소문이나,『율곡전서全書』, 명종 말에서 선조14년까지 16년간 율곡이 임금을 가르친 시강侍講을 기록한 그의『경연일기經筵日記』에도 10만 양병론은 찾아볼 수 없다고 저자는 말한다. 선인들은 흔히 친구나 제자들에게 흉금을 토로한 서간문을 남기곤 했는데, 율곡의 그런 서간문집에도 10만 양병에 관한 언급이 없다는 것이다.

10만 양병론은 다만 율곡 사후 13년 되던 선조 30년(1597년)에 그의 제자 김장생金長生이 찬술한 율곡 비문, 곧「율곡행장行狀」에 올라 있고, 사후 60년에 우암尤庵 송시열宋時烈이 편찬한「율곡연보」에만 나온다고 한다. 이 제자들이 쓴 율곡 10만 양병론의 요지는, '율곡이 10만 양병을 주장했으나, 유성룡 등 조신들이 반대해서 무산되었다' 는 것이다. 저자

송 교수는 양병론이 율곡 자신의 글 어디에서도 찾을 수 없는데, 다만 제자들이 쓴 비문과 연보에만 있다는 것은 그것이 정치적으로 조작되었음을 뜻한다고 지적한다. 다시 말해서 특정 당파의 사상적, 규범적 우위를 확보하기 위해서, 그리고 권력적, 지배적 우위를 정당화하기 위해서 의도적으로 조작되었다는 의미라고 논파한다. 나는 저자의 글을 논거가 명확한 주장이라고 본다.

그럼에도 불구하고 율곡의 10만 양병론은 해방 후의 원로 사학자 이병도李丙燾의 『한국사대관』과 진단학회의 『한국사』에도 실려 있고, 한때는 국사 교과서에도 실려 온 국민이 믿는 역사 상식이 되었던 것이다.

저자는 그의 책에서 먼저 10만 양병은 당시 조선의 인구 구성상 불가능했다고 본다. 미국의 라이샤워 교수 등 동양사학자들은 일본의 1590년대 인구는 3,200만 명이고, 조선의 인구는 500만 이하로 추정했다. 그런데 임란이 끝난 지 60년 후인 1657년(효종 8년)에 실시된 호구조사에서 조선 인구는 229만 83명이었다고 한다.

호구조사대로 230여 만 명으로 추산할 경우, 10만을 군병으로 빼낼 수 있을까. 우선 230만 명 중 절반은 여자이고, 나머지 115만 명에서 군병이 될 수 있는 연령층인 20~30세는 전체인구의 16%인 18만 명 정도가 된다. 전체인구가 400만 명이라고 잡고, 대입해도 청년 인구는 30만 명에 불과하다. 18만 명에서 10만을 빼내어서 정규군을 만들 수 있을까? 30만 명이라 해도, 3분의 1을 빼내 정규 상비군을 만들 수 있을까? 신체 장애자를 제외하고 양반, 벼슬아치 자제를 망라한다 해도 사실상 그 연령층 젊은이 모두가 군병이 되어야 10만을 채울 수 있을 것이라는 게 송 교수의 추정이다.

더구나 당시 20~30세는 농경사회의 핵심 생산계층으로 30을 넘어서면 손자를 보기 시작하는, 인구 구성상의 중심 계층이다. 그들이 생산

현장을 떠나 있을 경우, 가족은 누가 먹여 살리고, 그 백성은 어떻게 국가 구성원으로 존립이 가능하겠느냐는 것이다.

송 교수는 또한 10만 양병론은 당시의 국가의 경제 능력상으로도 어렵다고 본다. 학자들은 당시 조선의 생산 가능한 총토지면적은 170만 결結인데 1결당 생산량을 3석石으로 잡을 때, 총곡물생산량은 500만석을 넘지 못한다고 본다. 여기서 세입歲入을 1결당 평균 4두斗로 보면, 모두 60만석이 걷힐 것이라고 한다.

60만 석으로 정부를 운영하고 관리들의 녹봉을 주고 군대를 양성해야 한다. 10만의 군대를 기르려면 소요되는 군량은 얼마나 될까? 임진란 당시 유성룡이 쓴 『진사록辰巳錄』을 보면, 군병 1만 명의 한 달 식량이 6,400석이었다. 1년 식량은 7만6,800석이고, 이를 10만 명으로 계산하면, 최소한 연 76만 석 이상의 군량이 있어야 한다.

총생산량이 500만 석으로 400만 백성도 먹여 살리기 어려운데 70만 석 이상을 군량으로 조달하는 것이 가능할 지 회의적이지 않을 수 없다. 율곡이 만일 그때의 이런 나라 사정을 아는 학자이고 정치인이라면, 10만 양병론을 거론할 리 없었을 것이라는 게 송 교수의 분석이다.

그런데 율곡의 10만 양병론을 노론파 제자들이 그의 비문에 올린 이유는 명백해 보인다. 자기들이 받드는 율곡을 선견지명이 있는 성인 반열에 올리는 반면, 남인에 속하는 서애를 속류俗流 정치인으로 떨어뜨리는 데 있음을 삼척동자라도 알 수 있다고 송 교수는 말한다. 그런데도 율곡의 제자들은 그들이 조작한 허구를 나중 『선조수정실록宣祖修正實錄』에 올려놓았다고 한다. 제자들의 당파적 과잉 충성이 강직한 지도자였던 스승 율곡의 명망에 오히려 누를 끼친 것이 아닌가 안타깝다.

나는 저자가 실록의 관계 사료와 율곡과 서애의 모든 글의 원본을 남김없이 1차 사료로 읽고 검토해서 썼다는 이 책을 읽으면서 두 가지 의

문을 품게 되었다. 그 하나는 우리의 상식을 뒤엎는 이런 엄청난 역사적 사실을 어째서 그 하고 많은 국사학자들이 아니라, 은퇴한 정치사회학자의 글을 통해 알게 되는가 하는 의문이었다.

그 의문은 재야 사학자 이주한이 작년(2009년)에 내놓은 『노론, 300년 권력의 비밀』이라는 저서를 통해서 풀렸다. 저자는 조선조 말기까지 3백년간 권력의 중심이었던 노론파와 해방 이후에도 우리 역사학계의 주류가 된 노론 후계 사학자들이, 노론측이 만들어낸 율곡 10만 양병론에 대한 반론을 절대로 허용치 않아 왔다고 갈파한다. 참으로 믿기 어려운 역사학계의 풍토가 아닌가.

송 교수도 자신의 책에서 이재호 씨 같은 일부 원로 국사학자들이 1996년에 '10만 양병론은 존재하지 않았다'고 논증했다는 사실을 밝히고 있다. 이재호 교수의 그 같은 주장이 학계에 활발하게 거론되지 않은 이유도 이제 짐작이 된다. 사색당쟁의 여파가 이토록 오래 이어지고 있음에 실로 경악하지 않을 수 없다. 한일합방 당시 일본으로부터 귀족의 작위를 받은 인사들 가운데 80%를 차지한 노론 세력의 후계 학자들이 아직도 우리 역사학계를 쥐고 흔들고 있다는 사실이 믿겨지지 않는다.

국사학자도 아닌 사회학자가 10만 양병론을 부정하는 주장을 제기한 지 수년이 지난 지금까지도 이 나라 사학계는 침묵으로 일관하고 있다. 한국사학계는 깊고 깊은 미몽迷夢에 빠져 있는 게 아닌가.

(2011. 2. 12)

『해방 전후사의 재인식』

— 왜 시급한가?

박지향 · 김철 · 김일영 · 이영훈 엮음/ **책세상** 刊

『해방 전후사의 재인식』이라는 책이 전국적인 화제가 되고 있다. 지난 2월(2006년) 초판이 나오기 바쁘게 하루만에 매진되었다. 인쇄가 거듭되면서도 날개 달린 듯 팔려나간다. 상, 하권으로 나눠 50편의 논문이 실려 있고, 1400여 쪽에 책값도 만만찮은 이 책이 날개 돋친 듯이 팔리는 이유는 무엇일까?

지난 1980년대 우리나라 젊은이들 사회를 풍미하며, 그들의 현대사 인식의 바이블처럼 되었던 어떤 책을 예리하게 비판하고 있기 때문이다. 『해방전후사의 인식』이 바로 그 비판 대상이다. 「재인식」은 새롭게 밝혀진 사료와 치밀한 연구 성과를 동원해서 4반세기 전에 나온 책인 「인식」의 오류誤謬와 왜곡歪曲과 편견偏見을 비판적으로 바로잡아주고 있다.

그러면 『해방전후사의 인식』은 도대체 어떤 책이었던가? 그것은 일제 식민지 시대와 해방 전후의 우리 현대사를 진보적, 좌파적 시각으로 조명한 논문들을 모은 책이다. 책이 나온 시기는 군사정권 시대로, 당시로서는 학문적 금기를 깨는 대담한 일로 여겨졌다. 용기 있고 신선한 느낌을 던져주는 것으로 받아들여져서 널리 읽혔다.

그래서 오랜 군사통치 시대의 암울한 분위기에 빠져 좌절하고 있던 학생, 젊은 직장인들이 교양 필독서로 다투어 읽게 되었고, 그 내용에 쉽게 집단 마취되었다.

그 책의 방대한 내용을 짧은 지면으로 소개하기는 어렵다. 그러나 그 수된 내용은 민족시상주의적 반제反帝, 반미反美, 반일反日 민중사관의 역사의식을 바탕으로 깔고 있다. 그 밑바닥을 일관하여 흐르는 정치적인 지향은 중국 공산당의 마오쩌둥(毛澤東)사상이나 그가 부르짖은 신新민주주의 혁명쪽으로 흐르고 있었다. 그리고 해방 직후 남한의 단독정부 수립이 통일을 막고 영구분단을 가져온 원죄라고 진단했다.

이 책은 분단 후 북한은 일제 식민지 청산을 철저히 했기 때문에 민족정통성을 가지고 있다고 주장한다. 그에 반해 남한은 식민지 청산을 제대로 하지 못하고 친일파와 이승만이 세운 미국의 식민지 국가로, 태어나서는 안 될 나라로 비하했다. 심지어 미국 학자 브루스 커밍스의 수정주의修正主義 이론을 받아들여 한국전쟁을 남한의 북침으로 비롯된 북한의 민족통일 전쟁으로 해석하기도 했다.

이 같은 「인식」의 담론談論은 장기화된 군사독재에 절망하던 젊은이들에게 폭풍과 같은 호소력으로 어필했다. 따라서 그들의 역사의식이나 정치적 이데올로기 형성에 지대한 영향을 미치게 되었다. 그리하여 나중 그들이 이른바 민족해방운동(NL), 민중민주주의(PD)를 내세우는 혁명운동가로 변신하고, 김일성의 주체사상 신봉자로 변해가는 데 큰 몫을 하기에 이르렀다.

더 큰 문제는 그 책이 현재의 집권세력과 여당(주: 이 글을 쓴 2005년 당시의 집권세력인 노무현 정권과 그의 정파를 말함) 국회의원은 말할 것 없고 야당(주: 한나라당)내 386세대 정치인들의 역사의식과 정치 이데올로기 형성에도 결정적 역할을 했다는 데 있다. 오늘날 집권세력의 정책들, 386세대 정치인들의 감상적인 민족주의에 입각한 대북관對北觀, 반미反美, 자주自主를 외치는 언행에서 그 영향이 얼마나 깊이 뿌리내리고 있는지 볼 수 있다.

이런 편향되고 왜곡된 시각을 바로잡기 위해서 해방 전후사의 재인식이 시급한 이유가 자명해진다. 『해방 전후사의 재인식』에 글을 쓴 학자들은 역사적 사실을 왜곡하여 어떤 정치적, 이념적 목표에 꿰 맞춘 연구나 이론을 배격하고, 역사적 사실의 철저한 고증, 합리적 규명에 입각하여 해방 전후사를 객관적으로 논증, 재분석하고 있다.

「재인식」에서 먼저 눈에 띄는 점은 북한이 일제 식민지 청산을 잘했다는, 1980년대 좌파 젊은이들이 강력히 믿었던 신화가 허구虛構임을 밝혀낸 것이다. 해방 후 남한은 태평양전쟁 때 일본이 구축한 전체주의적인 '전시戰時 통제경제체제'를 청산하고, 자유 시장경제체제로 전환 산업화 경제발전에 성공했다.

그 반면 북한은 일제 전시경제와 배급체제를 고스란히 계승한 사회주의 통제경제체제를 지금까지 끌어안고 있기 때문에 북의 김일성, 김정일 수령체제는 일제의 천황체제와 더 닮은꼴이라고 「재인식」은 지적한다. 일제의 청산은커녕 더 큰 일제 잔재인 통제경제, 배급제 경제를 아직까지 철저히 끌어가고 있다는 것이다.

「재인식」은 농지개혁과 관련하여 이승만이 지주계급을 옹호했기 때문에 농지개혁에 소극적이었고, 6.25전쟁 이전에 농지개혁이 이루어지지 않았다는 좌파들의 주장이 잘못되었음을 밝히고 있다. 북한의 북조선인민위원회는 1946년 3월 5일 '무상 몰수, 무상 분배'를 내용으로 하는 토지개혁을 단행했다. 기존의 토지소유 관계를 전면 부정하고 5정보 이상의 소유지와 소작지를 무상으로 몰수하여, 농지가 없는 농민에게 무상 분배하는 것이 골자였다. 하지만 농민들은 분배 받은 토지를 남에게 매도하거나 임대할 수 없었다. 결국 그들은 토지의 경작권만 분배 받은 꼴이었다. 토지의 소유권은 국가에 귀속돼 있었던 것이다.

이에 반해서 이승만 정부가 6.25 직전인 1950년 3월까지 사실상 완료한 '유상 매수, 유상 분배' 원칙의 농지개혁은 성공적이었다. 일제가 소유했던 농지는 국유화하고, 3정보가 초과하는 부재지주의 농지는 국가가 유상 매수하여 땅이 없는 농민들에게 유상 분배하는 것이었다. 농지를 얻은 농민들은 1년 수확량의 125%를 5년에 걸쳐 분할상환하면 분배 받은 농지를 완전 소유하게 되었다. 땅 없던 소작농이 자작농이 되는 것이었다. 한편 토지를 판 지주는 1년 수확량의 150%를 보상 받았다.

「재인식」은 냉전 후 비밀이 해제되어 공개된 소비에트(소련) 정부의 방대하고 다양한 정치, 외교, 국방 문서들을 토대로, 한국전쟁은 김일성이 스탈린, 모택동과 긴밀히 협의하여 준비한 남침이었음을 명백히 규명하고 있다.

또한 「재인식」은 한반도의 남북 분단 단독정부도 소련이 먼저 계획하고 추진했다고 밝힌다. 남한은 1948년 5월 북한이 총선을 거부함으로써 남한에서만 유엔 감시하의 총선을 통해 그해 8월 15일 대한민국 정부를 수립하고 12월 유엔총회에서 한반도의 유일 합법정부로 승인 받아 정통성을 확립했다.

이에 반해 「재인식」은 스탈린이 그보다 훨씬 앞선 해방 37일 만인 1945년 9월 20일 이미 한반도 전역에 걸친 공산주의 국가 창설 이전에 먼저 북한지역에 일단 '부르조아 민주주의 정권을 수립할 것'을 지령한 전문(電文)을 발굴, 소련이 처음부터 한반도 분단을 획책하고 있었음을 밝혀 준다.

실제로 스탈린의 이 비밀 지령에 따라 김일성은 해방 후 6개월 만에 이북 5도를 아우르는 통치 기구인 「북조선인민위원회」를 발족시켰다. 북은 이를 공식적인 정부나 정권으로 칭하지는 않았지만 그것은 사실상의 북한 단독정부 수립이었다. 그들은 1948년의 대한민국 정부 수립보다 2년 반 앞서서 단독정부를 수립했던 셈이다. 그럼에도 불구하고 좌파 역사학자들과 남북 협상을 지지했던 세력은 남한의 단독정부 수립이 통일정부 수립을 막았다고 주장하고 있다.

이런 그릇된 역사관과 현실 인식을 바로잡기 위해서, 「재인식」을 음미해야 할 필요성이 시급하다고 본다.

(2006. 2. 26)

『대한민국 역사』 나라만들기 발자취 1945~1987

이영훈 著/기파랑 刊

통합진보당 소속 국회의원 이석기가 내란음모 혐의로 체포되어 나라가 시끄럽습니다. 우리 자유민주주의 체제의 전복을 획책한 그에 대한 국회의 체포동의안 표결에 찬성하지 않은 국회의원이 30여 명에 이른다고 합니다.

이걸 미뤄보면 우리 사회 심층부 곳곳에 얼마나 많은 북한 추종세력이 똬리 틀고 있는지 짐작케 합니다. 국가의 안위가 심각한 위험에 처해 있다고 하겠습니다.

이런 현상은 우리 현대사에 대한 그릇된 역사적 인식이 빚어낸 결과로 보입니다. 역사의 그릇된 인식은 1980년대 북한의 이른바 주체사상에 영향 받은 민족해방(NL)계와 민중민주(PD)계 좌익 세력들이 대한민국의 역사적 정통성을 부인하면서 비롯되었다고 할 수 있습니다.

그 후 김대중, 노무현 대통령의 좌편향 정권시대, 이른바 민중사학자들이 역사학계의 주류로 대두하고, 전교조가 교육 현장을 지배하면서 현대사를 왜곡하는 의식화 작업이 심화되어 왔던 것입니다.

그들은 대한민국의 건국과 산업화를 성취한 이승만, 박정희 대통령의 위업을 폄훼하고, 대한민국은 "친일, 친미, 반민족 세력이 잘못 세운 나라"라는 자학적 사관을 퍼뜨려 왔습니다.

그들이 만든 역사교과서는 해방 전의 독립운동을 기술하면서도 민족주의와 자유주의 이념 세력의 독립운동보다는 코민테른(Communist International; 재삼 인터내셔널)의 국제공산주의 활동과 연계된 사회주의 운동과 무장투쟁만을 더 크게 부각시키고 있습니다. 국제사회에 일본의 조선 식민지 지배의 부당함을 고발하고 한반도의 독립을 호소해 온 국제 외교적 노력은 도외시하고 있습니다.

그들은 스탈린의 한반도 공산화 획책에 맞서 당시로서는 불가피하게도 가장 현실적이고 합리적인 유엔 감시하의 남한만의 자유 총선을 통한 단독 대한민국 정부 수립에 반대한, 비현실적인 남북 합작, 좌우 합작 세력을 더 높이 평가하고 있습니다.

심지어 어느 대통령이 "대한민국의 역사는 정의가 패배하고 기회주의가 득세한 역사, 특권과 반칙이 지배한 역사"라고 자학할 정도로 대한민국의 역사는 오도誤導되어 있습니다.

이런 혼탁한 현대사 인식을 바로잡고 우리가 걸어온 역사의 올바른 이해를 돕기 위해, 서울대학교의 중진 경제사학자이며 낙성대연구소를 이끌고 있는 이영훈 교수가 쓴 『대한민국 역사─나라 만들기 발자취 1945~1987』이라는 책이 지난 6월에 나와서 경애하는 우리 남강문학회 회원님들의 일독을 권장하는 바입니다.

이 책은 '대한민국은 반민족 세력이 잘못 세운 나라'라는 좌경 민중 역사학계의 인식이 얼마나 그릇된 것인지를 낱낱이 밝혀주고 있습니다. 저자는 "역사의 진정한 발전은 타협적이며, 개량적이며, 점진적이고, 진화적인 경로로 이루어진다"는 긍정적인 관점을 바탕으로, 준비 없었던 해방직후의 혼란과 좌우 이념대립—신탁통치 반대—소련의 한반도 공산화 기도—정부수립—한국전쟁—4.19—그리고 5.16과 산업화 시대—민주화 시대로 이어지는 파란만장한 우리 현대사를 재조명, 재평가하고 있습니다.

저자는 '흔히 국가체제를 때려 부수는 혁명이야말로 역사의 진정한 발전인 줄 알지만 커다란 오해이다. 따지고 보면 성공한 혁명은 거의 없는 편이다. 20세기의 공산주의 혁명은 소련에서, 중국에서, 북한에서 거의 모든 지역에서 실패하였다'고 갈피히고 있습니다.

민중사학자들은 흔히 대한민국의 건국을 주도한 이승만을 친일파이며 미국 식민지 정책의 꼭두각시라고 평가절하, 매도하고 있습니다. 하지만 제2차 대전 종전 직후의 국제관계의 장래와 소련의 세계 공산화 속셈을 세계의 어느 누구보다 정확히 통찰한 그가 없었다면, 오늘날의 대한민국은 존재하지 않았을 것입니다. 그의 선택이 한반도의 공산주의화를 막고 이 땅에 자유민주주의를 뿌리내리게 했습니다.

이승만은 제2차 대전이 한창이던 1941년 6월에 일본의 국제적 야망을 간파하고, 머잖아 일본이 미국을 공격할 것을 예언한 『일본 내막기(Japan Inside Out)』라는 책을 써서 루스벨트 미 대통령과 국무부장관에게 전했습니다.

그러나 두 사람은 별 관심을 보이지 않았습니다. 하지만 몇 달 지나 그해 12월 7일 일본이 하와이 진주만을 기습공격하자 그의 예언이 적중, 이 책은 곧 베스트셀러가 되고 높이 평가받게 되었습니다.

그 직후 이승만은 미 국무부를 방문, 소련이 한반도에 진입할 위험성을 경고하면서 미국이 한국임시정부를 승인할 필요성을 역설했습니다. 하지만 미국은 당시 연합국의 일원인 소련의 야욕을 날카롭게 뚫어보고 경계하는 이승만의 반공주의를 달갑지 않게 여겨 배척했습니다.

특히 당시 미 국무성 내부에는 소련과 중국 공산당에 우호적인 용공 국제주의자들이 널리 포진되어 있어서 이승만의 반공주의를 마땅치 않게 여겼습니다. 전후의 미군정 시대에도 미 국무부의 친소 국제주의자들은 소련의 한반도 공산화 정책이 노골적으로 드러날 때까지 이승만을 경원하고 견제하는 것으로 일관해 왔습니다.

대한민국이 수립되어 초대 대통령이 된 이승만은 한국전쟁 휴전협정이 진행되는 과정에서도 인민군 포로를 기습적으로 석방하는 등 미국에 껄끄러운 압력을 가해서 결국 전후 한국의 안보와 경제 발전의 밑바탕이 될 한미동맹을 관철시켰습니다.

바로 그 한미동맹이 있음으로 해서 오늘날 한국의 경제 번영을 가져오는 밑거름이 되었던 것입니다. 이영훈의 『대한민국 역사』는 이승만의 만년의 실정失政은 안타까운 일이지만, 건국 대통령으로서 그가 남긴 업적은 위대하다고 정당히 평가하고 있습니다.

이 책은 해방 직후 김일성을 내세워 북한을 공산주의화한 소련의 획책과 6.25의 전말, 김일성의 권력 암투, 박헌영이 이끈 남로당이 주도한 대구 10.1사건, 제주의 4.3폭동, 국군 14연대의 여순반란 사건과 그에 뒤이은 숙군肅軍 등도 면밀히 분석하고 있습니다. 나는 남로당 비밀 당원이던 장교들 다수가 숙청되었기 때문에 6.25때 북의 기습 남침 직후 육군이 와해되지 않고 재집결하여 유엔군의 참전까지 버틸 수 있었다고 믿습니다.

이 책은 종북세력이 친일파로 매도하기에 여념이 없는 그 박정희 시대에 우리가 이룩한, 세계사에 유례가 없는 산업화와 그걸 밑거름으로 가능했던 민주화 과정도 제대로 공정하게 평가하고 있습니다. 『대한민국 역사』는 우리가 걸어온 역사의 부끄럽고 뼈아픈 상처도 간과하지 않고 짚어가는 것도 잊지 않고 있습니다.

　해방 직후의 이념 투쟁을 방불케 하는 이념적 혼란이 극에 달한 오늘, 우리가 걸어온 역사와 우리가 이룩한 역사적 진화에 자긍심을 갖고, 방황하는 젊은 세대들에게 올바른 역사적 경험과 진로를 알려주기 위해서라도, 새로 쓰여진 『대한민국 역사』를 읽어 보아 주시기를 간절히 권고합니다.

(『남강문학』 카페 2013. 9. 13)

부록

조지 오웰의 세계를 가다
르포르타주(reportage) 평양 방문기

번역 이삭줍기
▶ 올림픽 다이빙 챔피언 새미 리 스토리
『작은 거인의 인간 승리』_ M. 플릭 윔플러 著/ 한영탁 譯

▶ 소년 달라이 라마의 스승이 된 등반인의 모험기
『티베트에서의 7년』_ 하인리히 하러 著/ 한영탁 譯

▶ 『모비딕』을 낳은 해양 다큐멘터리
『바다 한가운데서』_ 너새니얼 필브릭 著/ 한영탁 옮김

▶ 바다에 홀로 맞서 요트로 주파해낸 세계일주기記
『바다와의 사투 272일』_ 나오미 제임스 著/ 한영탁 옮김

조지 오웰의
세계를 가다

〈이 글은 남북 분단 근 반세기만에 남북의 평화와 화해, 공존과 공영을
약속하는 첫 기본합의서가 체결된 1992년 2월 19일을 전후한 3박 4일간
의 평양 르포다. 도서출판 '다나'가 1993년 1월 펴낸 『기자들이 가본 북
한—남북교류 행사 취재기자들의 방북기—』에 실린 르포이다〉

르포르타주(reportage) 평양 방문기

『력사연구소』 소속의 안내원

3박 4일 간 방북길에 오른 기자와 맨 처음 인사를 나눈 북한 사람은 그쪽 해외동원호위원회 해외동포 영접국의 염순기(가명) 씨였다.

날렵한 몸매에 세련된 양복 차림의 40대 초반. 그는 얼핏 보기에 남쪽의 그 또래 여느 직장인이나 다름없어 보였다. 쾌활한 인상이다.

판문점의 북측 통일각에서 남쪽 대표단과 취재 기자 일행이 타고 간 제61호 버스의 안내원이었다. 기혼자라는 그에게 부인의 직업을 묻자, "이틀 후면 선생님들이 방문하게 될 평양산원의 간호원"이라고 한다. 최근 들어 부쩍 수가 늘어난 캐나다, 미국 등지의 방북 동포들을 자주 안내하는 탓인지 행동거지가 세련되어 전혀 이질감을 느낄 수 없다.

인민공화국 깃발과 망치, 낫, 붓이 그려진 붉은색 바탕의 노동당기가 한길 양편에 나부끼는 개성 시가지를 지나 개성역에 도착해서 특별열차의 지정된 칸막이 좌석에 자리 잡았을 때 새로운 안내원이 찾아왔다.

사회과학원 력사연구소(북한식 표기) 소속 연구원 정철만(가명)이라고
자신을 소개한다. 45세라는 나이답지 않게 차분하고 점잖은 그는 조선
현대사, 그 중에도 노동관계사를 연구하는 사학자라고 한다. 기자와
SBS방송 K기자가 함께 탑승한 객실에 동승한 안내원이다.

북한의 역사연구소가 펴낸 『조선전사朝鮮全史』 34권 가운데 해방 후
시기에 해당하는 제27권을 집필하고 「남조선 근대 민중운동 고찰」 등
의 논문을 썼다고 한다. 제법 무게가 있는 학자이다.

김일성대학에서 고고학을 공부하다가 현대사 쪽으로 전공을 바꿨다
는 경력이 말해 주듯이 한문을 상용하지 않는 북한의 일반인들과는 달
리 한문과 한자에 밝은 것 같았다.

우리 현대사를 연구하려면 한문 외에도 영어와 일본어 등의 자료도
섭렵해야 하지 않겠느냐고 물어본다. 자신은 학교에서 러시아어를 공
부했고 일본어는 독학으로 익혔으며, 현재는 인민대학습당에 나가서
중국어를 배우고 있다고 한다. 영어도 독학을 통해서 공부하고 있으나
학술서적을 보기에는 아직 좀 미흡하다고 솔직히 털어놓는다.

연구원−후보준박사−준박사−박사−원사로 이어지는 사회연구원
의 직제에서 준박사(남쪽의 부교수급)인 자신이 받는 월급은 고정급이
180원에다 배려금(연구수당)을 합쳐 205원쯤 된다고 했다.

그때 마침 복도가 있는 유럽 열차식 찻칸(콤파트먼트)의 재떨이를 비
워주려고 들어온 여성 열차원에게 월급이 얼마냐고 물어 보았다. 철도
전문대학을 나와 승무 경력이 3년차라는 이 아가씨의 월급은 80원이라
고 한다. (영화관 관람료 1∼2원). 특별열차라는 기차가 왜 겨우 시속
30km 정도로 느리게 가느냐고 그녀한테 물었다.

"남쪽의 귀하신 분들이 탑승하고 있어서 조심하여 운행하고 있어서
그렇습네다."

동승자들은 다 같이 웃음을 터트리고 만다. 다시 이야기가 정 선생의 학문 이야기로 이어졌다.

학자의 귀중한 시간을 이렇게 허비시켜서 미안하다고 했더니, "통일을 위해 애쓰시는 선생님들을 안내하는 것보다 더 중요한 일이 어디 있겠느냐는 대답이 돌아온다. 그러면서 실은 노동생활, 의·식·주, 명절놀이, 공예, 구전문화 등으로 구성될 『조선민속전통』 전7권을 내년 말까지 집필하도록 맡고 있어 바쁜 편이란다. 그러고는 제주도 해녀들의 노동생활사에 관한 자료를 수집하기 위해 제주도를 꼭 가고 싶은데 하루 빨리 통일이 이뤄지기를 기다린다는 말을 덧붙인다.

아마도 식민지 시대 제주 해녀들의 노동 투쟁사를 염두에 두고 하는 말임을 직감했다. 수인사를 마치기 바쁘게 벌써부터 예의 사상논쟁, 통일논쟁을 시작하느냐고 슬쩍 면박을 주었더니, "선생님들의 통일 노력에 기대가 큽니다"고 말머리를 돌리며 웃는다. 하지만 그리 어색하게 느껴지지 않는 대화 분위기였다.

방북訪北 경제인 거취에 예리한 촉각

3박 4일의 북한 체제 일정에서 만난 안내원이나 주로 공식 오찬·만찬 석상에서 접한 북측의 간부들은, 이번 경우에는 남측 인사들에게 될 수 있는 대로 무리 없이 정중히 대하려고 애쓰고 있음을 느낄 수 있었다. 평양에 도착한 날 저녁에는 김정일이 거의 전용이다시피 애용한다는 목란관 대연회장에서 연형묵 북한 총리가 정원석 남한 총리를 주빈으로 모시고 대표단 전원을 초대한 환영만찬회를 열었다. 북의 당, 정 고위층과 공훈배우, 가수 등이 참석했다. 북한의 나라꽃 이름을 딴 목란관은 평양 시내 한가운데 있다. 하지만 높은 담이 둘러쳐져 있어서 한길에서는 건물이 보이지 않는 구조이다.

공석에서 만난 북측의 언론인, 조평통(조국평화통일위원화), 조국통일민주주의전선(위원장: 여연구. 여운형의 딸) 관계자, 외교관, 해외주재원들은 섣부른 체제 논의나 체제 자랑, 설득 논리를 펴려고 하지 않았다. 대신 이쪽의 사정이나 의견을 듣는 데 열심인 듯했다. 남북의 대표단이 여러 개 라운드 테이블에 섞여 앉은 만찬장에서 그들은 특히 남북 경협과 개방에 관련된 문제에 비상한 관심을 보였다. 최근 남쪽 방북 인사들의 경제협력 제의에 기대가 큰 것을 쉽게 간취할 수 있었다. 최근에 북한을 다녀간 정주영 현대 회장, 김우중 대우 회장, 통일교 지도자 문선명 목사 등 방북 인사들의 협력 제의가 가져올 앞으로의 기대와 전망, 가능성을 알아보려는 탐색에 집중하고 있는 눈치였다.

남측 인사들의 경협과 지원 약속이 흐지부지되는 것을 염려하기도 했다. 만찬에서 만난 한 북한 언론인은 비무장지대에 어떤 종류의 협력 업체가 들어서면 좋을 것 같으냐고 묻는 등 성급하게 적극적인 관심을 나타내기도 했다.

남한에서는 남북 경제 교류가 늦어지면, 대일 청구권 자금을 타고 북쪽이 일본에 경제적으로 예속될지 모른다고 우려하는 이들이 있다고 말하자, 그는 펄쩍 뛰면서 자기네는 절대 일본의 꾐에 넘어가지는 않을 것이라며 강한 반일 정서를 나타냈다.

"우리는 자주 경제로 살아가는 세계 유일의 나라죠. 굶어죽어도 왜놈들의 더러운 돈 때문에 대일 수교를 서둘지는 않아요" 하고 흥분한다.

"우리가 통일을 서둘러야 남북이 손잡고 부흥할 수 있다. 그러려면 가장 손쉬운 통일의 길인 주한 미군의 철수와 위대한 수령님이 제시하신 고려연방제 통일밖에는 다른 길이 없습네다"고 말이 이어진다.

그러나 그것은 잠시의 의례적 어순이다. "당신들이나 우리가 기술 세계에서 얼마나 뒤쳐져 있는지 아느냐?"며 현대적 첨단 기술의 중요성과 탈냉전 시대를 맞아 발 빨리 개편되고 있는 국제질서와 세계시장에서 살아남는 길은 개방뿐이라는 논리를 펴면 잠잠히 듣고 있다.

평양에서 만난 북측의 간부급 인사들이 누구나 한 번쯤 물어보는 다른 관심사는 이른바 남쪽의 '대권문제'. 그들은 특정인이 남쪽 대통령에 당선되면 남북 관계에 어떤 변화가 올 것인지를 대단히 궁금해 했다. 신당들과 군소정당의 위상에도 관심을 드러냈다

그러면서도 자기네들의 '대권문제', 즉 김정일의 주석직 승계에 대해서는 적어도 우리만큼 큰 의미를 부여하지 않았다.

"아직은 위대한 수령님이 건강하시다.""이미 지도자 동지(김정일)가 모든 일을 잘 지도하시고 계신다"는 대답 속에는 굳이 김정일의 주석직 승계에 의미를 부여할 필요가 없다는 뜻이 함축돼 있었다. 적어도 그들 입으로는 얼마 전 평양을 방문했던 전대협 임수경 학생이나 남에서 풀어 북에 보내준 미전향 장기수 이인모 노인의 이름을 거론하지 않았다. 만찬장에서는 껄끄러운 화제를 자제하는 것 같았다.

허지만 다음날 만난 바깥 세계는 만찬장의 분위기와는 딴판으로 경직된 풍경이 그대로 남아있었다.

남북 총리 사이에 역사적인 남북기본합의서의 서명식이 열리기 직전 19일 아침 이른 시간 인민대회의실 앞 보도를 서성이는 한 주부에게 인사를 걸었다. 자신은 어린이 옷 공장 재단사로 일하고 남편은 평양화력발전소에서 일한다는 30대 중반의 김주옥(가명) 씨. 한복 치마저고리에 고동색 외투를 걸치고 흰 머플러를 두른 깔끔한 차림새였다. 오늘 무슨 일이 있는지 알고 있느냐고 물어 본다. 남북통일을 위해서 '북남'의 높으신 분들이 큰 회의를 하는 날이 아니냐면서, "선생님들이 애쓰셔서

하루 빨리 통일이 오기를 소망합네다"는 대답이다. '통일'은 그렇다 하고, 지금 자신이나 가족의 가장 큰 소망은 무엇이냐고 물어보니 그녀는 한참 머뭇거리다가 대답했다.

"우리는 어버이 수령님과 경애하는 지도자 동지의 따뜻한 배려 속에서 부러울 것 없이 잘 살고 있기 때문에 어버이 수령님의 만수무강과 조국의 통일밖에 다른 소망은 없습네다"고 말한다. 달달 왼, 학습된 대답이다. 그래도 가족의 미래를 위한 꿈이나 계획 같은 것이 있지 않느냐고 거듭 묻는다.

"우리는 수령님과 낭이 모든 걸 불편 없이 해 주시니까 그런 건 필요 없습네다."

적어도 남쪽 취재진 곁을 그림자처럼 따라다니는 북쪽 안내원들이 있는 자리에서는 북쪽 시민들의 속마음이 담긴 얘기는 결코 듣기 난망일 듯. 그날 오후 4시쯤 평양시민을 위한 국립도서관 겸 종합문화센터인 인민대학습당을 찾았다. 일반 열람실과 컴퓨터 학습실, 어학실습실 등에 빈틈없이 학생과 청년들이 가득 차 있었다. 넓은 로비에도 많은 청소년들이 서성이고 있었다. 우리의 참관을 맞춰 동원된 것임을 직감했다.

평양의대 기초의학부 5년생이라는 최용아(가명) 양에게 얼마나 자주 이 도서관을 이용하느냐고 묻는데, 대여섯 명의 젊은이들이 나를 둘러싸고 엉뚱한 질문의 포화를 열었다.

"선생님, 남조선은 문둥병 환자 천지가 아닙니까?"

"문둥병 환자 수가 얼마나 되는지 아십니까?"

해방 전만해도 우리나라에는 나병 환자가 많았다. 그러나 좋은 의약품이 나오고 치료방법이 발달되어 이 환자가 대폭 줄어들었다.

미감아들도 따로 잘 관리되어 이제 남한에서는 나병이 사회적 문제이던 시대는 지나간 지 오래된다고 알아듣게 설명해 주었다. 그리고 나서 남쪽에 나병 환자들이 들끓는다는 얘기는 학교 선생님한테 들었느냐고 물었더니, "그럼 남조선이 에이즈 환자 천지인 건 인정하시지요?"하고 사뭇 전투적으로 대든다. 그때 전날 안면을 튼 재일조총련계 조선신문 J특파원이 젊은이들을 밀쳐 버리고 나를 떼어낸다.

"제들하고는 얘기가 되지 않아요."

남북 화해의 우뚝한 이정표가 될 총리회담 남측 대표단이 평양에 도착한 18일. 북한의 당 기관지 『로동신문』 제1면에는 전단 절반 페이지에 걸친 머릿기사로 '당의 영도를 높이 쳐들고 주체 위업을 끝까지 완성해 나가자' 는 긴 제목의 김 부자 찬양 사설이 실려 있었다. 광고가 없는 이 지면의 나머지 면은 잠비아, 세이셸공화국, 러시아독립국가연합(구 소련) 등 7, 8개국 원수와 집권당에서 보내온 김정일의 50회 생일 축하 메시지로 덮여 있었다.

텅 빈 밤거리 '우린 행복해요' 네온사인만

취재단 부단장인 기자에게 배당된 숙소 1인용 객실의 TV에서는 김정일이 아낀다는 보천보전자악단의 반주로 김정일 찬가가 흘러나왔다.

'온 세상 사람들의 간절한 추억 담긴/ 천만 송이 꽃송이/ 아, 붉고 붉은 충성의 김정일화/ 무궁토록 만발하라/ 내 나라 내 강산에' 라는 노랫말이다.

신문에 남북 회담 소식은 눈을 닦고 보아도 찾을 수 없다. 어딜 가나 왼 종일 지도자 동지 찬양 일색이다. 한두 사람을 위해서 그처럼 권력이 집중된 나라가 현대 세계에 몇이나 될까. 그리고도 반세기를 버티어 나올 수 있었던가. 불가사의한 일이다. 그들은 자기네 사회가 '하나는 전체를 위해 전체는 하나를 위해' (북한 헌법 제49조) 주체사상으로 똘똘 뭉쳐진 '인간 중심 사회'이기 때문에 동유럽 사회주의 국가들의 붕괴와는 달리 영원히 살아남을 것이라고 강변한다.

자기네 나라가 주체사상에 의한 하나의 '사회적 생명체'이기 때문에 어떤 어려움 속에서도 인체라면 '머리' 즉 '두뇌'와 같은 김 부자를 받들고 모두가 손, 발이 되어 '우리식'으로 사는 사회를 지켜갈 수 있다는 것이다.

하지만 '우리식' 주체사회의 종말이 다가오고 있음을 엿보게 하는 기미도 감지할 수 있었다. 전날 저녁 목란관에서 열린 거창한 환영연에서 참석자들의 시선이 현란한 무희들의 춤에 쏠려 있을 때, 바로 옆에 앉은 인사가 지나가는 말처럼 나직이 물었다. 동서독 통일의 후문이 알고 싶은 눈치였다. 특히 동독 당정 간부들에 대해 어떤 보복이나 처벌이 있었는지 예리한 관심을 드러냈다. 해외 주재 경험이 있는 것으로 직감되는 60대 초반의 그는 어쩌면 동유럽 사회주의 정권의 연쇄 붕괴와 남한에 의한 흡수통일 가능성을 내다보고 있을지도 몰랐다.

그날 오후 평양실내체육관에서 본 집단체조(매스게임)는 그야말로 약동하는 집단적 힘의 폭발 그것이었다. 취주악단의 박진감 넘치는 우렁찬 연주와 대합창에 맞춰 1만 5천 명이 넘는다는 관중이 규칙적으로 내는 손뼉소리 속에서 5천여 명의 인민학교와 고등중학생들이 펼치는 매스게임과 현란한 카드섹션은 보는 이들을 역동적인 힘에 휩싸이게 했다.

하지만 그 같은 생동감은 생기를 잃은 북한의 산야와 거리, 표정을 잃은 인민의 모습들과는 너무 대조적이었다. 개성에서 평양까지의 철도 연변의 산들은 다락밭 개간으로 실한 나무 한 포기 없이 헐벗은 민둥산이 되어 있었다. 초라한 단층집 집단 가옥들이 띄엄띄엄 널려 있고 큰길을 달리는 차량 한 대 눈에 띄지 않는 농촌의 풍경은 아무리 겨울 풍경이라 해도 너무 을씨년스러운 정경이었다.

기념비적인 큰 건물이 늘어선 평양의 거리는 낮에도 통행하는 사람과 차량이 드물었다. 그곳은 밤 9시만 되면 희미한 가로등과 정치적 슬로건의 네온사인만 어둠을 지키며 깜박이는 유령의 도시로 변한다.

'우리는 행복해요' '당이 결심하면 우리는 한다.' '수령님의 교시와 당의 방침을 무조건 따르자,' '만수무강 수령님.'

무표정한 사람들의 거리, 고뇌에 차 있음이 역력해 보이는 지식인들의 표정, 북쪽은 결코 살아 숨 쉬는 사회가 아니었다. 바로 조지 오웰의 세계였다. 으리으리한 궁전에서 만찬을 드는 몇몇 주체의 사제司祭들 밑에서 모든 인민이 주체사상을 신앙으로 떠받드는 광신도가 되어 순종하며 살아야 하는 질식할 것 같은 사회였다.

"우리는 조선의 하느님을 믿는다"

거의 병적이다시피 '우리 것' 과 '우리 식' 을 들먹이는 북한의 끈질긴 노력은 남쪽 일행 96명(신문, 방송 취재단 60명. 회담 대표단 및 지원단 36명)의 숙소로 배정된 평양 외곽 백화원초대소 객실에서도 확인될 수 있었다.

화장실 세면대 위에 가지런히 놓여 있는 화장품 가운데 먼저 '살결물' 이라는 딱지가 붙어 있는 작은 유리병이 눈을 끌었다. 집어 들고 자세히 들여다보니 영어로 Toilet Water(화장수)라는 작은 글씨가 찍혀 있었다. 화장수를 살결물이라고 하는 모양이다. 그 옆의 치약은 '이닦기약', 로션은 '물크림', 헤어오일은 '머리기름' 이다.

객실 탁자 위와 냉장고 안 기호품과 식료품도 주체의 색깔이 뚜렷했다. 필터 담배가 '려과담배'이고 그밖에도 '새우튀기', '다시마 튀기', '영지버섯 튀기'가 있다. 화이트 와인은 '흰 포도술'로 인삼주는 '인삼술'로 표기돼 있다. 포도 주스는 '포도즙'이고 오미자 주스는 '오미자 단물', '신덕 샘물'은 북한 사람들이 프랑스의 에비앙보다 더 낫다고 자랑하는 생수이다. 개성에서 평양까지의 특별열차 여행의 안내자 정철만 력사연구소 연구원은 무슨 얘기 끝에 해방 전까지 아오지, 웅기, 리망시리로 불렸던 여진말 지명이 각각 학성군, 선봉, 덕성으로 바뀌었다고 알려줬다. 이름난 탄광지대인 아오지는 '불붙는 돌'이란 뜻의 여진말이라면서 이두문과 여진말 전문인 류열 선생이 그런 개칭 작업을 했다고 말했다. 여진말 지명을 우리 식으로 바꾼다면서 한문식 지명을 붙인 건 무슨 넌센스인가. 김정일의 정치 스타일을 두고선 왜 '광폭廣幅 정치'라는 더 낯선 한문식 조어로 써야 하는가? 내 방에 있는 '도라지'표 텔레비전은 일본 '도시바' 텔레비전이었다.

우리 일행이 1992년 2월 18일 평양역에 도착했을 때 베이지색 버버리 코트를 걸친 중년 신사가 기자 앞에 나타났다.

"한 선생이시죠. 최영진(가명)이라 합네다."

1백 67cm 정도의 중키에 호리한 체구, 중학교 생물 선생님 같은 인상의 섬세해 보이는 사람이다. 김책공대 공업경영학과를 나왔는데 해외동포원호위원회를 거쳐 현재는 조국통일민주주의전선(조민전)에서 참사로 일한다고 한다.

'조민전'은 북한이 통일전선전술에 따라 1949년 6월 25일에 결성한 노동당 전위 기구. 사회민주당, 천도교 청우당 등 정당과 직업동맹(직맹), 사로청, 노근맹, 여맹 등 근로단체, 조국평화통일위원회(조평통), 문예총, 기자동맹, 기독교연맹, 불교도연맹 등 사회단체와 대중조직을

산하에 거느리고 있는 막강한 권력기구이다.

　최 선생은 기자가 3박 4일 평양에 체류하는 동안 늘 기자를 그림자 같이 따라다니며 친절히 보호(?)해 준 안내원이었다.

　조부와 부친이 목사를 지낸 기독교 가정 출신으로, 요즘은 신도 3백 명인 봉수대교회의 전도사이자 3년제 평양신학대학교의 졸업반 신학도이기도 하다. 그는 요즘 부쩍 많이 평양을 찾아오는 미국, 캐나다 등지의 해외 동포 기독교 신자와 남쪽의 교역자들을 안내하느라고 바쁜 나날을 보낸다고 한다.

　그가 보여주는 수첩에는 남쪽 교회나 교인들이 봉수대교회로 보내온 비디오 설교집 명단이 20여 개 적혀 있었다. 알만한 목사와 신학자들의 이름이 보였다. 최 선생은 자기는 장로교 신자이지만 봉수대교회에서는 아직 초교파적으로 예배를 본다고 했다.

　얼마 전 방북, 금수산의사당(주석궁)에서 김일성 주석을 만난 문선명 목사의 통일교는 특히 우리의 전통사상과 윤리관이 바탕을 이루고 있는 세계적 종교라고 들어서 북쪽에서도 호감을 받고 있다고 한다. 아마 북쪽에서는 기자가 기독교를 바탕으로 한 통일교가 세운 세계일보 소속이라는 점을 고려, 그 사회에서는 희소한 기독교도를 안내원으로 붙인 것 같았다. 기자가 나는 불교도라고 밝히자, 최 선생은 세계일보 기자가 어떻게 통일교도도 아니고 기독교도도 아니냐며 의아해 한다. 남한 사회에서는 종교적 자유가 보장되어 있고, 세계일보는 사원들한테 통일교 신자가 될 것을 요구하지 않는다. 내 자신은 한 프로페셔널 저널리스트로 세계일보를 위해 일하고 있다고 자본주의적 관례를 설명해 준다. 아무래도 쉽게 납득되지 않는 눈치다.

　최 선생은 열네 살 적에 세례를 받았으며, 현재 평양신학대학원에는 10명의 학생과 3명의 교수가 있다고 했다. 북한의 기독교 신자 수를 물어보니 대략 1만 명쯤 될 것이라고 한다. 평양엔 교회라고는 봉수대교회 한 군데 뿐이고, 김일성 주석의 어머니 이름은 딴 반석교회는 아직 신축 공사중이라고 들었는데 다른 교인들은 어디서 예배를 보는지가 궁금했다. 북한 전역 5백여 곳에서 가정예배를 보고 있으며 현역 목사는 30명쯤 된단다. 유물론과 주체사상의 나라에서 하나님을 믿는 기독교 신앙이 양립 가능한가고 물어본다. "우리는 조선의 하느님을 믿습네다"라는 대답이 돌아온다. 북한의 기독교인들은 남쪽처럼 '하나님'이라 칭하지 않고 '하느님'이라고 부른다.

"기독교에서는 하나님은 한 분뿐이지 않아요?" 따지듯 다시 묻는다.

"그렇지요. 6.25 전쟁 전에 우리는 북조선 지역에서 기독교를 선교한 미국인 선교사들이 설교하는 하느님을 믿었지만, 지금 우리는 성경 말씀이 가르치는 참하느님을 믿고 있습네다."

북한에서의 기독교 전도 사업 전망에 관해 물어보았더니, "모두가 주체사상과 당, 어버이 수령과 지도자 동지를 받들기 때문에 기독교의 전도 사업은 현실적으로 어렵고 솔직히 말해서 오랫동안 그럴 것"이라고 내다보았다.

지금은 미주지역의 기독신자 동포들과 남한의 목회자들이 물밀 듯이 방북하는 바람에, 종교에 대한 북한 권력의 제약이 다소 완화된 것 같지만 그 동안 심한 탄압을 받았지 않느냐고 하자, 그건 사실과 다르단다. 해방 전 북한지역에 들어와 활동하던 미국인 선교사들이 복음을 반反사회주의적인 것으로 해석해 설교했다. 그렇기 때문에 북한에 공산주의 정권이 수립되자, 기독교도들이 보복의 두려움에 빠져 반공, 반체제 운동을 펌으로써 정부의 탄압을 자초했다는 반론을 펴는 것이었다.

"정부가 그들의 반체제 활동에 제재를 가하자 그들은 어린 양(신자)들을 버리고 월남해 버렸죠. 그 목사들 가운데 다수가 남쪽의 주요한 종교 지도자들이 되어 있지요" 라는 주장. 어느 의미로 말하면, 그 목사들은 진실로 하나님의 가르침을 따르지 않았다는 얘기였다. 양들을 버렸으니까.

기자는 최 선생을 크리스천 동료기자 K에게 소개해 주었다. 독실한 신자인 K기자는 서로 만나게 된 기쁨을 감사하기 위해 그에게 같이 기도를 올리자고 제의했다고 한다. 그랬더니 그는 주기도문에서 한 줄을 빼먹고 사도행전에서는 많이 더듬었다고 나중에 기자에게 말해 주었다.

집체사회 '두 얼굴'에 놀라움과 경악

북한의 외국어 조기 교육은 꽤 효율적인 것 같은 느낌을 받았다. 느낌을 받았다고 말할 수밖에 없는 것은 직접 확인할 길이 없이 그냥 전해 들었을 뿐이기 때문이다.

재북 4일간 아침 숙소를 나설 때부터 숙소에 돌아올 때까지 나와 동행한 (물론 대표단을 위한 공식 오찬, 만찬의 경우를 제외하고. 그럴 때 안내원들은 복도에서 기다려야 한다) 안내원 최 선생의 맏딸은 인민학교(초등학교)를 졸업하고 바로 평양외국어학교에 입학했다고 한다. 현재는 졸업반인 5학년으로 독일어가 전공이다. 그녀는 졸업하면 바로 평양외국어대학에 진학하는 코스란다. 우리로 치면 중학 1학년부터 5년간의 기간에 외국어학교 학생들은 전공·부전공 한두 가지 외국어를 집중적으로 공부하고 익혀서 외대에 진학하기 때문에 당해 외국어의 말하기, 듣기, 읽고 쓰기에 걸쳐 꽤 익숙해진다는 설명이다.

평양외국어학교에는 초기엔 나이 많은 미국인 선생님이 몇 있었으나 요즘 영어과에는 영국인 교사가 3명 와 있다 한다. 불어, 독어, 노어, 중국어, 서반아어과의 경우에도 외인 교사가 많다고 한다. 어학실습실 시설도 잘 돼 있어서 외국어대학생쯤 되면, 내방하는 외국인들이 현지에서 살다온 것으로 착각할 만큼 막힘없이 유창하게 외국어를 구사한다는 자랑이다.

기자는 60명 방북 취재 기자단의 풀(pool, 합동취재) 기사를 점검하여 서울로 송고하는 데스크 책임을 맡아서 항상 그 일에 얽매이는 시간이 많았다. 그래서 방북 기간 중 북측이 탐방과 참관을 주선한 일정 중 가장 관심이 깊은 력(역)사박물관은 아예 탐방도 못했다. 특히 6.25 전쟁 때 어떤 사료들이 있는지 보고 싶었는데. 인민대학습당도 참관 종료를 20분 남겨놓고 따로 찾아갈 수밖에 없었고.

그 곳 2층에 자리 잡은 번역국을 잠깐 둘러볼 수 있었다. 2백여 명이라는 전문 번역가 집단이 출근하여 각종 외국 서적의 번역에 종사한다는 설명. 번역국에서 우리말로 옮겨 펴낸 각종 기술도서 및 전문서적을 중심으로 한 도서가 자그마치 7만 권에 이른다고 책임자가 말한다. 외국어 학습과 번역 사업의 중시는 그들이 세계의 흐름에서 뒤지지 않으려고 진력하고 있음을 입증해 주는 것이 아닐까.

그들은 급변해 가는 세계에 따라가기 위해 해외 신간의 번역에 국가적 자원을 과감히 동원하고 있을 뿐만 아니라 우리 옛 사료의 국역작업에도 국가적 노력을 쏟고 있다고 했다. 남쪽에서는 중요도에 따라 국역이 진행되고 있는 조선왕조실록의 국역을 그들은 일찍이 완료하여 이미 2백 96책을 완간해 놓은 것이 이를 말해 줄 듯. 출판의 시장성을 먼저 고려하는 시장경제 사회보다 집체사회가 갖는 이런 측면은 재음미해 볼 필요가 있지 않을까.

하지만 기자는 또 다른 현장에서 북한 사회의 끔직한 자원 낭비를 목격하고 실로 어안이 벙벙해질 수밖에 없었다.

어찌 이럴 수가 있단 말인가. 기자에게 배정된 숙소인 백화원초대소 2각(동) 2백 59호. 독실의 테이블 위에 매일 한 장씩 넘기는 탁상 캘린더가 놓여 있었다. 평양에 도착한 다음 날인 19일 아침 기자는 그 캘린더를 보다가 놀라운 사실을 발견했다.

2월 19일 수요일자 캘린더의 아래쪽에 어느 해 같은 날에 김 부자가 어떤 일을 했는지가 적기돼 있었던 것이다. 옮겨 보면,

△ 1982년 — 위대한 수령 김일성 동지께서 전국의 선거자들에게 공개 서한을 보내시었다(공개 서한. 전국의 모든 선거자들에게)

△ 1969년 — 친애하는 지도자 김정일 동지께서 조선예술영화촬영소 초급 당위원회 확대회의에서 연설하시었다.(영화 창작사업에 대한 당적 지도를 잘할데 대하여)

△ 1971년 — 친애하는 지도자 김정일 동지께서 조선영화문학창작사 일군들 앞에서 연설하시었다(영화문학 창작사업을 개선한데 대하여)

△ 1974년 — 친애하는 김정일 동지께서 전국 당 일군 강습회에서 결론하시었다(온 사회를 김일성주의화하기 위한 당사업의 당면한 몇 가지 과업에 대하여)

2월 20일의 경우 하나의 예를 들면,

△ 1972년 — 위대한 수령 김일성 동지께서 평양시 룡성 온실농장, 룡성구역 화성 협동농장 돼지목장을 현지 지도하시었다.

이 정도에 이르면 김 부자의 일거수일투족은 바로 '성경말씀'의 인용을 방불케 한다. 기자는 서울에서 북한의 『중앙연감』이나 『력사사전』, 『정치사전』에서 예컨대 '교통운수'라는 항목이 나오면, 그 앞부분에 고딕체로 『김일성전집』의 관련 구절을 인용해 놓은 것을 익히 보아왔다. 하지만 탁상 캘린더의 그것을 보고는 그만 질려 버렸다. 이 얼마나 큰 인력과 자원의 낭비인가 말이다. 개인의 우상화가 이런 난센스를 연

출하는 사회가 어떻게 세계를 따라갈 수 있을까 안타까울 뿐이다.

　제3세계나 일본 등 일부 선진국의 학자들이 주체사상에 무언가 새로운 가능성이 있다고 생각하고 잠시 눈길을 돌렸던 시기가 있었다. 1970년대 초반을 전후한 때였다. 실제로 1960년대 말 북한은 경제적, 기술적으로 남한을 앞서고 있었고 발전 가능성도 커 보였다. 그러나 집체사회의 힘은 20년을 정점으로 그 한계를 드러내기 마련이라는 것이 정설이다. 북한은 그 절정기를 넘어서 이제 끝없이 떨어지는 하향기 20년을 걸어가고 있는 것이 아닐까 여겨졌다.

(『세계일보』 1992. 2. 22~26 연재)

번역
이삭줍기

　나는 평생 저널리스트로 일하는 틈틈이 적잖은 영미 서적을 번역하여 출판한 편이다. 역서譯書에는 꼭 해설을 겸한 '번역자의 말'을 달았다.

　그리고 여러 미디어의 요청으로 책의 내용을 좀 길게 요약, 소개하는 글도 더러 썼다. 여기 실린 4편의 글은 그 가운데서 고른 네 편이다.

　해마다 보릿고개를 넘어야 했던 가난한 시절, 농촌에서 자란 사람들은 누구나 봄의 보리 베기나 가을 추수가 끝난 들판에 나가 떨어진 이삭을 줍던 기억을 가지고 있을 것이다. 여기 실리는 글은 나의 번역 작업의 '이삭줍기'라고 하겠다.

올림픽 다이빙 챔피언 새미 리 스토리

『작은 거인의 인간 승리』
M. 플릭 웜플러 著/ 한영탁 譯

지난(2019년) 여름 광주에서 열린 세계수영선수권대회에서 김수지(21) 선수가 다이빙 1m 스프링보드 경기에서 동메달을 차지했다. 한국 선수로서는 다이빙 경기 역사상 처음으로 세계 선수권에 입상한 쾌거였다. 초등학교 1학년 때 다이빙을 처음 접하고 '올림픽 금메달리스트' 가 되겠다는 야무진 꿈을 품게 된 그녀는 각고 15년 만에 그 관문에 한 발 더 다가섰다고 보겠다.

지금은 기억하는 이들이 드물지만, 일찍이 71년 전에 수영 다이빙에서 세계 정상에 오른 자랑스러운 한국인이 있었다. 제2차 세계대전 직후인 1948년 런던 올림픽과, 1952년 헬싱키 올림픽 10m 하이다이빙(플랫폼) 경기에서 연속 금메달을 따낸 한국계 미국인 2세 세미 리가 바로 그 사람이다.

그도 역시 초등학생 때부터 다이빙에 흘딱 반해 꼭 올림픽 금메달리스트가 되겠다는 꿈을 키워왔다. 하지만 그는 이민자 가족의 가난과 당시 극심했던 동양계 소수민족에 대한 백인사회의 극심한 편견과 인종 차별에 맞서 싸워야만 했다. 또한 당시 세계 다이빙경기는 키가 큰 백인 선수들이 독무대로 지배하고 있어서 키가 유난히 작은 세미 리가 챔피언을 노린다는 것은 거의 망상으로 여겨졌다. 하지만 그는 남다른 각고의 노력과 더 격렬한 연습, 수련으로 이런 신체적 약점을 극복하고 마침내 챔피언이 되었다. 그리하여 그는 '작은 거인(small giant)'이란 애칭을 얻게 되었다.

필자는 중학생 시절 새미 리가 1952년 헬싱키 올림픽에서 두 번째 금메달을 획득했을 때부터 그의 존재를 알게 되었다. 다음해 그가 이비인후과 전문의 군의관으로 한국전쟁에 참전하게 된 것과 자기 아버지의 오랜 친구이며 독립운동 동지인 이승만 대통령과 해후하여 그의 귓병을 치료해 주었다는 뉴스도 읽었다.

그가 한국에서 복무 중 1953년과 1954년 두 차례나 동대문운동장 수영장에 특설한 다이빙 보드에서 한국 수영선수들과 관중을 위한 다이빙 시범 경기를 보여준 뉴스도 들었다. 그는 군 복무 틈틈이 자원 봉사로 당시 초보적 수준이던 우리 다이빙 선수들을 코치해 주다가 미국으로 돌아갔다. 그 후에도 세미 리는 개인 자격으로 여러 차례 방한하여 한국 다이빙 대표 선수들을 지도해 주며 한국의 다이빙 발전을 도우려 애썼다.

그 후 그는 2010년 제5회 '자랑스러운 한국인상'을 수상했으며 2013년에는 '재미 한국인 영웅상'을 수상하고 2014년에는 평창올림픽 '명예홍보대사'를 맡기도 했다.

그의 런던올림픽 제패 30년이 지난 1987년 미국의 전기(biography) 작가 M. 플릭 웜플러가 쓴 새미 리의 일대기 『Not Without Honor, The

Story of Sammy Lee』가 나왔다. 필자는 그 책을 읽으면서, 직업으로서 전문의와 올림픽 메달리스트가 되겠다는 두 가지 어려운 인생 목표를 향해 그가 쌓아온 피땀 어린 수련과 집념에 가슴 뭉클한 감동을 받았다. 인종 차별이 심하고 게다가 대공황이 북미 대륙을 휩쓸던 어려운 시대인 1930년대 초 새미 리가 아버지의 감화로 민족혼을 지키며 꿋꿋이 젊은 시절을 헤쳐 나간 의지도 놀랍고 감격적이었다. 그리하여 나는 이듬해 그의 전기를 『작은 거인의 인간 승리—올림픽 2연패 금메달리스트 새미 리의 빛나는 삶』이라는 책(民文庫 刊)으로 번역, 출판하게 되었다.

이승만으로부터 얻은 자유自由 정신

새미 리는 1920년 로스앤젤레스 근교에서 한국인 이민 2세로 태어났다. 그의 아버지 이순기는 이승만의 배재학당 학우로서 청년 시절 일찍 미국의 민주주의 사상에 눈뜬 이승만으로부터 큰 사상적 감화를 받았다.

이승만은 청년 시절, 공화정共和政을 주창함으로써 고종의 대한제국에 대한 대역죄로 사형선고를 받고 한성감옥에 투옥되었다. 얼마 후 무기형으로 감형 받았다. 그 후 5년 7개월의 긴 옥살이 동안, 방대한 독서를 통해 서양의 역사, 철학, 종교, 정치에 대한 수준 높은 지식을 축적할 수 있었다.

그는 종교개혁 이후 인간이 찾은 자유사상이 서구를 융성하게 하였으며, 우리나라가 망하게 된 원인은 이런 자유사상과 독립정신이 결여된 탓이라고 옥중에서 몰래 쓴 그의 저서 『독립정신(이승만 著/ 박기봉 校註/ 비봉출판사 2017년 刊)』에서 진단하고 있었다. 그는 장래에 전 세계가 미국이 주도하는 자유의 길을 따라 번영하고 평화를 누리게 될 것이라고 믿었다. 그래서 이미 멸망해 가는 동족을 자유의 길을 따라 소생시키겠다고 결심하고, '장차 부활할 한국인의 나라는 자유인의 공화국이다. 이 나라는 자유로운 세계가족의 일원으로서 세계에 활짝 열린 시장 국가가 될 것이다(독립정신)'고 내다보았다.

이런 친구의 영향으로 이순기는 자유를 동경하고 미국에 가기를 열망했으나 그 소망은 한갓 공허한 꿈만 같았다. 그런데 뜻밖의 기회가 찾아왔다. 한국의 남북을 잇는 경의선 철도를 건설하러 온 미국 엔지니어들에게 통역이 필요했다. 그때 마침 영어에 능통한 그가 통역으로 채용되었다. 미국 엔지니어들은 이순기의 능력과 신뢰성에 깊은 인상을 받았다. 그러나 그들을 더 감동시킨 것은 미국에 대한 줄기찬 그의 호기심과 끊임없는 질문, 미국으로 가려는 불타는 열망이었다. 그래서 그들은 주머니를 털어 모금을 시작하여 순기의 캘리포니아행 여비를 마련해 주었다. 캘리포니아주 이글로크에 있는 옥시덴틀대학에 입학할 수 있도록 주선도 해 주었다.

그는 어렵게 찾은 자유의 나라에서 고학을 하며 학업에 심취했다. 그러나 1910년 조국이 일본의 식민지로 합병 당하자, 서둘러 고국에 두고 온 아내 이은기를 미국으로 데려왔다.

이순기는 가족의 생계를 위해 대학을 자퇴하고 채소 농사를 지었는데 화재가 나서 농장 집과 재산이 불타 버렸다. 그는 다시 LA 근교 하일랜드 파크로 옮겨 주로 동양인을 상대로 하는 작은 식당을 열었다. 이미 두 딸과 새미를 슬하에 둔 이 씨 부부는 경제적으로 늘 쪼들렸다. 그러나 정기적으로 한인 교민들을 만나 서로 독립정신을 다짐하고 그들로부터 25센트, 50센트, 1달러의 후원금을 모아 워싱턴의 이승만 박사에게 보냈다. 이 박사는 미주 각처의 동포들이 보낸 이런 독립성금을 일부

활동비로 쓰고 나머지는 상해의 임시정부로 부쳤다. 이순기는 3.1운동 기념일 같은 날에는 교민들과 함께 일제의 만행을 고발하는 연극 공연을 마련하기도 했다. 그런 아버지의 감화로 어린 새미도 강한 민족혼을 품게 되었다.

뜻밖에 나타난 집념의 명 코치

새미는 또래의 친구들보다 키가 작았지만 체력은 좋아서 스포츠 활동에 뛰어나고 학업 성적도 좋았다. 특히 수영을 좋아하여 다이빙으로 올림픽 챔피언이 되겠다는 포부를 품게 되었다. 그러나 당시 미국의 공영 수영장은 유색 인종의 출입을 금지하고 있었다. 단 하루 오후 늦게 청소를 하고 물을 갈아 채우는 월요일에만 유색인의 이용을 허락했다. 그래서 새미는 여름 방학 때는 월요일마다 다이빙 보드를 오르내리며 왼 종일 다이빙 연습을 했다. 코치도 없었다. 다이빙을 좀 아는 흑인 선배의 조언을 받는 게 고작이었다. 하지만 새미는 프랭클린 고교에 진학 직후 남부 캘리포니아 지역 학생 수영대회에서 1학년부 다이빙 챔피언이 되었다.

얼마 후 새미의 다이빙 인생에 전기를 가져올 기적이 일어났다. LA초청 국제수영선수권대회 때였다. 경기의 막간에 열심히 다이빙보드에 기어올라 점프를 하는 새미를 유심히 지켜보는 초록색 양복을 차려입은 한 중년 신사가 있었다. 다이빙 세계선수권자를 여럿 길러낸 아일랜드계 미국인 명 코취 짐 라이언(Jim Lyan)이었다.

그는 1928년 올림픽에 출전한 이집트 선수 파리드 사마이카를 코치했다. 라이언은 파리드가 안짱다리에다 평발이고 피부색마저 검지만 반드시 챔피언이 될 것으로 믿었다. 실제로 파리드는 가장 높은 점수로 금메달을 목에 걸었다.

그러나 사흘 뒤 심판위원회가 그 판정을 번복하는 바람에 금메달을 회수 당하는 수모를 겪었다. 이에 라이언은 국제올림픽위원회(IOC) 임원들에게 주먹을 휘두르며 항의하면서, 꼭 새 챔피언을 길러서 올림픽에 돌아올 것이라고 말했다. "그 선수는 유색인종이고 신체적 조건도 나쁘겠지만, 난 당신들이 그를 챔피언으로 인정하지 않을 수 없게 만들고 말겠어!" 라고 선언했다. 절치부심한 그가 오랫동안 찾고 있던 선수가 바로 새미 리로 낙점되었다.

그날부터 새미 리의 코치로 나선 라이언은 공짜로 그를 지도하며 혹독한 훈련으로 몰아붙이기 시작했다. 수영장이 문을 닫는 겨울에는 자기 집 마당을 파서 모래 구덩이를 만들고 가설 보드에서 뛰어내리는 도약 훈련을 시켰다. 그러한 맹연습 덕택에 새미는 곧 사우스 캘리포니아와 캘리포니아주 다이빙 챔피언으로 우뚝 서게 되었다.

인종차별에 막힌 UCLA 입학

챔피언에 학력 성적도 올 A인 새미 리는 고교 3학년에 진학했을 때 인기 절정이었다. 그러나 그가 학생회장에 나서려 하자 교감 선생은 백인이 아닌 학생이 전교 회장을 맡은 적이 없다며 출마를 막으려 했다. 새미 리는 교감의 인종 차별적 반대를 무시하고 출마를 강행했다. 결국 그는 회장에 당선되었다. 그는 1939년 여름, 최우수 학생으로 고교를 졸업하면서 영예의 동창회장상까지 받았다. 그러나 LA 소재 캘리포니아주립대학교(UCLA)는 장학생을 선발하면서 객관적 평점이 가장 앞선 새미 리 대신에 백인 학생을 뽑았다. 새미 리는 인종차별의 비애와 좌절감에 빠졌다.

그때 옥시텐틀대학이 전액 장학금을 제안했다. 수업료뿐만 아니라 책값, 실험비, 도서관비는 물론이고 새미의 전국적인 다이빙 대회 출전 비용까지 제공하겠다고 했다. 그리하여 새미는 이 대학 의예과에 등록하고 다이빙을 계속할 수 있게 되었다. 대학은 새미의 코치도 짐 라이언에게 일임했다. 부호인 라이언은 이번에도 대학으로부터 한 푼도 받지 않고 새미의 지도를 맡아 주었다.

다이빙 훈련을 계속하면서 물리, 화학, 미적분, 해부학 등 전공과목 공부와 실험, 숙제가 중첩된 의예과 학습과정을 소화하기는 너무 벅찼다. 학업 성적이 평균 C로 떨어졌다. 그런 성적으로는 의대 본과 진학을 기대하기 어려웠다. 아버지는 의학 수련과 다이빙을 양립시키기 어려우니 다이빙을 포기하라고 타일렀다. 그는 친구인 이승만 박사에게 아들이 의학을 포기하고 다이빙 코치를 택할지도 모르니, 다이빙을 포기하도록 타일러달라고 요청하는 편지를 보냈다. 이 박사의 회신이 왔다. '새미를 걱정하지 말아요. 그는 이제 어린애가 아닙니다. 그는 자기가 최선이라고 믿는 것을 하지 않으면 안 됩니다. 스스로 자신의 운명을 선택해야 합니다' 라는 내용이었다. 이 박사는 새미 리의 다이빙 활동을 전하는 수많은 신문 기사를 오려 모은 스크랩 뭉치도 동봉해 보내 주었다.

새미가 대학 3학년에 진학한 1941년 12월 7일 일본이 진주만을 침공했다. 미국은 제2차 세계대전에 참전하게 되었다. 전쟁이 나자, 새미의 아버지는 여가 시간의 대부분을 캘리포니아주의 곳곳을 찾아다니면서 이승만 박사의 외교적 노력을 후원하여 꼭 독립을 얻어내야 한다고 동포들을 설득하며, 독립운동 기금을 모금하는 데 온힘을 쏟았다. 이 박사의 외교 노선을 반대하며 무력투쟁만이 독립운동의 길이라고 주장하는 사람들도 있었다. 심지어 이 박사를 공산주의자라고 턱없이 비난하는 이들도 있었다. 그때마다 이순기는 "우리는 자신을 해방시키기 위해서 자유로운 민주국가들의 지원을 절실히 필요로 할 때가 왔습니다" 하고 호소했다. 젊은 혈기의 새미는 "당장 공군에 입대해서 조종사가 되어 잽(왜놈)들을 두들겨 부수겠다며 자원입대하려 했다. 아버지는 나라의 부름이 있을 때까지 학업에 충실하는 것이 애국의 길이라고 타일렀다.

전쟁으로 1944년 올림픽이 열릴 가능성이 무산되었기 때문에 새미는 다이빙 연습은 잠시 접어두고 학업에 매달렸다. 3학년 말에 성적을 B+로 끌어올릴 수 있었다. 그 무렵 새미의 아버지는 한 독립운동 집회에 참석한 자리에서 심장마비로 쓰러졌다. 새미가 병원으로 달려갔을 때 그는 혼수상태에 빠져 있었는데 곧 숨을 거두었다.

아버지의 죽음으로 슬픔 속에서도 더 진지해진 새미는 4학년 때 전공 네 과목에서 A학점, 한 과목에 B학점을 받아 의과대학 본과 진학 자격을 얻었다. 그는 명문 사우스 캘리포니아대학교 의대 입학허가를 받았다. 어머니는 남편의 생명보험증서를 내놓으면서, 그 돈을 찾아 입학금으로 쓰라고 했다. 아들은 그 돈은 어머니가 수령인으로 되어있으니 어머니의 생계비가 되어야 한다며 받기를 사양했다.

징집과 군의관 훈련의 시작

새미는 의예과 졸업 후 곧 징집영장을 받았다. 하지만 그는 의과대학 입학 허가를 받은 자이기 때문에, 육군 의료요원 특별 훈련 계획에 따라 자동적으로 육군 일등병으로 군의관 교육을 받게 되었다. 군이 의대 등록금, 책값, 실습비를 대주고 월급 142달러를 지급하기로 되어 있었다. 새미는 그 사실을 알게 되자 날아갈 듯이 기뻐서 집으로 달려갔다. 소식을 전하며 어머니를 얼싸안고 방안을 빙빙 돌았다. 어머니가 생각에 잠겨 있다가 한참 만에 입을 열었다.

"어떻게 해야 할지를 알겠어. 식당을 팔아버리자. 그리고 그 돈으로 대학교 근처에 집을 얻는 거야. 할부로 살 수도 있을 거다. 그러면 우리는 교통비가 필요 없고, 너는 외식을 하지 않고 집에서 식사를 할 수 있지. 보험금으로 매달 작은 수입이 나오니 네 누나 메리가 좀 도와주고 네 군대월급을 보태면 우리는 잘 살아갈 수 있어."

그녀는 재빨리 계획을 실천에 옮겼다. 식당을 팔고 대학교에 아주 가까운 거리에 집을 샀다. 그 동네엔 한인들이 많이 살았다. 이제 어머니는 힘겹게 식당일을 할 필요가 없고, 혼자서 적적하게 지내지 않아도 되었다. 훌륭한 의사가 되겠다는 새미의 한 가지 꿈이 실현되는 것도 시간 문제로 보였다.

육군은 위탁한 의과대학생들이 2년 9개월만에 졸업하도록 계획을 세워두고 있었다. 자격을 갖출 수 없는 사람은 중도에 탈락되었다. 새미는 첫 학기에 해부학 2학점, 생화학 8학점, 조직학 5학점을 따야 했다. 중간시험 결과가 나왔을 때, 그는 해부학과 생화학에서 평균 F학점을, 그리고 조직학에서 D학점을 받았다.

곧 부학장 월터 스코트 박사가 그를 불러 면담했다. "자네는 21학점이 F이고 5학점이 D이니 낙제에 직면해 있네. 연말까지 성적을 상위로 끌어올리지 못하면 자동 낙제할 거네. 우리 의대에서 퇴학당하면 그것이 기록에 남아서 어떤 의대도 자네를 받아들이지 않을 걸세. 전과轉科를 하는 것도 고려해 보게" 하고 경고했다. 새미는 하루 동안 번민하다가 다음날 스코트 박사를 찾아갔다. 그는 "저는 절대 의대를 그만두지 않을 거예요. 퇴학당하지 않도록 하겠어요" 하고 단호히 결심을 밝혔다. 부학장은 "열심히 할 결심이라면, 행운을 빌겠네만…" 하고 짧게 말했다. 그러나 비관적인 표정이 역력했다.

그 직후 새미는 기숙사에 있는 동급생들이 매일 모여 복습과 시험 준비를 하는 세미나가 있다는 걸 알았다. 그래서 그들과 합류하여 함께 공부하며 도움을 받기로 했다. 그들은 시험 전에는 과거 10년간의 주요 시험 문제지를 복사하여 함께 풀어보곤 했다. 그는 도서관에 방대한 양의 옛 시험문제가 보관돼 있고, 시험문제의 거의 80%가 거기서 출제된다는 것도 알게 되었다. 세미나 친구들의 도움으로 새미는 학년말 시험에 거의 B+를 받아 F학점을 평균학점으로 끌어올리는 데 성공했다. 낙제를 면했다.

새미는 1946년 6월 명문 SCU(사우스 캘리포니아 대학교) 의과대학을 졸업했다. 전쟁은 끝났다. 새미는 군의관 중위로 임명되었다. 육군은 그에게 80달러의 월급을 지급하면서 계속 수련의(인턴) 교육을 받게 했다. 그는 오린지 카운티병원에 배속되었다. 그는 그 병원에서 1년 근무하는 동안 의대에서 공부한 것보다 더 많은 것을 배웠다. 또한 시간을 내어 다이빙 연습도 할 수 있었다. 그는 그해 8월 샌디에이고에서 열린 AAU(전미 체육 협회) 수영·다이빙대회 하이다이빙에서 신기록을 세우며 우승했다. 1948년 올림픽에서 금메달을 딸 수 있다는 자신감이 생겼다. 그는 출전을 결심했다. 준비 기간은 2년밖에 남아 있지 않았다. 대회가 끝나고 중국계 미국인 처녀 로즈 웡을 소개받게 되었다. 참하고 예절 바른 아가씨였다.

1947년에 인턴 과정이 끝난 직후인 9월에 그는 LA 근교 패서디나의 맥코믹 육군병원에 배속되었다. 군의 올림픽 발전 부서에서 그가 육군을 대표해서 올림픽 예선을 준비할 수 있도록 주선해 준 것이었다. 예선 한 달 전에는 연습에만 전념하도록 병원 근무도 면제 받았다.

예선은 1948년 7월 디트로이트에서 열렸다. 새미는 스프링보드 3m에서 동메달, 그리고 주 종목인 10m 하이다이빙에서 금메달을 차지, 올림픽 대표 선수로 뽑혔다. 그는 곧 전세기를 타고 런던올림픽으로 직행했다. 그리고 런던에서도 스프링보드 동메달, 하이다이빙 금메달의 주인공이 되어 전 세계의 찬사와 축하를 받았다. 동양계 최초의 쾌거로 대서특필되었다. 수구水球를 제외한 수영, 다이빙 전 종목에서 금메달을 휩쓴 미국 대표 수영팀은 귀국에 앞서 2주간, 암스테르담, 베를린, 파리를 순회하면서 시범경기를 했다. 가는 곳마다 새미 리는 공중에서 세 바퀴 반 앞으로 돌아서 물속에 잠수하는 특유의 묘기를 자랑했다. 관중들은 뜨거운 박수갈채를 보내 주었다.

조용히 기다려준 여인

올림픽의 격정과 흥분을 뒤로 하고 병원으로 복귀했을 때, 새미 리는 전역轉役을 미루고 샌프란시스코에 소재한 레터먼 육군병원에서 레지던트(resident. 전공 수련의) 과정을 밟기로 했다. 초등학교 때 심한 귓병 수술을 받았을 때, 자기도 나중에 전문의가 되겠노라고 아버지에게 말한 이비인후과를 택했다.

레터먼 병원의 수련의 과정은 명성이 높았다. 게다가 그 병원에는 오랜 여친 수지가 회계원으로 일하기도 했다. 두 사람은 다정한 사이로 함께 로즈볼(Rose Bowl. 미국 대학 미식축구 결승전 경기)을 구경하거나 오페라도 보러 다녔다. 어머니와 누나들도 같은 동양계이고 얌전한 수지가 새미의 배필이라며 결혼을 독촉했다. 하지만 인기 스포츠 스타로 가는 데마다 미녀들이 줄줄이 따르는 새미는 청혼을 망설이며 총각 신세를 즐겼다. 어떤 중국계 부자는 자기 딸과 결혼하면 하와이제도의 작은 섬 하나를 통째로 사주겠노라고 유혹하기도 했다. 새미의 방황에도 수지는 조용히 새미를 기다렸다. 마침내 1950년 6월 1일 수지의 생일 파티에서 새미는 그녀의 손가락에 약혼반지를 끼워주었다.

약혼 직후 한국전쟁이 터졌다. 새미는 참전하게 되면 신부를 미망인으로 만들 수도 있다며, 결혼을 미루려 했다. 어머니는 펄쩍 뛰며 반대했다. 수지는 새미의 말에 아랑곳 않고 차분히 가을에 있을 결혼식 준비를 해갔다. 결혼식에 입을 드레스, 신부 들러리들과 화동의 의상까지 모두 자기 손으로 만들었다. 중국인 가정에서 자라면서 어릴 적부터 익힌 바느질 솜씨가 뛰어났던 것이다.

새미 리 소령 경무대를 찾아가다

두 사람은 결혼식을 올리고 바로 팜스프링의 새도우 마운틴 호텔로 신혼여행을 떠났다. 그들은 거기서 1주간 지내며 호텔 수영장에서 다이빙 시범을 보여주는 것으로 호텔 체류비를 대신하기로 약속이 돼 있었다. 새미가 1952년 헬싱키 올림픽에 도전하기로 마음먹었을 때, 주변 사람들은 모두 회의적이었다. 고개를 가로저었다. 서른을 넘긴 나이로는 예선을 통과하기도 어려울 것이라며 말렸다. 그러나 아내 로즈는 "당신이 꼭 출전을 원한다면 전 말리지 않겠어요. 당신은 해낼 거예요" 하고 신랑에게 힘을 실어 주었다.

새미는 1952년 8월 2일 헬싱키에서 미국 대표선수로 다시 한 번 올림픽 하이다이빙 보드에 올랐다. 경기를 마치고 물위로 솟구치면서 그는 우승을 직감했다. 그는 자신에게 속삭였다. '생일을 축하한다, 새미 리. 이 늙은 녀석, 넌 멋지게 해냈어!' 그 때 그의 나이는 32세였다. 그때까지 하이다이빙 종목에서 챔피언이 된 선수로선 가장 많은 나이였다. 그리고 올림픽에서 연속 금메달을 따낸 최초의 선수였다. 두 번이나 올림픽 금메달을 딴 첫 아시아계 미국인이기도 하고.

1953년 8월 소령으로 진급한 새미 리는 해외근무로 한국에 파견되었다. 그는 서울 근교의 한 야전병원으로 배속되었다. 그는 어머니가 맡긴 편지 한 통을 가지고 있었다. 아들이 한국으로 전속된다는 말을 듣고 서울에 사는 오빠를 찾아 전하라고 준 편지였다.

새미는 어느 날 한국군 통역장교를 앞세워 신당동에 사는 외삼촌을 찾아갔다. 노인이 된 외삼촌은 폭격에 집이 불타 버려 판잣집을 짓고 살았다. 새미는 노인에게 자기가 은기의 아들이라고 말했다. 어리둥절하여 자기를 뚫어지게 바라만 보는 노인을 부둥켜 안으며 새미는 "은기가 제 어머니입니다" 하고 통역을 통해 거듭 말했다. 외삼촌의 두 볼에 눈물이 흘러내렸다. 새미는 외삼촌에게 매달 30달러의 돈과 담배를 가져다 주겠노라고 전하고 판잣집을 떠났다.

새미는 아직 이 대통령을 찾아가지 못하고 있었다. 그런데 어느 날 뜻밖에 사령관 스미스 장군이 경무대로 대통령을 방문하는데 함께 가자고 새미에게 청했다. 이 대통령이 귀에 염증을 앓고 있다는 것이었다. 새미는 여덟 살 때 이후 이 박사를 만나지 못했다.

새미가 "저는 이순기의 아들입니다" 하고 인사하자, 이 대통령은 눈물을 글썽이면서 감격한 표정으로 한 걸음 물러섰다.

"자네가 나의 가장 친한 친구의 아들이구나. 자네 부친은 나를 위해서 죽었다."

이 대통령은 새미를 얼싸안고 물었다.

"세계 다이빙 챔피언이 된 너의 형 새미는 지금 어디 있는지 말해다오."

"저에게는 형이 없습니다. 제가 바로 새미입니다."

새미가 웃으면서 말하자, 이 대통령은 사진기자들과 출입기자들을 모두 불러오라고 시켰다. 그는 기자들에게 올림픽 챔피언을 소개하면서, "이 사람은 나의 아들이나 다름없다"고 선언했다. 새미는 대통령의 귀를 진찰한 뒤 염증을 치료하기 위해 항생제를 주사했다. 그는 대통령의 귀가 다 나을 때까지 경무대를 드나들었다. 어느 날 이 대통령은 새미에게 다이빙 시범경기를 해 줄 수 있겠느냐고 물었다. 새미는 즉각 "예스"라고 수락했다.

동대문 운동장에서 열린 새미의 시범경기에는 한국의 체육계 인사와 수영, 다이빙 선수들, 그리고 내외 귀빈과 한미 군부 인사, 내외신 기자 및 학생들 다수가 참관하여 성황을 이루었다. 새미는 외삼촌 내외를 초청했다. 이 대통령은 새미의 외삼촌 내외를 불러 가까이 앉히고 마이크 앞에 나섰다.

"나는 이 자리에 참석한 모든 분들에게 이순기라는 절친한 친구로부터 생명의 은혜를 입은 사실이 있었음을 밝히고 싶습니다. 여기 있는 새미 리는 바로 이순기 씨의 아들로 내가 말할 필요도 없이 세계 다이빙 챔피언입니다. 그리고 여기 내 옆에 계신 분들은 새미 리의 외삼촌 내외분입니다."

어머니의 감동적 만찬 연설

다음 날 한국 신문에는 새미의 사진과 그에 대한 기사가 대서특필로 보도되었다. 미국 방송과 신문과 미군 신문 『스타스 앤 스트립스(星條紙)』에도 기사가 나갔다. 그해 새미 리는 전미체육협회(AAU)가 주는 가장 권위 있는 스포츠상인 「제임스 E. 설리번 상」의 1953년도 수상자로 선정되었다. 시상식은 연말에 뉴욕에서 있을 예정이었다. 새미는 출발하기 전 날 어머니에게 전화로 이 소식을 알렸다. 그러자 어머니는 "새미야, 이 대통령이 400달러를 보내줘서 나도 뉴욕에 갈 수 있게 되었단다!" 하고 말해 아들을 놀라게 했다.

수상식에 이어진 축하 만찬에서 사회자가 새미의 어머니를 소개했다. 그는 곧 "새미 리의 어머니를 연단에 모시는 것은 계획에 들어있지 않지만, 오늘 이 자리에 참석하셨으므로 소감을 들어보도록 하겠습니다" 면서 마이크를 넘겨주었다. 새미는 어머니가 전혀 연설을 할 준비가 되어 있지 않다는 것을 알고, 일어서는 어머니에게 미소를 보내며 혼자 말했다.

'하느님, 우리 어머니를 보호하소서.'

어머니는 한국말 억양이 섞인 영어로 띄엄띄엄 말했다.

"저는 최초로 미국에 건너온 한국 여성 가운데 한 사람입니다. 겁을 먹고 있던 저에게 남편 이순기 씨는 이곳에서 행복과 자유를 찾을 수 있을 것이라고 편지에 써 보냈습니다. 남편은 4년 먼저 미국에 건너와 있었습니다. 이곳에 와 보니 남편의 말이 옳았고 또 그 이상이란 사실을 발견했습니다. 저는 미국이 진정 위대한 나라라고 말하고 싶습니다. 진정으로 미국에 신의 가호가 내리기를 빕니다."

요란한 박수가 터져 나왔다. 새미는 어머니의 손을 덥석 잡았다. 그의 눈에는 눈물이 괴었고 목구멍에는 뜨거운 것이 치밀어 올랐다. 새미가 출연한 설리반 쇼를 본 미국무성 문화 담당관이 새미에게 국무성 친선사절로 동남아를 순방해 달라고 청했다. 새미가 받은 직함은 미국 체육

대사였다. 새미는 1954년 11월에야 한국의 야전병원으로 귀대할 수 있었다. 그는 곧 해외 근무가 끝나서 콜로라도주 포트 카슨 육군병원으로 전속되었다.

아내가 임신하자 새미는 이제 가족을 위해 제대를 하여 수입이 많은 개업의가 되기로 마음먹었다. 두 부부는 오린지 카운티에 자리 잡기로 하고 그곳 가든 글로브에 마땅한 집을 발견했다. 그 직후 새미는 아이젠 하워 대통령의 부름을 받고 백악관을 방문해야 했다. 아이젠하워는 초청한 체육인들과 만찬을 들면서 높아가는 청소년 범죄 문제에 대한 기탄없는 조언을 구했다.

인종 차별 반대 투쟁의 스타로

새미가 호텔로 돌아왔을 때, 로즈로부터 부동산 업자가 황인종이라고 매매계약을 거부했다고 알려왔다. 냄새나는 아시아인이 이사 오면 다른 백인들에게 집을 팔 수 없어진다는 이유였다. 새미 리가 올림픽 챔피언이고 미국의 친선대사라고 해도 집을 팔 수 없다는 것이었다. 새미는 너무나 노골적인 인종차별에 분노가 치밀어 CBS 방송에서 일하는 기자 친구에게 호소하며 분통을 터뜨렸다.

CBS와 『샌프란시스코 클로니클』 신문은 긴급 취재팀을 보내, 다음날 아침 가든 글로브 주택업자의 인종차별 행위를 고발하는 기사를 내보냈다. 다음 날 저녁이 되기 전에 미국의 주요 신문은 모두 새미 리의 기사를 대서특필했다. 새미 리는 갑자기 더 유명해졌다. 그것은 다이빙 선수나 친선사절 때에 비길 바가 아니었다. 그는 병원 동료들과 이야기하면서 말했다.

"나는 마침내 내 나라인 미국을 위해서 뭔가 할 일을 했어. 우리 아버지가 살아계셨더라면 이번 나의 일을 보시고 자유를 지키기 위해 아들이 생애에 가장 중요한 행동을 했다고 생각하셨을 거야."

여론도 새미 편이었다. 무도한 부동산 업자를 비난하고, 이런 인종차별을 근절하기 위한 조치를 취하라는 편지가 가든 글로브 시, 오린지 카운티의 여러 시청으로 쏟아져 들어왔다. 그 결과 오린지 카운티에는 균등기회위원회가 창설되고 인종차별은 입에 담을 수 없는 말이 되었다.

육군병원으로도 새미를 격려하는 전화가 쇄도하여 구내 교환이 마비되고, 전 세계에서 오는 전보가 한 다발씩 배달되었다. 그 중에는 이승만 대통령, 아이젠하워 대통령, 닉슨 부통령, 에드 설리번, 군 장성들, 체육계 인사, 연예인들이 보낸 전보도 포함돼 있었다.

포트 가슨 기지로 배달된 우편물 가운데는 이승만 대통령의 편지도 있었다. 봉투를 뜯으니 종이 한 장이 팔랑팔랑 떨어졌다. 수표였다. 새미는 수표를 주머니에 넣은 뒤 편지를 읽었다.

'새미, 나는 자네를 전보다 더욱 대견스럽게 생각하네. 자네 부친이 살아계셨다면 나와 같은 생각을 할 것이다. 자네는 인권 신장을 위해 길이 남을 업적을 남겼네. 나는 자네가 개업한다는 소식을 들었다. 행운을 빈다. 자네가 조국과 한국인들을 위해 노력한 것을 고맙게 생각하며 내가 조그만 성의의 표시로 소액의 돈을 보낸다.'

새미는 한국의 이 대통령이 격려 편지와 개업 축하로 2백 달러 수표를 보내줬다고 자랑하며 동료 장교에게 수표를 보여주었다.

"이봐, 새미, 자네 이제 안경을 써야겠네."

한 동료가 말했다.

"2백 달러가 아니라 2천 달러 수표야."

그는 그 돈으로 고민하던 병원 사무실 임대료를 해결할 수 있게 되었다.

3대 대통령의 자문위원, 특사

1956년 새미는 1936년 베를린올림픽에서 육상 100m, 200m, 400m, 1,000m 단거리 4종목을 재패한 육상의 전설, 제시 오웬스와 함께 아이젠하워 대통령의 개인특사 자격으로 멜버른 올림픽에 참가했다. 1960년 로마올림픽 때 새미는 미국 여자 다이빙 팀의 코치를 맡아 참가했다. 그의 선수들은 은메달 2, 동메달 1개를 땄다. 그러나 새미의 제자 봅 웹스트가 남자 하이다이빙 금메달리스트가 되었다. 새미는 1964년 도쿄 올림픽엔 다이빙 심판으로 위촉되어 아내와 함께 일본을 방문했다. 그의 제자 웹스트는 두 번째 올림픽 2연패를 기록해서 새미를 흐뭇하게 해 주었다. 소련의 아프가니스탄 침공으로 미국은 1980년 모스크바올림픽을 보이콧했다. 그 후 1984년의 로스앤젤레스올림픽이 열릴 때 새미는 성화를 들고 LA 코리아타운을 달렸다.

이 대회에서도 그가 코치한 그레그 루가니스가 하이다이빙과 스프링보드 두 종목의 금메달을 목에 걸었다.

새미는 1970년 닉슨 대통령의 체력 스포츠 자문위원회 위원으로 위촉되었으며, 1972년에는 뮌헨올림픽의 닉슨 대통령 특사로 참가하여 미국 올림픽 대표 단장에 임명되었다. 1984년에는 레이건 대통령의 보건자문위원을 지냈다. 그는 모교인 옥시덴틀대학으로부터 명예박사 학위를 받았다. LA 지역에는 그의 이름을 딴 초등학교도 개교했다.

그는 1968년 국제수영명예의전당에, 그리고 1990년 미국수영명예의 전당에 헌정되었다. 딸 하나 아들 하나를 보았다.

그는 2016년 96세를 일기로 숨을 거두었다.

키 150cm 남짓한 단신의 신체적 악조건과 극심한 인종차별의 편견과 박해를 이겨내고 올림픽 스타로, 3대의 미국 대통령 자문으로 명예의 정상에 오른 그가 걸어온 길은 그야말로 '작은 거인의 인간 승리'로 오래 기억될 것이다.

소년 달라이 라마의 스승이 된 등반인의 모험기

『티베트에서의 7년』

하인리히 하러 著/ 한영탁 譯/ 秀文出版社(1989. 2. 15)

『티베트에서의 7년』은 1939년 나치 독일의 낭가파르밧산山 원정대의 일원인 젊은 등반가 하인리히 하러가 제2차 세계대전에 휩쓸려 '은둔의나라' 티베트에서 살게 된, 당시로선 대단히 진기珍奇한 경험의 기록이다.

낭가파르밧은 인도 북부 카슈미르에 있는 높이 8126m의 명산. 현재는 파키스탄에 속한다.

나치 독일의 히틀러는 국위 선양을 위해, 그때까지 누구도 오르지 못한 이 산에 네 번이나 등정대를 보냈다. 그러나 번번이 실패하고 여러 명의 생명만 잃었다. 그래서 1939년 원정대는 새로운 루트를 찾기 위한 것이었다.

원정대는 그해 8월 새로운 루트 정찰에 성공했다. 등정은 다음해 하기로 했다.

이 책의 저자 하러는 이 원정에서 히말라야연봉의 마력에 매료되었다. 그 거대한 산군山群들의 아름다운 자태, 산에서 내려다보는 광활한 대지, 인도 사람들의 기이한 풍습 등은 마치 마력처럼 그의 마음을 사로잡았다.

이제 원정대는 인도 카라치항에서 유럽으로 돌아갈 배를 기다리고 있었다.

바로 그때 2차 대전이 터졌다. 곧 독일과 영국은 교전국이 되었다. 독일 등정대원들은 인도 주둔 영국군에 잡혀 포로수용소에 갇히게 된다. 전쟁은 끝없이 길어지고 영국군은 포로들을 자주 다른 수용소로 이동시켰다.

비무장 민간인이면서 부당하게 전쟁 포로의 몸이 된 혈기 왕성한 젊은이 하러는 무한정한 억류에 절망했다. 그는 하루 빨리 자유의 몸이 되고 싶었다. 수용소 탈출을 시도했다.

낮에는 숲에서 숨고 밤이면 험한 산길을 더듬으며 천신만고 끝에 제3국으로 넘어갈 국경지대에 다다를 때쯤 다시 체포되기를 여러 번 되풀이했다.

1943년 5월 하러는 돈, 식량, 나침반, 시계, 등산화, 등산용 개인 텐트를 모두 준비한 뒤 마지막 탈출에 나섰다. 이번엔 그때까지 세계에 그리 알려지지 않은 '은둔의 나라'이며 중립국인 티베트의 수도 라사로 갈 계획이었다.

탈출은 성공하여 그는 마침내 라사에 닿을 수 있었다. 혹한과 굶주림 속에서 험준한 히말리아 준령의 계곡과 고원을 헤치며 숨어숨어 가면서 장장 2000km를 걸어간 대장정이었다.

당시 쇄국정책을 펴던 티베트는 외국인의 입국을 거부하고 있었기 때문에 그들은 사람들의 눈을 피해 숨어서 걷거나 속임수로 위기를 모면해야 했다.

이 같은 고난에 찬 모험을 성공시켜 준 것은 자유를 찾아서 라사까지 가고야 말겠다는 그의 불굴의 의지와 강인한 체력, 그리고 히말라야의 영봉靈峰들이 주는 장엄한 아름다움이 힘이 되어 주었기 때문이라고 본다. 일단 라사에 도착한 후는 천성이 착하고 친절한 티베트 사람들의 호의로 상당히 안락한 생활을 했다.

그는 여러 분야에서 고문 역할을 했다. 살아있는 부처로 추앙받는 달라이 라마를 위해 영화를 촬영해 주는가 하면 영사실을 만들어 주다가 나중에는 그의 개인교사이자 친구가 되었다.

저자는 이 수기에서 외부 세계와 단절된 채 순박한 영혼을 지키며 평화롭게 살아가는 티베트 사람들의 소박한 삶의 모습과 인정, 신비한 전통과 풍속 등을 전해 준다. 그리고 라마불교의 활불活佛 달라이 라마를 받드는 신정神政 일체의 나라인 티베트의 실상을 처음으로 세상에 알려 주고 있다.

또한 하러는 13세 소년으로 포탈라궁宮에 유폐되다시피 고립된 삶을 살고 있는 14대 달라이 라마의 개인교사로 인연을 맺은 특수한 경험도 담담하게 서술하고 있다. 달라이 라마는 섭정과 종교 교육을 맡은 일단의 고승, 그리고 부모와 가족 외에는 만나는 사람 없이 고독하게 살고 있었다.

달라이 라마는 과학과 바깥 세계에 대한 지칠 줄 모르는 호기심과 지식욕을 가진 소년이었다. 하러는 그에게 서구문명과 과학 지식, 그리고 영어를 가르치면서, 거꾸로 자신은 이 총명한 소년을 통해 불교와 동양의 깊은 정신세계에 큰 감화를 받아가는 특이한 우정을 가꾸어 갔다.

하러는 외부 세계로부터 들어오는 초음파 라디오 방송과 신문을 통해 전후 유럽의 혼돈한 소식을 알았다.

그리하여 그는 성인의 나이가 되면 새 시대 티베트 국왕에 오를 달라이 라마의 서구문명 교육에 일조하고, 오로지 영혼의 자유와 평화를 갈망하며 살아가는 티베트인들에게 도움이 될 일을 하면서 그곳에서 살기를 열망하게 되었다. 7세기 때 티베트의 강력한 토번吐蕃 국왕 송쩬감뽀는 당唐과 친선관계를 맺고, 당의 문선공주를 왕비로 맞아들이기도 했다.

하지만 공산주의화된 중국은 영토적 야심을 드러내 티베트를 병탄하려고 침공했다. 그리하여 하러는 1951년 달라이 라마와 작별하고 사랑하던 티베트를 떠나지 않을 수 없었다.

그러나 달라이 라마와 하러의 우정은 그것으로 끝나지 않았다. 중국의 티베트 지배와 공산주의화가 본격화되자 달라이 라마는 1959년 티베트를 탈출하여 인도 북부의 달람살라에 티베트 망명정부를 세웠다. 하러는 달라이 라마를 자주 찾아가 만나면서 평생 친구로서의 깊은 우정을 나누었다.

하러가 2006년 1월 93세로 세상을 떠났을 때 달라이 라마는 애도의 성명을 발표하여 친구의 명복을 빌면서 "친구여, 아직도 산을 사랑하겠지요"라고 말했다.

하인리히 하러는 1912년 7월 6일 오스트리아의 휘텐베르크에서 태어났다. 그라츠대학 지리학과에 입학한 그는 알프스에서 여름에는 등산 안내인으로 겨울엔 스키강사로 일했다.

1936년 올림픽에 참가하여 오스트리아 선수단 기수가 되고 1937년에는 세계학생스키선수권대회에서 활강부문 챔피언이 되었다. 1938년에는 친구 3명과 함께 스위스 그란델벨트에 있는 깎아지른 듯한 수직 암벽 아이거 북벽(높이 1,826m)을 초등初登하여 전 세계의 등반계를 깜짝 놀라게 했다.

그리고 1939년 인도 북부 카시미르에 위치한 낭가파르밧(해발 8,126m)을 오르려는 독일 원정대에 참가하게 되었다. 그때까지 독일은 네 차례나 낭가파르밧 등정을 시도했다가 모두 31명의 산악인을 잃고 실패한 바 있었다.

그래서 히틀러는 낭가파르밧 정복으로 나치 독일의 위상을 세계에 떨치기를 열망하고 있었다. 오스트리아가 독일에 합병 당함으로써 독일의 제5차 낭가파르밧 등정대에 합류하게 된 하러는 이 원정 도중에 영국이 2차대전에 참가하자 인도 주둔 영국군의 포로로 잡히는 신세가 되었던 것이다.

하인리히 하러는 모국으로 귀환한 후 1955년에 『티베트에서의 7년간』을 출판했는데 이 책은 여러 나라에서 번역되어 베스트 셀러가 되었다.

1997년에는 장-자크 아노 감독, 브레드 피트 주연으로 영화화 되어 온 세계에 걸쳐 절찬을 받았다. 이 영화는 중국이 티베트 망명정부를 이끄는 달라이 라마를 의식, 촬영팀의 티베트 입국을 거부함으로써, 아르헨티나의 안데스 산악지대에서 촬영해야만 했다.

하러는 아이거 북벽 정복 20주년이 되는 1958년 나흘 반에 걸친 아이거 북벽 초등을 생생하게 기록한 『하얀 거미』를 출판했다. 이 책은 지금도 등반가들이 암벽 등반의 필독서로 찾아 읽고 있다. 한국의 등반가들도 암벽 등반의 교과서처럼 읽고 있다.

하러는 만년에 이르기까지 네팔, 시킴, 부탄, 라자크 등 히말라야의 오지를 찾아 등반을 즐기며 그곳의 민속과 관습 등에 관한 책을 썼다. 그의 티베트 사랑은 극진하여 1992년에는 자기 고향 마을에 '하러의 티

베트 박물관'을 짓고 마을의 벽에 티베트 불화佛畵를 조각해 두고 순례
길(낭코르)까지 만들어 두었다.

　한때 그는 청소년 시절 나치 지하조직에 가담하였다는 혐의를 받아
곤경에 처했다.
　그는 철없던 시절의 실책이었다고 솔직히 시인했다. 그는 유명한 나
치 전범 추적자인 이스라엘의 시몬 비젠탈이 하러가 나치의 전쟁범죄
나 유대인 학살과는 전혀 연루되지 않았다고 공개 해명해 주어서 나치
부역자라는 불명예에서 벗어났다.
　그 후 인권운동가로서의 활동을 계속할 수 있었다.
　저서로서는 『티베트에서의 7년』, 『하얀 거미』, 『부탄을 생각하며』,
『잃어버린 라사』, 『나의 인생』, 『유령과 수호신』 등이 있다.

　(이 글은 24년 전 번역한 책을 계간 『해동문학』에서 연재하겠다고 해서 새로 써준
「역자의 말」이다.=譯者)

『모비딕』을 낳은 해양 다큐멘터리

『바다 한가운데서』

너새니얼 필브릭 | 한영탁 옮김 | 다른(2015)

현대 미국의 대표적인 논픽션 작가이자 해양사학자 너새니얼 필
브릭이 쓴 이 책은 19세기 초에 일어난 미국 포경선 에식스호의
비극과 그 시대 해양 개척사의 단면을 보여주는 다큐멘터리다. 이 책의
원제는 『In the Heart of the Sea』이고 '포경선 에식스호의 비극'이라는
부제가 달려 있다.

이 책의 주제가 된 고래잡이배 에식스호의 조난은 20세기의 신화적
비극이 된 타이태닉호 침몰에 버금가는 19세기 최대의 해양 참사라고
할 수 있다. 미국의 대표적 고전 작가 허먼 멜빌은 에식스호가 무게 80
톤에 가까운 성난 고래에 떠받쳐져 침몰한 사건에서 영감을 얻어, 미국
문학사상 최대의 걸작으로 평가받는 『모비딕』을 쓴 것으로 알려져 있
다. 『모비딕』은 성난 거대한 고래에 의한 포경선 피쿼드호의 침몰과 야
성적인 집념의 화신 에이허브 선장의 죽음이 클라이맥스를 이루면서
끝난다.

한편 『바다 한가운데서』는 1821년 포경선 에식스호가 침몰한 뒤에 표류하기 시작한 고래잡이 선원들의 죽음과 삶의 고난 및 고투를 주제로 삼고 있다. 모선이 바다 속에 가라앉은 뒤, 그 선원 스무 명은 세 척의 작은 보트에 나눠 타고 처절한 갈증과 굶주림 속에서 거친 풍랑과 폭풍우 그리고 절망과 고독과 싸우면서 94일 동안 장장 7200킬로미터를 표류했다. 그들은 당시 세상에 거의 알려지지 않았던 태평양의 망망대해를 떠다니며 아사 직전의 극한 상황에 내몰린다. 처음에 이들은 질병이나 영양실조로 숨진 동료의 시신을 나름의 격식을 갖춰 수장水葬해 주었다. 그러나 마을 물과 식량이 동나자 죽은 동료의 시체를 나눠 먹기 시작하고, 종국에는 제비를 뽑아 동료를 죽인 뒤 그 인육을 먹기에 이른다. 처절하게 연명한 끝에 살아남은 여덟 명은 남미 페루 서해안에서 구조된다.

2000여 년 전의 해양 참사, 죽음에 이르는 길

『모비딕』이 인간 내면에서 상극을 이루는 영혼과 혈기, 문명과 야만성, 선과 악, 현실과 영원성, 사랑과 증오를 상징적으로 형상화한 대서사시라면, 『바다 한가운데서』는 인간 생존의 냉엄한 진실을 추적한 극사실적인 다큐멘터리라고 할 수 있다. 이 책은 표류자들이 비정한 자연과 인간의 한계에 맞서 절망과 공포와 굶주림과 싸우면서 서서히 무너져가는 과정을 무서우리만큼 냉혹하게 재현해 보여준다. 저자는 이를 통해서 독자들에게 인간 생명의 가치가 그 무엇과도 바꿀 수 없는 소중한 것임을 역설적으로 엄숙하게 일깨우고 있다.

이 책은 또한 19세기 초 미국 포경산업의 본거지인 대서양 연안의 섬

사람들이 겨우 200톤급의 목재 범선을 타고 남아메리카 남단을 돌아 태평양까지 나가서 고래잡이를 하며 바다를 일군 모험으로 가득 찬 해양 개척사 그 자체라고도 할 수 있다. 당시는 오랜 기간에 걸친 조업으로 대서양 어장에서 고래의 개체수가 급격히 줄어들자 미국의 포경선들이 고래를 찾기 위해 태평양 동부 해역의 어장을 개척하기 시작한 직후였다. 저자는 180년 전의 해양 참사를 재구성하기 위해 그 당시의 조선술, 항해술, 관측술, 고래의 생태학까지 섭렵하는 성실한 자세로 이 감동적인 다큐멘터리의 완성도를 높였다. 기록문학이 어떤 것인지 그 본령을 가르쳐주는 모범적 자세라고 할 수 있겠다. 탐사 저널리즘의 진수로 꼽을 만하다.

저자는 극심한 갈증과 기황에 처한 인간의 생리적 변화 과정과 심리적 갈등이 얼마나 무서운지를 보여주기 위해 나치의 아우슈비츠수용소 생존자들을 대상으로 한 연구 결과들을 그 비교 대상으로 삼거나, 제2차 세계대전 당시 미네소타대학교 생리위생연구소가 행한 기아 연구를 인용하기도 한다. 또한 이 책에는 바운티호의 선상 반란 사건과 전설적인 새클턴 경의 남극 탐험에 얽힌 리더십에 관한 흥미로운 일화도 각주 등을 통해 잘 정리되어 있다.

19세기 포경산업의 세계적 중심지였던 낸터킷 섬의 고래잡이 선원들은, 선장으로는 야심적이고 단호한 권위주의적 인물이 제격이고 그를 보좌할 일등항해사는 친화적, 사교적인 사람이어야 한다는 통념을 가지고 있었다. 그런데 에식스호의 폴라드 선장과 그를 보좌하는 일등항해사 체이스는 바로 상반된 유형의 리더십을 가지고 있었다. 그리하여 조난 직후 선장은 항해사의 주장에 밀려, 태평양의 섬들로 향하자는 본인의 의견을 접고 남아메리카 대륙을 향해 가는 죽음의 길을 따라가게 되었다. 최근 미국에서 영화화된 『바다 한가운데서』에서도 재난 에식스호 선장과 일등항해사의 이런 리더십 문제의 갈등이 비중 있게 다뤄지고 있다. 에식스호의 비극과 관련하여 허먼 멜빌이 남긴 다음 글은 주목할 만하다.

만약 에식스호 선원들이 조난 직후 바로 난파선을 떠나 타히티로 항해했다면, 이 비참한 사람들이 겪은 고통은 피할 수 있었을 것이다. 그곳까지라면 거리도 크게 멀지 않았고, 또 알맞은 무역풍도 불고 있었다. 그러나 그들은 태평양 원주민들의 식인 풍습을 두려워하고 있었다. 항해자들이 타히티에 도착하면 완전히 안전하다는 것을 그들이 몰랐다고 하는 것은 참 이상하다. 그들은 오히려 맞바람을 거슬러가는 길을 선택, 남아메리카 해안의 안전한 항구를 찾아가는 수천 킬로미터에 걸친 험난한 항해에 나섰던 것이다.

아이러니컬하게도 원주민들의 식인풍습을 두려워하며 남아메리카 행을 택한 에식스호 선원들은 결국 그들 자신이 동료를 서로 잡아먹는 식인 행위를 저지르게 된다.

에식스호의 비극, 그 뒤에 남은 것

비극의 고래잡이배 에식스호가 1819년 출항한 모항 낸터킷은 매사추세츠 주 남단의 케이프코드에서 50킬로미터 떨어진 대서양 연안의 작은 섬이다. 당시 한창 번창하던 미국 포경산업의 본거지였는데, 항구 앞쪽에 거대한 모래톱이 있어서 포경선의 규모가 점점 대형화함에 따라 출입항에 어려움이 생겼다. 1846년 큰 화재가 일어나 이를 계기로 포경산업의 중심은 보스턴 남쪽 90킬로미터 떨어진 대안의 뉴베드퍼드로 옮겨가게 되었다. 그 뒤 대륙횡단 철도가 생기고 태평양과 북극해가 고래잡이 어장이 됨에 따라 포경산업의 중심지도 뉴베드퍼드에서 다시 샌프란시스코로 옮겨갔다.

미국의 포경산업은 19세기 중반까지 미국 경제의 다섯 번째 가는 큰 산업으로서 당시 화폐 가치로 미국 GDP 중 1000만 달러를 차지할 만큼 큰 호황을 누렸다. 19세기 중반까지 뉴베드퍼드와 낸터킷, 세일럼 등 뉴잉글랜드지역 고래잡이 기지들이 거느린 포경선은 700여 척에 이르렀다. 이같이 큰 포경선단은 당시 전 세계의 포경선 척수의 3배 이상이나 되는 것이었다. 그리하여 1816~1859년에 이 지역은 미국에서 개인 소득이 최고로 높아 미국에서 가장 부유한 곳으로 번영을 구가했다.

당시 포경산업이 이렇게 성황을 이룬 이유는 1860년대 석유가 산업 에너지로 등장하기 전에 고래에서 얻은 기름이 기계유, 윤활유 및 등유로서 수요가 날로 높아졌기 때문이다. 거기다가 향유고래의 뇌에서 얻는 기름은 고급 향수와 화장품 비누 그리고 그을음이 나지 않는 양질의 양초를 만드는 데 사용되었다. 또한 고래의 수염과 뼈, 심줄은 여자들 속치마의 코르셋 스테이(버팀살대), 우산 빗살과 공예품 등을 만드는 데 쓰였다. 그러나 미국의 포경산업은 19세기 말에 이르러 석유산업 발달로 인한 고래 기름 수요의 감소 그리고 오랜 기간에 걸친 남획에 의한 문제 등으로 사양길을 걷게 되었다. 그리고 1985년 국제포경위원회는 멸종 위기에 처한 고래를 보호하기 위해 마침내 산업적 포경을 전면 금지하기에 이르렀다.

한편 허먼 멜빌은 그가 21세였던 1840년 포경선 선원이 되어 3년 8개월간 일했다. 20년 전에 일어난 에식스호의 조난 사건을 잘 알고 있던 그는 1841년 리마에서 에식스호의 일등항해사 오웬 체이스의 아들로 역시 포경선원으로 일하는 헨리 체이스를 알게 되어, 그 아버지의 수기를 한 부 얻게 되었다. 그의 걸작 『모비딕』을 세상에 내놓은 것은 그로부터 10년 뒤의 일이다.

(글항아리 출판 『해서열전海書列典』 게재)

바다에 홀로 맞서
요트로 주파해낸 세계일주기記

『바다와의 사투 272일』
나오미 제임스 | 한영탁 옮김 | 한국방송사업단(1983)

19 78년 6월 8일, 뉴질랜드 태생의 29세 영국 여성 나오미 제임스 가 길이 17미터의 요트 익스프레스 크루세이더호를 타고 여자 로서는 최초로 세계일주 단독 항해에 성공한 뒤 영국 다트머스항에 입 항했다.

그녀는 그 전해 9월 9일 다트머스에서 출항하여 아프리카의 희망봉, 오스트레일리아의 루윈곶, 남아메리카의 혼곶 등 세 대륙의 큰 곶岬과 남쪽 바다를 지나가는 험난하고 전통적인 세계일주 요트 항로를 거쳐 272일 만에 모항으로 귀환하는 위업을 성취했던 것이다.

이로써 나오미 제임스는 10년 전 이름난 모험가이자 항해인인 50대 남성 프랜시스 치체스터가 인류 최초로 단독 세계일주 요트 항해에 성 공한 274일보다 2일 앞선 신기록을 세우게 되었다. 그녀의 항해는 수천 년 동안 대양을 남성의 독무대라고만 생각해 온 인류의 고정 관념을 무 너뜨린 쾌거였다.

치체스터는 자신의 항해로 엘리자베스 여왕으로부터 기사 작위를 받고 치제스터 경Sir으로 불리는 영예를 누리게 되었다. 나오미 제임스도 항해 이듬해에 같은 급의 여성에게 부여되는 대영제국의 귀족 신분인 데임Dame 작위를 받았다.

데임 나오미 제임스는 1990년 모국인 뉴질랜드의 스포츠 명예의전당에도 올랐다.

이십대의 여자 미용사가 세계일주 요트 항해에 나서기까지

이 책은 나오미 제임스가 1979년에 쓴 수기를 「KBS 한국방송사업단」이 1983년에 번역 출판한, 그녀의 단독 세계일주 요트 항해기다.

어떻게 한 여성이 자연의 힘에 도전하여 공포를 이겨내고 이런 일을 이뤄낼 수 있었는지, 그 전율에 찬 모험담을 전하는 생생한 대양 항해 기록이다.

나오미는 1949년 3월 2일 뉴질랜드 내륙의 한 양치기 농가에서 태어났다. 텔레비전도 없는 오지였다.

그녀는 학교생활보다는 말을 타고 넓은 들판과 관목 숲과 강가를 쏘다니기를 좋아했다. 내성적이라서 친구를 사귀기보다는 독서를 좋아한 그녀는 홀로 책을 읽으며 미지의 세계를 동경하고 위대한 모험에 대한 꿈을 키워 갔다.

미용사로 일하던 나오미는 20세가 된 1969년, 더 넓은 세상을 체험하기 위해 여객선을 타고 영국으로 건너갔다. 그리고 6년간 독일어를 배우고 미용사, 영어 강사, 스키리조트의 웨이트리스로 일하면서, 전동자전거를 타고 오스트리아, 프랑스, 독일, 스위스, 그리스를 누비며 여행을 즐겼다.

그러다가 1975년 프랑스의 생마로항에서 장래 남편이 될 로버트 제임스를 만나게 되었다. 영국의 이름난 항해가 차이 블라이스가 운영하는 순항요트 용선傭船회사의 선장으로 일하는 젊은이였다.

나오미는 로버트가 모는 요트 브리티시 스틸호의 갑판원 겸 요리사가 되어 함께 항해하면서 그로부터 요트의 돛과 밧줄 등 색구素具를 다루는 법과 항해술을 배웠다. 그녀는 처음엔 뱃멀미로 고생했지만 곧 항해와 바다 생활과 로버트와의 사랑에 홀딱 빠져들게 된다.

하지만 나오미는 6개월간 로버트와 떨어져 있어야만 했다. 그가 대서양 삼각요트경주에 참가했기 때문이다.

나오미는 그 기간에 부모를 만나기 위해 뉴질랜드로 돌아갔다. 거기서 우연히 집어든 잡지에서 세계일주 요트 항해를 구상하고 있던 한 프랑스 여인에 관한 이야기를 읽게 된다.

곧 나오미는 홀로 요트 세계일주 항해를 하겠다고 마음먹었다. 이후 그녀는 치체스터 경, 차이 블라이스, 로빈 녹스존슨 등 대항해가들의 요트 항해기를 찾아 읽으면서 단독 항해의 꿈을 굳혀갔다.

1976년 다시 영국으로 날아간 그녀는 두 달 후 로버트와 결혼했다.

그녀가 뉴질랜드에 간 사이에 차이 블라이스 선주는 1968년 레슬리 윌리엄스가 타고 대서양 횡단 단독 항해를 한 유명한 요트 스피릿 오브 커티사크(Spirit of Cutty Sark)호를 사들였다.

나오미는 로버트와 이 배로 프랑스를 왕복하게 되었는데 어느 날 밤 남편에게 홀로 세계일주 항해를 하겠다는 결심을 털어놓았다.

로버트는 처음에는 회의적이었다. 그러나 아내가 마음을 단단히 굳혔음을 확인하자 이내 적극적으로 지지하고 나섰다.

당시 세계항해기록협회가 인정하는 세계일주 요트 항해는 두 항로로

나뉘어 있었다.

하나는 파나마운하를 통과하여 태평양과 대서양을 건너 세계를 일주하는 비교적 용이한 코스다. 다른 하나는 영국 해협에서 출항하여 남아프리카를 돌아 오스트레일리아 남단 '롤링 포티스'로 불리는 남위 40도와 50도 사이의 남극해를 지나 '악마의 바다' 혼곶 남단을 경유, 다시 대서양을 북진하여 영국으로 돌아오는 정통 코스였다.

두 항로 모두 적도를 두 번 지나야 한다는 조건이 붙어 있었다. 나오미는 치체스터 경이 택한 후자의 어려운 항로에 도전하려고 했다.

이제 문제는 요트를 구하고 자동조타장치, 무선전화, 색구와 부속품, 식량 등 보급품, 그리고 요트의 보험금 등을 마련하는 데 필요한 6만 파운드 정도를 제공해 줄 후원자를 물색하는 일이었다. 요트를 탄 지 겨우 1년밖에 안 된 데다 혼자 요트를 몬 경험이 한 번도 없는 풋내기 여자에게 그런 거액을 대줄 스폰서가 선뜻 나설 리 만무했다.

거의 6개월이 지나도록 후원자를 구하지 못해 실의에 빠져 있을 무렵 돌파구가 열렸다.

나오미의 결의와 열성을 지켜보아온, 대형 순항요트 선주인 퀸틴 월로프가 1만 파운드를 내놓겠다며 나섰다. 그러자 차이 선주가 자기의 스피릿 오브 커티사크호를 빌려주겠다고 호응했다.

마지막으로 런던의 신문사 『데일리 익스프레스』가 스폰서로 참여하면서 스피릿 오브 커티사크호의 이름을 익스프레스 크루세이더호로 바꿨다. 크루세이더(십자군)는 『데일리 익스프레스』지의 로고로 그려진, 신문사의 상징이었다.

이 신문사는 나오미가 세 차례의 랑데부 해상에서 항해 사진과 항해기를 제공한다는 조건으로 거액의 후원금을 부담하기로 했다.

271일 19시간 만에 세계일주 항해에 성공하다

나오미는 1977년 9월 9일 마침내 보리스라는 이름의 검은 고양이 한 마리만을 친구삼아 항해에 나섰다. 항해는 처음부터 고난의 연속이었다. 자동 조타기며 무전기가 고장 나고, 배 안에 물이 스며들었다. 그녀는 항해술 미숙으로 놀라운 실수를 연발했고 몸을 가누기 어려운 격랑에 흔들리면서 하루에 열 번 넘게 돛대에 기어올라가 돛과 밧줄을 수리해야 했다.

그러나 돛들이 순풍을 담뿍 안고 요트가 햇빛 반짝이는 바다 위로 힘차게 미끄러져 나갈 때는 하늘을 오를 듯한 충만한 희열의 순간을 맛보기도 했다.

그녀는 준비해 간 200여 권의 책을 읽고 좋아하는 음악을 듣고 해조海鳥와 고래들을 보고 노래를 부르고 명상을 했다. 책은 소설, 위인전, 항해기, 등반기 그리고 특히 좋아하는 골동품을 다룬 것들이었다. 체스말을 조각하기도 했다.

하지만 차디찬 파도의 홍수에 흠뻑 젖었을 때, 격심한 피로에 젖어 녹초가 되어 쓰러졌을 때, 사랑하는 남편이 미칠 듯이 그리워졌을 때, 산더미 같은 삼각파도가 선체를 때려 속수무책으로 몰아붙일 때, 그녀는 다시 절망적으로 참담한 상태에 빠져들었다.

항해 28일째인 10월 6일엔 설상가상으로 무전기가 고장 났다. 외부세계와 소통이 단절되고 고립되었다. 거기다 열대 무풍지대를 만나 바람이 죽자, 요트는 속도가 한없이 느려져 제자리걸음을 했다. 고독감과 우울증이 밀려와 미칠 듯한 상태에 처했다.

38일째 되는 날인 10월 16일 마침내 적도를 통과했다. 언니 줄리엣이 적도를 지날 때 열어보라며 준 꾸러미를 끌렀다. '첫 적도 통과를 축하

해!' 라는 메시지와 D. H. 로런스의 단편집 한 권, 막대사탕 하나가 나왔다. 10월 20일엔 유일한 동행인 고양이 보리스가 파도에 휩쓸려 바다에 떠내려갔다.

항해 71일째인 11월 18일 자동조타기가 고장 났다. 부득이 무기항 항해를 포기하고 이튿날 케이프타운에 입항하여 배를 수리해야 했다.

항해 169일째인 1978년 2월 23일 작은 돛대 하나가 쓰러졌다. 2월 27일 새벽 동틀 무렵 마치 급행열차가 질주하는 듯한 굉음과 함께 높이 15미터의 파도가 배 옆구리로 들이쳤다. 배가 전복되었다.

선실로 뛰어든 나오미의 몸통 위로 온갖 잡동사니가 쏟아져 덮쳤다. 그녀는 자신이 선실 천장에 자빠져 누워 있는 걸 발견했다.

이제 죽음의 순간이 닥쳐왔다고 생각했는데, 요트가 비틀거리면서 다시 선체를 바로잡더니 앞으로 나아갔다. 앞서 강풍으로 기우뚱해진 것을 밧줄로 간신히 고정해 두었던 메인 마스트(주돛대)도 기적적으로 부러져 있지 않았다.

하지만 그런 불완전한 상태로는 격랑의 혼곶을 헤쳐 나갈 수 있을지 의문이었다.

그녀는 뉴질랜드로 되돌아가는 방법을 고민했다. 그때 크루세이더호의 위치는 뉴질랜드에서 2800해리, 혼곶에서 2200해리 떨어진, 대략 중간쯤 되는 곳이었다.

되돌아가려면 자동조타기와 돛대들이 시원찮은 배로 바람을 안고 먼 항로를 가야 하고, 3월을 넘기면 혼곶을 지나는 항로는 최악의 기상 조건에 부딪칠 것이었다.

나오미는 혼곶으로 가는 항해를 강행하기로 결정했다. 간난신고 끝에 항해 195일째인 3월 21일 남아메리카 남단의 혼곶을 지나고 사흘 만인 24일 포클랜드에 상륙했다. 요트를 정비하고 28일 다시 출항한 크루세이더호는 항해 235일째인 4월 30일 두 번째 적도를 지나 북반구로 들어섰다.

그리고 6월 8일 나오미는 정확히 271일 19시간 만에 4만3452킬로미터의 세계일주를 마치고 개선했다. 우리의 통상 거리로는 무려 10만 리가 넘는 항로였다.

나오미의 남편 로버트 제임스는 1983년 항해 중 자신이 선장으로 있는 요트를 수리하다가 실족하여 익사했다. 그 열흘 후 나오미는 딸을 낳았다.

나오미 제임스의 세계일주 단독 항해기록은 2005년 2월 12일 75일 만에 무기착 세계일주에 성공한 여인 엘런 맥아더의 기록으로 경신되었다. 하지만 그녀는 육분의六分儀에 의한 천측 항해가 아니라 GPS의 지원을 받는 길이 25미터짜리 최신형 요트로 항해했다.

(글항아리 출판 『해서열전海書列典』 게재)

다양한 내용과 풍성한 읽을거리의 잔치상

— 수필집 『페가수스의 꿈』 평설

이 유 식

(평론가, 『한국문인협회』·『국제펜클럽 한국본부』 고문)

1. 저자와 나와의 인연

이 수필집의 저자 한영탁 사백은 세 가지의 호칭이 있다. 언론인, 번역문학가, 수필가이다. 언론인으로 직업에 충실하면서 문학작품 번역에도 왕성한 업적을 쌓아 오다가 인생의 만년에 청소년 시절의 문학적 열정을 되살려 정식으로 수필가로 데뷔한 전후사정이 있다.

이런 그와 나와의 인연은 역시 문학이 매개였다. 2008년에 진주를 떠나 주로 부산과 서울에서 문단활동을 하는 사람들이 흘러간 세월도 세월이지만 남강의 옛정이나 나누자는 뜻에서 『남강문우회』를 결성하였다. 여기에 그도 물론 나도 참여했다. 이러고 보면 의문이 날 법도 하리라. 그는 경북 영덕 출신에다 부산에서 고등학교를 나오지 않았던가. 진주 출신이 아니다. 맞는 말이다. 합당한 의문이다.

그러나 여기엔 그럴만한 사정이 있다. 고등학생 문학청년으로서 진주의 영남예술제에 오가면서 사귄 창립의 주 핵심 멤버들과 인연이 깊었기 때문이다. 그 주 멤버가 곧 그의 친구요 내 친구였기에 우리는 더욱 가까워졌다. 어디 이런 것뿐이랴. 나이도 같고 공교롭게도 대학의 학부 전공(영문학과)도 같고 또 한때나마 젊은 시절에 월간지 편집자 경력도 같다 보니 통하는 것이 참 많았다. 초록은 동색이란 말은 이를 두고 할 수 있는 말이 아니겠는가.

그러다 보니 단체의 만남에서건 개인적 만남에서건 만나면 만날수록 우린 정이 깊어졌다. 호남의 기질에다 술좌석의 풍류도 알기에 우린 죽마고우 같은 사이가 되었다.

이런 그가 이번에 수필집을 낸다 하기에 이렇게 펜을 들었다. 먼저 수필집 『페가수스의 꿈』의 상재를 진심으로 축하하는 바다.

2. 작품 성향과 주요 작품 내용

대체적으로 이 수필집의 글은 부록편과 아울러 크게 말해서 네 가지로 분류해 볼 수 있다. 본편의 글은 두 종류다. 나의 경험을 담담하고 진솔하게 담은 경수필이 그 하나라면, 다른 하나는 중수필류다. 특히 중수필의 경우는 경수필의 동음반복 같은 일상성을 탈피해 보고자 한 의식적 노력과 뭐니 해도 저자의 오랜 기자생활에서 체득화 된 시각의 조건반사적 반영의 산물이라 보여진다. 가령 저널리스틱한 시각과 접목된 비평수필, 해당 시기의 시사성이 높은 문제를 다룬 시사수필 그리고 현장취재식 서사수필류가 바로 그런 경우다. 특히 이런 글의 일부에서 보이고 있는 '수필적 자아' 의 시선이나 시각은 크게 말해 자유 우파적 관점을 유감없이 보여주고 있다는 것도 이 수필집의 특성 중의 하나가 아닐까 싶다. 그는 자유주의 사상의 옹호자이다. 그래서 인권과 개인적 자유에 대한 탄압과 정치권력의 전체주의적 지향에 끊임없이 경종을 울리고 있다.

그리고 부록편에서도 두 종류의 글이 있다. 북한 방문시에 현장에서 듣고 본 르포르타주와 번역가로서 원작자와 역서의 내용을 요약 소개한 글이다.

그러면 이쯤에서 이 수필집의 총론식 언급은 여기서 접고 이미 앞에서 언급되었듯 네 가지 분류에 따라 주요 작품 위주로 각론식 언급을 해보기로 하겠다.

첫째는 경수필류의 경우다. 고향을 소재로 한 글, 외부 나들이경험, 그때 그때 일상생활 경험 그리고 직업 관련이나 직장 외의 부업 경험 등으로 되어 있다.

먼저 고향 관련글에는 「북송정」, 「잊을 수 없는 여름밤」, 「어떤 시비」가 대표적인 작품이다. 「북송정」이 청소년 시절 고향에서 6.25를 맞아 인민군 치하에서 경험했던 일들이라면, 뒤의 글은 저자가 고향에 초청한 서울의 모 예술고의 종합예술제 참관기다. 특히 이 참관기에서는 공연중 갑자기 가설무대의 전깃불이 나가 우왕좌왕하는 장면이 나온다. 어느 순간 임시방편으로 수많은 구경꾼들의 플래시 라이트의 불빛이 비춰져 가까스로 공연을 마쳤다는 앞뒤 이야기가 하이라이트다. 저자에겐 제목처럼 정말 잊을 수 없는 고향 추억의 한 토막임에는 틀림없다.

나들이형 글이라면 「어떤 귀향」과 「아우슈비츠에서」를 들 수 있다. 「어떤 귀향」은 어느 언론계 선배가 고향에 지은 집의 집들이 겸 그 축하 문화행사 자리의 참관기라면, 「아우슈비츠에서」는 폴란드에 있는 그 유태인 수용소 방문기다. 우리가 늘 들어왔던 유태인 학살 현장을 생생하게 전해 주며, 인간의 가공할 죄악의 실체가 무엇인지를 반성시켜 주는 글이다.

직업 관련 글이나 부업으로 오랫동안 해왔던 번역가로서 경험담은 「페가수스의 꿈」, 「마지막 요약」, 「어느 반역자의 변」, 「한 창업 도우미의 신바람 리포트」에 잘 나타나 있다. 「페가수스의 꿈」은 청소년 시절부터 후에 저널리스트가 되리라고 마음먹게 된 동기를, 「마지막 요약」은 세계적인 매체였던 월간 리더스 다이제스트 창업주의 편집 철학을, 「한 창업 도우미의 신바람 리포트」는 한국판 발행에 관여했던 자초지종을, 「어떤 반역자의 변」은 번역가로서 수시로 느끼던 자괴감과 보람을 각각 진솔하게 풀어내 주고 있다. 중역重譯이 성행해 온 낙후된 한국번역, 출판문화의 지난날을 되돌아보기도 한다.

참고로 그동안 그가 번역한 책이 무려 백여 권이란 말에 나는 우선 놀랐다. 기자 생활 중에 짬짬이 이런 업적을 이루어 냈으니 어디 하루라도 마음 놓고 편히 쉴 수 있었겠는가 싶다. 정말 번역 전문가도 따라오기 벅찬 업적이라 볼 때 어차피 농이긴 하지만 그는 일벌레임에는 틀림없다.

둘째는 중수필 계열의 작품들이다. 어떤 사안에 대한 논리적 해석이나 의미부여를 하며 글을 끌고 간다. 그리고 잘못된 것이라면 가차없는 비판도 하며 필자 나름의 올바른 길을 제시해 보고자 하는 노력도 보이고 있다. 그러는 가운데서 필요하다 싶으면 한 지성인으로서 애국적 관심도 가감없이 드러내주고도 있다.

여기선 우선 이런 작품군에 속할 수 있는 작품의 제목부터 일부 나열해 본다. 논리적 해석이나 의미부여—「2달러의 비전」. 잘못된 사안에 대한 비판—「세븐-업 법칙 유감」, 「잊었습니다!」, 애국적 관심—「안중근과 박정희」, 「김관진 효과」, 「통일을 갈망하는 J형에게」 등이다.

그럼 이 작품들 중에서 아쉽지만 편의상 세 작품만 언급해 두기로 하겠다. 「2달러의 비전」은 보훈의 달에 육군 3사단 방문에서 받았던 2달러가 표구가 된 아크릴 액자가 소재다. 2달러의 '2'가 표상하는 의미 해석 그리고 이런 2달러가 행운을 가져다 준 예화도 재미가 있다. 「세븐-업 법칙 유감」은 노인이 되면 무조건 7가지를 포기하고 살아야 한다는 속설 같은 법칙이 있는데, 그 중 「입 닫고 지내」와 「만사 포기해」가 잘못된 것이라 지적해 주고 있다. 「잊었습니다!」는 음식점에서 불고기를 잘도 먹어대는 장면을 보며, 미국산 수입 쇠고기 반대라는 이른바 광우병 소동을 비판적으로 대비해 보고 있는 해학적인 글이다.

셋째는 부록편에 들어 있는 저자의 평양 방문기다. 1992년도 역사적인 「남북 기본합의서」 서명 행사에 취재기자 신분으로 3박 4일간 평양에 머물면서 직접 보고 들은 르포다. 같은 나라이면서도 남과 북이 갈라져 너무나 큰 차이를 보이는 현실상황이 매우 생생히 전해지고 있다. 동족으로서 마음 아픔이 곳곳에 내비쳐지고 있으며 이 글의 맨 끝에서 "북한은 그 절정기를 넘어서 이제 끝없이 떨어지는 하향기 20년을 걸어가고 있는 것이 아닐까 여겨진다"는 멘트로써 매듭을 짓고 있다.

넷째는 역시 부록편에 나오는 이 작가의 번역서 소개글이다. 네 편의 소개글이 우선 비슷한 요소가 있다. 크게 보면 모험담이나 모험담류에 속한다.

『티베트에서의 7년』은 1939년 나치 독일의 산악 원정대의 일원이었던 젊은 등반가 하인리히 하러가 쓴 수기다. 제2차 대전에 휩쓸려 그 당시 '은둔의 나라'라고 알려져 있는 티베트에 정착하여 생활한 체험기로 그 당시로선 대단히 진기한 경험의 기록이었다. 이 글에서 우리는 저자 하인리히 하러와 활불活佛로 여겨지던 소년 달라이 라마 사이에 이뤄진 깊은 교감과 신뢰, 우정을 읽을 수 있다.

그리고 나오미 제임스의 『바다와의 사투 272일』과 너새니얼 필브릭의 『바다 한가운데서』는 전형적인 모험담류에 속한다. 이 작품들의 소개 글을 읽으며 순간 나는 인간의 도전 가능성 문제와 생명의 끈질김 문제를 깊이 생각해 본 계기도 되었다.

『바다와의 사투 272일』은 20대의 미용사 출신 저자인 여성이 세 대륙의 험난한 바다에 맞서 요트로 혈혈단신 세계일주를 한 항해기이다. 그녀는 당시까지 단독 항해 세계 기록 보유자인 치체스터 경卿보다 더 짧은 시일에 세계일주 항해에 성공하는 위업을 달성했다. 그리고 『바다 한가운데서』는 고래잡이 선원들의 사투기다. 모선이 바다에 침몰하자 작은 보트를 타고 94일 동안 온갖 고통과 시련 그리고 배고픔과 동료 선원의 죽음 또 죽음 직전의 온갖 위기를 겪으며 장장 7,200여 킬로를 표류한 이야기이다. 식량이 동이나 굶주림이 극도에 이르자 뱃사람들은 재비에 뽑힌 동료의 인육을 나눠 먹는다. 그야말로 처절한 생존의 기록이다.

이 두 작품의 소개글에서 누구나 느낄 수 있는 점이라면 '무한한 인간의 도전 정신', '하면 된다 정신', '불패와 불굴의 정신', '절망은 없다 정신' 이라 본다. 특히 요즘 코로나로 삶의 의욕상실을 느끼고 있는 사람들에겐 새로운 힘이 솟아나게 할 수 있는 좋은 교훈의 글이 되리라 본다.

또 이와 유사한 또 한 편의 소개글이 있다. 그것은 한국계 미국인 2세 새미 리의 자전적 스토리 「작은 거인의 인간 승리」에 관한 것이다. 가난과 왜소한 신체적 조건 그리고 백인사회의 인종차별을 당당히 극복하고 그는 두 번이나 올림픽 다이빙에서 금메달을 목에 걸었던 인물이다. 그야말로 '하면 된다' 는 정신을 일깨워주는 본보기 사례라 여겨진다.

3. 글을 맺으며

대충 글의 큰 성격 분류에 따라 그 주요 작품들의 내용을 비록 주마간산 격이긴 하지만 살펴보았다. 다양한 내용에다 많은 읽을거리를 제공하고 있는 것이 이 작품집의 장점이다. 그리고 글의 곳곳에 인문학적 여러 지식정보가 들어가 있는 것도 장점이다. 또 한편 부록편은 본편의 내용과는 물론 차이야 있겠지만 독자에겐 특별 보너스도 되리라 본다.

사실 어떤 수필집을 읽어보면 겉은 화려하지만 건질 게 없는 것이 태반이다. 속빈 강정이라고나 할까. 그저 이렇다 할 의미없고 하잘것 없는 이야기를 주절주절 늘어놓는 경우가 많아 곧 독자들은 실망한다. 그러나 이 수필집은 아주 다르다. 색다른 체험담에다 영양가 있는 지식이나 정보도 만날 수 있기에 소득이 많으리라 본다. 또한 경수필이나 중수필이나 간에 이 작가의 글에는 우리 사회의 시대착오적(anachronistic)인 현상과 빗나간 이데올로기에 대한 예리한 비판 정신이 깔려 있다.

단, 한 가지 단점이나 약점일 수 있다면 이 수필집에는 인간의 감성을 부드럽게 어루만져주는 정적인 수필이 거의 없다는 점이 아닐까 싶다. 앞으로 각별히 이런 점을 별도로 보충이나 보완을 해 주었으면 한다.

다시 한 번 이 수필집의 출간을 축하드린다. 그리하여 그동안 언론인으로서 또 번역문학가로서 쌓아올린 업적 못지않을 만큼 좋은 수필들을 생산해 주었으면 한다. 비록 그와 내가 동갑 나이로 이미 80줄에 들어서 있긴 하지만 그래도 노익장으로서 건강하면서 긍정적 삶을 살고 있는 모습을 보지 않았던가. 또 부록편의 소개 글에서 보여졌듯 '하면 된다' 정신도 마음껏 발휘해 주었으면 한다.

한영탁(韓永鐸) 약력

아호: 일경一逕
1938년 5월 27일 / 경북 영덕 생
언론인. 수필가. 번역문학가

영덕중, 동아고, 동국대학교 영문과, 서울대학교 신문대학원. 연세대 외국어학당 졸.
대한일보, 조선일보 기자. 합동통신 외신부 차장. 한국版 리더스 다이제스트 편집장.
세계일보 국제부장, 특집부장, 통일 · 북한부장, 출판부국장, 편집부국장, 논설위원. 한양대학교 언론정보대학 겸직교수 역임(12년 재직).
영덕신문 대표 역임.
현 '바른사회 시민회의' 고문. 대한언론인회 이사.
토벽문학회, 남강문학회, 산영수필문학회, 은평문학회, 한국문인협회, 한국수필가협회 회원.

「에세이21」천료 등단(2009년)

▶ 저서
- 수필집: 『소나무의 꿈』, 『간이역에서』, 『목요일 아침』, 『존재의향기』, 『TIME 에세이 선집(1.2.3집)』등 공저

- 『한국언론인물사화』, 『실록—언론, 언론인의 길, 그때 그 현장 못다한 이야기』, 『기자들이 가 본 북한』, 『신문은 가도 기자는 살아 있다』 등 공저

- 역서譯書

  『모스카트 家』(아이작 싱어 著), (다락원)

  『여인과 囚人』(알렉산드르 솔제니친), (예문관)

  『삶과 문학의 길목에서』(섬셋 몸), (열음)

  『나의 사랑 버지니아 울프』(조지 스페이트), (동문)

  『목마를 타고 떠난 그대』(진 오우 러브), (동문)

  『무당(Exorcist)』(W.P. 블래티), (예문관)

  『주은래(周恩來)』(딕 윌슨), (한길사)

  『등소평(鄧小平)』(울리 프란츠), (시사영어사)

  『정치곡예사 시아누크의 종막』(안소니 폴), (다락원)

  『장개석(蔣介石)』(신 돌란), (대현)

  『달라이 라마의 연민』(달라이 라마), (이다 미디어)

  『티베트에서의 7년』(하인리히 하러), (수문출판사)

  『제독의 딸』(빅토리아 표드로바), (어문각)

  『영원한 자유의 역사』(J. K. 갤브레이드), (새문사)

  『출판의 진실』(스탠리 언윈), (보성사)

  『작은 거인의 승리』(M. 프릭 윔플러), (민문고)

  『바다 한가운데서』(너세니얼 필브릭), (중심),

  『바다 한가운데서』(너세니얼 필브릭), (다른)

  『고래의 복수』(너세니얼 필브릭), (중심)

  『새로운 전쟁』(사이먼 리브), (중심)

  『동트는 대륙』(한수인〈韓素音〉), (현재)

  『홀로코스트(대학살)』(제럴드 그린), (청조사)

  『한국의 재벌』(스티어스 신), (시사영어사)

  『軍과 학생』(럽 크로스), (일월서각)

  『바다에서의 사투 272일』(나오미 제임스), (KBS방송광고사업단)

  『지미 카터 자서전』(지미 카터), (진문)

『자살종단(自殺宗團)』(마셜 칼더프), (진문)

『달리기 특강』(잭 쉐퍼드), (다락원)

『더드슨 박사 아기교육』(더드슨), (남향문화사)

- 『케말 파샤』, 『티무르 대제』, 『티토』, 『아데나워』 傳記(대현)/ 축쇄판 『멕베스』/, 『테스』/, 『주홍글씨』/, 『제인 에어』(다락원)/ 동화집 다수, 교육방송국(EBS) 해외 타큐멘터리 영상물150여 편.

페가수스의 꿈

•

지은이 / 한영탁
발행인 / 김영란
발행처 / **한누리미디어**
디자인 / 지선숙

•

08303, 서울시 구로구 구로중앙로18길 40, 2층(구로동)
전화 / (02)379-4514
Fax / (02)379-4516
E-mail/hannury2003@hanmail.net

•

신고번호 / 제 25100-2016-000025호
신고연월일 / 2016. 4. 11
등록일 / 1993. 11. 4

•

초판발행일 / 2020년 8월 20일

•

© 2020 한영탁 Printed in KOREA

•

값 15,000원

•

※잘못된 책은 바꿔드립니다.
※저자와의 협약으로 인지는 생략합니다.

•

ISBN 978-89-7969-824-4 03810